SECRET KEEPERS
Zeit der Späher

TRENTON LEE STEWART, geboren 1970 in den USA, publizierte seit seinem Abschluss des renommierten Autorenworkshops der University of Iowa Bücher für Kinder und Erwachsene und war zudem als Dozent im Bereich Kreatives Schreiben tätig. Der erste Band seiner Kinderbuchreihe »Die geheime Benedict-Gessellschaft« wurde in den USA u. a. in die Auswahl »Best Book of the Year« des »School Library Journal« aufgenommen, die Reihe war auch in Deutschland ein großer Erfolg. Trenton Lee Stewart lebt mit seiner Frau und seinen beiden Söhnen in Little Rock in Arkansas, USA.

Mehr über unsere Bücher, Autoren und Illustratoren auf:
www.thienemann.de

TRENTON LEE STEWART

SECRET KEEPERS

ZEIT DER SPÄHER

Aus dem Amerikanischen von
Nina Scheweling

Thienemann

*Dieses Buch ist frei erfunden.
Namen, Figuren, Orte und Vorfälle entstammen
der Fantasie des Autors. Jede Ähnlichkeit mit
tatsächlichen Begebenheiten, Schauplätzen oder Personen,
lebend oder tot, ist rein zufällig.*

Für Arjun und Bhairavi

INHALT

TEIL 1
DIE TICKENDE UHR

Rückwärts in den Himmel   9
Der himmlische Duft der Angst   26
Zeit zum Planen. Zeit zum Träumen   39
Ein ganz normaler Junge   53
Das versteckte Ticken   64
Der Moment der Wahrheit   80
Der Preis der Macht   96
Späher ausspähen   107
Am Rande des Abgrunds   120
Ruben in Not   136
Die Suche nach dem Licht   154
Ein richtiger Spion   162
Der starrende Fremde   171

TEIL 2
DAS VERMÄCHTNIS DER MEYERS

Ein Rätsel und ein Trick   183
Penelopes Geschichte   203
Penelopes Geschichte, Teil 2   211
Das Geheimnis der Meyers   225
Verborgene Kräfte   245
Das Rätsel um Jack   258
Die Kaninchenfalle   274
Jäger in der Dunkelheit   285

DIE TICKENDE UHR

RÜCKWÄRTS IN DEN HIMMEL

Für Ruben Pedley begann der Sommermorgen in den Lower Downs wie jeder andere auch. Er stand früh auf, damit er mit seiner Mutter frühstücken konnte, bevor sie zur Arbeit musste (auch wenn sie sich die meiste Zeit anschwiegen, denn sie waren beide noch müde). Danach räumte er wie üblich die winzige Küche auf, während seine Mom im Wettrennen gegen die Uhr (deren Zeiger sie offenbar erst lesen konnte, nachdem sie geduscht und einen Kaffee getrunken hatte) immer schneller durch die Wohnung hetzte. An der Wohnungstür umarmte seine Mutter ihn zum Abschied, Ruben sagte ihr, dass er sie liebe – was stimmte – und, dass sie keinen Grund habe, sich Sorgen um ihn zu machen – was nicht stimmte.

Seine Mutter war noch nicht an der Bushaltestelle angekommen, da hatte Ruben sich bereits Schuhe angezogen und war auf die Arbeitsplatte in der Küche geklettert, um sein Portemonnaie zu holen. Er bewahrte es auf dem Schrank inmitten von Mäusefallen auf. Ruben legte keinen Köder hinein, und bis jetzt hatte noch kein Dieb auf dem Schrank herumgetastet, in der Hoffnung, dort oben etwas zu finden. Nicht, dass in dem Portemonnaie viel gewesen wäre, aber »nicht viel« bedeutete für Ruben immer noch alles, was er besaß.

Als Nächstes ging er in sein Zimmer und pulte den Kitt aus dem kleinen Loch in der Wand hinter seinem Bett. Er nahm seinen Schlüssel heraus und schmierte es mit dem Kitt wieder zu. Dann verließ er die Wohnung, schloss die Tür hinter sich ab und machte sich auf die Suche nach neuen Orten, an denen er sich verstecken konnte.

Ruben lebte in New Umbra, einer Metropole so düster und heruntergekommen, wie eine Großstadt nur sein konnte. Obwohl der Stadt einst eine goldene Zukunft bevorgestanden hatte (die Menschen erzählten sich, dass sie unter einem glücklichen Stern gegründet worden war), verwahrloste New Umbra zusehends und versank immer mehr in Bedeutungslosigkeit. Manche würden vielleicht das Gleiche über Ruben Pedley sagen, der als Baby für kurze Zeit einmal liebevolle Eltern gehabt und in der Grundschule als hervorragender Schüler gegolten hatte, auf der weiterführenden Schule jedoch immer mehr in der Versenkung verschwand.

Elf Jahre waren seit dem Fabrikunfall vergangen, durch den Ruben seinen Vater verloren hatte und seine Mutter zu einer jungen Witwe geworden war, die sich verzweifelt um Arbeit bemühte – elf Jahre, um es anders auszudrücken, seit sein eigener Stern sich im Sinkflug befand. Und obwohl er in Wirklichkeit genauso geliebt und behütet wurde wie jedes andere Kind, hätte jemand, der ihm in diesen Tagen folgte, anderes annehmen können. Besonders an einem Tag wie heute.

Ruben verließ das schäbige Hochhaus auf dem üblichen Weg: Anstatt den Aufzug zu benutzen, schlich er das selten genutzte Treppenhaus hinunter und gelangte ungesehen an der Eingangshalle vorbei bis in den Keller, wo er durch ein Lagerraumfenster nach draußen schlüpfte. Die junge Hausverwalterin ließ das

Fenster für eine Straßenkatze, die sie zu zähmen hoffte und mit Futter und Wasser lockte, immer ein Stück offen stehen. Das war zwar verboten, aber Ruben war der Einzige, der davon wusste, und er würde den Teufel tun, es jemandem zu verraten. Erstens hatte er in dem Lagerraum nichts zu suchen, und zweitens mochte er die Hausverwalterin und wünschte ihr insgeheim viel Glück mit der Katze. Das würde er ihr natürlich niemals sagen, denn sie wusste nicht, dass er die Sache mit der Katze herausgefunden hatte. Sie wusste nicht einmal, dass er überhaupt existierte.

Hinter dem Lagerraumfenster befand sich ein schmaler Lichtschacht, der ein Stück unterhalb des Straßenniveaus lag und von einem eisernen Geländer gesäumt wurde. Von dort aus stellte Ruben zunächst sicher, dass die Gasse hinter dem Hochhaus leer war. Dann kletterte er mit routinierter Mühelosigkeit aus dem Schacht, hangelte sich am Geländer empor, griff nach den untersten Sprossen der rostigen Feuerleiter und schwang sich hinaus in die Gasse. Sobald seine Füße den Boden berührten, verfiel er in einen leichten Trab. Heute wollte er in neue Territorien vorstoßen und hatte keine Zeit zu verlieren. Als sie noch im nördlichen Teil der Lower Downs gelebt hatten, hatte Ruben die Umgebung wie seine Westentasche gekannt. Doch dann waren sie in den Süden gezogen, und obwohl sie bereits seit einem Jahr hier wohnten, wies die Karte in seinem Kopf große Leerstellen auf.

Von allen tristen Vierteln der Stadt galten die Lower Downs als das tristeste. Viele der alten Gebäude waren verlassen, andere schienen ununterbrochen ausgebessert zu werden. Zum Straßenbild gehörten fehlende Fensterläden, schiefe Straßenlaternen, kaputte Tore und halb zerfallene Geländer und Zäune. Mit anderen Worten: Die Lower Downs waren der perfekte Ort für jemanden, der gerne seine Umgebung erkundete und neue Verstecke suchte.

Ruben war genau so jemand. Eigentlich tat er kaum etwas anderes. Er kletterte die schiefen Laternen hinauf und ließ sich auf die andere Seite der Zäune fallen; er schlüpfte durch kaputte Fensterläden und zerbrochene Fensterscheiben; er fand überall einen Weg hinein, quetschte sich durch die engsten Spalten, hangelte sich in schwindelerregende Höhen und versteckte sich an Orten, wo nie jemand auf den Gedanken kam nachzusehen. Auf diese Weise verbrachte er seine einsamen Tage.

Angst hatte Ruben auf seinen Streifzügen eigentlich nie. Selbst hier in den Lower Downs wurden nur sehr wenige Verbrechen verübt, zumindest keine offensichtlichen. Randalierer und Taschendiebe gab es kaum, von Straßenräubern und Autodieben hatte man noch nie gehört. Die Späher kümmerten sich um diese Dinge. Und niemand kam den Spähern in die Quere. Nicht einmal die Polizei.

Denn die Späher arbeiteten für den Schatten.

Ruben wandte sich Richtung Süden, huschte von einer Gasse in die nächste, drängte sich dabei dicht an die Gebäude und duckte sich unter den Fenstern entlang. An jeder Kreuzung hielt er an, lauschte zunächst und spähte dann vorsichtig um die Ecke. Ganz in der Nähe befand sich die Hauptverkehrsstraße, von der gedämpfter Verkehrslärm zu ihm herüberdrang, aber die Gassen und Straßen um ihn herum lagen wie ausgestorben da.

Nach etwa zehn Häuserblocks in südlicher Richtung betrat Ruben neues Territorium. Er hatte den Bereich, in dem er sich offiziell bewegen durfte, schon lange verlassen: Seine Mom hatte ihm erlaubt, bis zum Bürgerzentrum und bis zur Bibliothek zu gehen, die jeweils nur ein paar Straßen von ihrer Wohnung entfernt lagen – weiter nicht. Daher behielt er seine Ausflüge wohlweislich lieber für sich.

Trotz ihrer übertriebenen Vorsicht war seine Mutter einfach großartig, und das wusste Ruben auch. Er hätte sie niemals gegen ein halbes Dutzend Mütter mit besseren Jobs und mehr Geld eingetauscht, und tatsächlich hatte er ihr genau das erst vorige Woche gesagt.

»Ach Ruben, das ist ja so süß von dir«, erwiderte sie und tat so, als würde sie sich Tränen aus den Augen wischen. »Wahrscheinlich würde ich dich auch nicht eintauschen. Nicht gegen ein halbes Dutzend Jungs, nicht mal gegen ein ganzes.«

»*Wahrscheinlich?*«

»Mit ziemlicher Sicherheit«, sagte sie und drückte seine Hand, wie um ihn zu beschwichtigen.

So war seine Mom. Die Unterhaltungen mit ihr waren meist das Beste an seinem Tag.

Während er eine Straße überquerte, führte Ruben wie üblich eine schnelle Bestandsaufnahme möglicher Verstecke durch: eine dunkle Ecke neben den Eingangsstufen eines Gebäudes; ein Haufen ausrangierter Möbel, die jemand an den Bordstein gestellt hatte; ein Fensterschacht ohne schützendes Geländer. Doch als sich ganz in der Nähe die Tür eines Hauses öffnete, war keines dieser Verstecke rechtzeitig erreichbar.

Ruben ließ sich augenblicklich auf den Bordstein fallen, blieb vollkommen reglos sitzen und beobachtete die Tür. Ein alter Mann im Schlafanzug trat nach draußen, warf einen Blick zum Himmel, schnupperte mit offensichtlicher Befriedigung und schaute einmal die Straße hinauf und hinunter, bevor er wieder zurück ins Haus ging. Den braunhaarigen Jungen, der auf dem Bordstein saß und ihn beobachtete, bemerkte der alte Mann nicht.

Triumphierend stand Ruben auf und lief weiter. Er bevorzugte echte Verstecke, wenn er welche fand, aber es machte ihm mindestens ebenso viel Spaß, vor aller Augen unsichtbar zu werden. Oft sahen die Leute einen zwar, vergaßen es aber sofort wieder, denn man war bloß irgendein Kind. Solange man nichts Besonderes tat, nicht ängstlich wirkte oder als hätte man sich verlaufen, konnte man genauso gut ein Mülleimer sein oder ein Baum oder ein anderer Teil des Straßenbildes. Für Ruben zählten solche Begegnungen bereits als Erfolg. Aber auf einer vollkommen ausgestorbenen Straße übersehen zu werden, war beinahe unmöglich und daher um einiges genialer. Ruben frohlockte bei dem Gedanken, dass der Blick des alten Mannes ihn nicht nur einmal, sondern gleich zweimal gestreift hatte, ohne ihn wahrzunehmen. Während er den Moment noch einmal durchspielte, kam er an der engsten Gasse vorbei, die er je gesehen hatte, und beging seinen großen Fehler.

Es war der geringe Abstand zwischen den Mauern, der ihn in Versuchung führte. Die verlassenen Gebäude standen so dicht zusammen, dass Ruben sofort eine Idee hatte, wie er an ihnen hochklettern konnte. Wenn er sich nach vorne lehnte, seine Handflächen gegen die eine Mauer presste und seine Füße gegen die andere, würde er waagerecht über dem Boden der Gasse schweben. Indem er nun Hände und Füße abwechselnd ein Stück nach oben bewegte, könnte er Stück für Stück zwischen den Mauern nach oben klettern. Als würde er rückwärts in den Himmel laufen.

Ruben musste es einfach versuchen. Er blickte unauffällig nach rechts und links, um sicherzugehen, dass ihn niemand beobachtete, und trat dann ein Stück tiefer in die Gasse. Hoch über ihm erkannte er einen Sims – er war vermutlich zu hoch, um ihn zu erreichen, aber zumindest war es ein Ziel, auf das er hinarbeiten konnte.

Am Anfang kam er noch nicht so schnell voran, doch als er seinen Rhythmus gefunden hatte, wurde er stetig schneller. Geschmeidig setzte er Hand über Hand, Fuß über Fuß. Er war schon vier Meter über dem Boden, dann sechs, und er kletterte weiter. Als er den Hals reckte, sah er, dass der Sims nicht mehr allzu weit entfernt war. Unglücklicherweise sah er aber auch, wie schwierig es sein würde, auf den Vorsprung zu gelangen – seine Position war vollkommen falsch. Er runzelte die Stirn. Was hatte er sich bloß dabei gedacht? So ein riskantes Manöver traute er sich nicht zu, nicht in dieser Höhe. Es war idiotisch gewesen, es überhaupt zu versuchen.

In diesem Moment fingen Rubens Arme an zu zittern. Entsetzt stellte er fest, dass er einen schrecklichen Fehler gemacht hatte.

Er hatte nicht damit gerechnet, dass seine Arme so schlagartig ermüden würden. Ohne jede Vorwarnung waren sie plötzlich vollkommen kraftlos. Als er auf den Boden der Gasse hinabsah, wurde Ruben bewusst, wie hoch er bereits geklettert war. Sicherlich neun Meter, wenn nicht mehr. Er würde es nie im Leben wieder heil bis nach unten schaffen. Vermutlich kam er nicht mal bis zur Hälfte.

Somit wurde die Aktion, die er eben erst als viel zu riskant verworfen hatte, zu seiner einzigen Chance. Er musste es bis zu dem Sims hinaufschaffen und dann irgendwie daraufgelangen – zur Not mithilfe eines Wunders.

Ruben keuchte panisch auf und kletterte verzweifelt weiter. Das Zittern in seinen Armen wurde immer stärker. Schweiß lief ihm in die Augen und ließ seinen Blick verschwimmen, sodass er den schmutzigen, rissigen Asphalt unter sich nicht mehr erkennen konnte. Innerlich brannte er, doch nach außen hin war ihm merkwürdig kalt, wie ein Ofen, der von Eis überzogen war. Die böige Zugluft in der Gasse kühlte seine verschwitzte Haut; Schweißperlen tropften ihm von der Nase.

Verbissen schob er sich Stück für Stück nach oben. Er hörte das Rauschen des Windes in seinen Ohren, das Schaben seiner Sohlen auf dem Stein, seinen eigenen schwerfälligen Atem, ansonsten war um ihn herum alles still. Er befand sich inzwischen so weit oben, dass keinem, der zufällig einen Blick in die Gasse geworfen hätte, etwas Ungewöhnliches aufgefallen wäre – schon gar nicht, dass hoch über ihm ein elf Jahre alter Junge um sein Leben kämpfte.

Im entscheidenden Moment war niemand da, der beobachtete, wie er den letzten Sprung nach oben wagte, oder bemerkte, wie er einige verzweifelte Sekunden lang versuchte, sich auf den Sims zu ziehen und dabei immer wieder abrutschte, das Gesicht dunkelrot vor Anstrengung. Niemand war in der Nähe, der Ruben vor Erschöpfung und Erleichterung aufschluchzen hörte, als er endlich auf dem schmalen Vorsprung lag – seinen geschundenen Armen und aufgeschürften Fingerspitzen gegenüber gleichgültig. Passanten hätten nur das Flattern aufgeschreckter Tauben bemerkt, die über die Dächer davonflogen. Aber in der Stadt war das ein ganz alltägliches Geräusch und die Leute hätten nicht weiter darauf geachtet, wären weitergegangen und hätten über ihre eigenen Probleme nachgedacht.

Ruben lag mit dem Gesicht auf dem steinernen Vorsprung, als wolle er ihn küssen, was er tatsächlich gern getan hätte. Er empfand eine unvorstellbare Dankbarkeit für den massiven Sims unter ihm. Nachdem sich sein Puls etwas beruhigt hatte und sein Atem wieder normal ging, richtete er sich vorsichtig auf, lehnte sich mit dem Rücken an die Wand und ließ die Beine in die Tiefe hängen. Mit dem T-Shirt versuchte er, die vom Schweiß verschmierten Augen zu trocknen und zuckte kurz zusammen, als seine aufgeschürften Fingerspitzen zu brennen begannen. Jede Bewegung war langsam und überlegt. Er befand sich immer noch in einer sehr gefährlichen Lage.

Auf dem Sims war Ruben erst einmal sicher, aber es war eben nur ein Sims, von Taubenkot gesprenkelt.

Als er nach oben schauen wollte, blies ihm der Wind die Haare ins Gesicht; um etwas sehen zu können, musste er sich die Hände wie ein Fernglas vor die Augen halten. Das Dach schien kilometerweit über ihm zu schweben und darüber strahlte der Himmel in einem leuchtenden Blau. Ein perfekter Sommermorgen, um auf einem Sims in einer verlassenen Gasse festzusitzen.

»Gut gemacht, Ruben«, murmelte er. »Ganz fantastisch.«

Er wusste, dass er nicht auf demselben Weg hinunterklettern konnte. Er würde auf dem Sims bis zur Rückseite des Gebäudes laufen müssen, in der Hoffnung, eine Feuerleiter zu finden. Wenn es die nicht gab, musste er sich bis zur Straßenseite vorarbeiten und unbemerkt durch eins der Fenster ins Innere gelangen. Wenn aber keines der Fenster offen stand, würde er um Hilfe schreien müssen. Ruben hörte im Geiste schon die Sirene des Feuerwehrautos, sah die Missbilligung im Gesicht der Feuerwehrmänner, die Menschenmenge, die sich auf der Straße versammelte – eine grauenvolle Vorstellung, aber nicht halb so schlimm wie die Vorstellung, seiner Mutter gegenüberzutreten.

Seine Mom, die glaubte, dass er zu Hause in Sicherheit war, ein Buch las, Fernsehen guckte oder wieder im Bett lag. Seine Mom, die gerade auf dem Weg zum Markt war, wo sie Fisch ausnahm und wog, ihre erste und am meisten verhasste Arbeit des Tages.

Seine Mom, die nie wieder geheiratet hatte, die keine Familie besaß, keine Freunde, keine Zeit, um Freunde zu finden. Ruben war alles, was ihr geblieben war, war der Grund, warum sie zwei Jobs hatte, war der Mensch, für den sie alles im Leben tat.

Seine Mom würde ganz und gar nicht begeistert sein, wenn sie von seinen Ausflügen erfuhr.

»Bitte lass es eine Feuerleiter geben«, murmelte Ruben. »Bitte, bitte, bitte.«

Er betrachtete prüfend den schmalen Streifen Beton zu seiner Linken. Er wirkte stabil; zumindest waren keine offensichtlichen Zeichen des Verfalls zu erkennen. In der Nähe lag ein Stück Brotkruste (wahrscheinlich das Frühstück einer Taube, das er unhöflicherweise unterbrochen hatte), aber darüber hinaus sah er nichts, weder zersplittertes Glas noch sonstige Hindernisse. Sein Weg war frei.

Ruben begann, sich seitwärts in Richtung der Rückseite des Gebäudes zu schieben. Er presste die Schultern gegen die steinerne Wand hinter ihm und seine Augen fixierten die nur wenige Meter entfernte Wand des Gebäudes gegenüber. Er versuchte nicht daran zu denken, wie hoch seine Beine über der Straße baumelten.

Nachdem er einige Meter vorangekommen war, bekam seine Hand plötzlich die Brotrinde zu fassen. Ohne nachzudenken, versuchte er, sie wegzuwischen, doch sie schien festzustecken. Als er genauer hinsah, stellte Ruben fest, dass die Rinde in Wahrheit ein Stück Leder war, das gar nicht auf dem Sims lag, sondern zwischen zwei Steinen aus der Wand ragte. Was sollte das denn? Warum hatte jemand dieses Stück Leder an einer Stelle in die Wand eingemauert, wo niemand es je sehen würde? War es eine Art geheimes Zeichen?

Ruben befühlte es ein wenig unsicher mit zwei Fingern und zog schließlich daran. Er spürte, wie irgendetwas nachgab – alter Dreck oder Schutt vielleicht, wie wenn man Unkraut aus den Ritzen eines Gehwegs zupft – und das Leder ein Stück länger wurde. Er zog erneut daran, woraufhin einige Brocken losen Backsteins auf den Sims fielen und ein Loch in der Wand offen legten. Die Steinbrocken schienen hastig in das Loch gestopft worden zu sein.

Ruben umfasste das Leder fester und zog noch einmal. Wieder lösten sich einige Steine. Das Lederstück entpuppte sich als ein kurzer Riemen, der an einem verstaubten Lederbeutel befestigt war. Vorsichtig nahm er den Beutel aus dem Loch und legte ihn sich auf den Schoß.

Kein geheimes Zeichen. Ein Geheim*versteck*.

Es wäre idiotisch, den Beutel sofort zu öffnen, das wusste er. Es wäre viel klüger, erst hineinzusehen, wenn er wieder sicheren Boden unter den Füßen hatte.

Ruben starrte auf den Beutel auf seinem Schoß. »Oder ich bin einfach ganz besonders vorsichtig«, flüsterte er.

Mit behutsamen Bewegungen wischte Ruben ein wenig Steinstaub von dem offensichtlich alten Beutel, dessen Leder abgenutzt und rissig war. Er wurde von einer rostigen Schnalle verschlossen, die unter seiner Berührung sofort abbrach, zusammen mit einem Stück zerfallenem Riemen. Er legte die Teile beiseite und öffnete den Beutel. Darin befand sich ein kleiner, überraschend schwerer Gegenstand, der in einer durchsichtigen Plastiktüte steckte. Unter dem Plastik war er ein weiteres Mal eingewickelt, dieses Mal in steifes, grobes Leinen. Was immer sich darin befand, der Besitzer hatte sich große Mühe gegeben, es sicher und trocken zu verwahren.

Ruben wickelte den Gegenstand aus und enthüllte ein hübsches Holzkästchen, dunkelbraun mit schwarzen Maserungen. Am Deckel war ein metallener Beschlag angebracht, den man mit einem kleinen Vorhängeschloss sichern konnte. Aber es hing kein Schloss daran; Ruben konnte den Verschluss einfach nach oben klappen. Er zögerte kurz und fragte sich, was sich wohl im Inneren des Kästchens befinden mochte. Dann öffnete er den Beschlag. Mit einem leichten Ruck schwang der Deckel auf.

Im Kästchen befanden sich zwei samtbezogene Fächer, beide perfekt für die darin liegenden Gegenstände geformt. Der eine war ein kleiner, zierlicher Schlüssel mit einem verschnörkelten Griff. Der andere schien eine einfache metallene Kugel zu sein. Beide hatten die dunkle Färbung alter und zugleich den hellen Glanz frisch geprägter Münzen. Sie bestanden aus einem Metall, das Ruben nie zuvor gesehen hatte. Etwas wie Kupfer oder Messing und irgendwie doch ganz anders.

Vorsichtig nahm Ruben die Kugel aus dem samtenen Fach. Sie wog so schwer wie eine Billardkugel, obwohl sie nicht annähernd so groß war. Er drehte sie in den Händen und starrte sie verwundert an. Was war das? Er hatte angenommen, dass man den Schlüssel benötigte, um die Kugel zu öffnen, aber es gab gar kein Schlüsselloch. Als er genauer hinsah, fiel ihm eine Art Naht auf, kaum breiter als ein Faden, die wie ein Äquator einmal um die Mitte der Kugel verlief und sie in zwei Hälften trennte.

»Also *kann* man sie öffnen«, murmelte er.

Er hielt die Kugel in der linken Hand und versuchte mit der rechten behutsam, die beiden Hälften aufzuklappen. Er machte die gleichen Handbewegungen wie die Männer in den albernen alten Filmen, die er sich zusammen mit seiner Mom angesehen hatte – Männer, die auf die Knie sanken, kleine samtbezogene

Kästchen öffneten und mit einem Ring um die Hand einer Frau anhielten. Wahrscheinlich war er gerade genauso gespannt und nervös wie die Männer in den Filmen.

Die beiden Halbkugeln glitten mühelos und vollkommen geräuschlos auseinander, als sei das Scharnier im Innern erst vor einer Minute geölt worden. Die obere Halbkugel war hohl wie eine leere Salatschüssel. Sie diente als Abdeckung für die andere Halbkugel, die das Zifferblatt einer Uhr enthielt. Ruben hatte ganz offenbar eine Taschenuhr gefunden.

Allerdings war es eine Uhr, wie Ruben sie noch nie zuvor gesehen hatte. Das Zifferblatt bestand aus einem schimmernden weißen Material, Elfenbein vielleicht, der Stundenzeiger und die römischen Ziffern glänzten schwarz. Der Minutenzeiger fehlte, doch darüber hinaus waren alle Bestandteile in solch gutem Zustand, als sei die Uhr erst an ebendiesem Morgen gefertigt worden. Ruben zweifelte jedoch keine Sekunde daran, dass sie sehr alt war.

In Rubens Bauch begann es zu kribbeln; sein Herzschlag pochte in den Ohren. Wie viel mochte solch eine gut erhaltene Antiquität wohl wert sein? Die Uhr erschien ihm so perfekt – so wunderschön, so außergewöhnlich, so vollkommen –, dass er nicht überrascht gewesen wäre, wenn sie die korrekte Uhrzeit angezeigt hätte. Aber der Stundenzeiger verharrte kurz vor zwölf, und als er die Uhr an sein Ohr hielt, hörte er keinerlei Ticken.

Der Schlüssel!, dachte er. Seine Mutter besaß eine Spieluhr, die sein Vater ihr noch vor Rubens Geburt geschenkt hatte und die man mit einem Schlüssel aufziehen musste. Mit dieser Uhr verhielt es sich bestimmt genauso. Bei genauerem Hinsehen entdeckte Ruben ein winziges, sternförmiges Loch in der Mitte des Zifferblatts. Konnte das ein Schlüsselloch sein?

Ein Blick auf den Schlüssel bestätigte seine Vermutung. Er hatte nicht die großen, rechteckigen Zacken, die alte Schlüssel üblicherweise aufwiesen, sondern verjüngte sich zu einem schmalen, sternenförmigen Ende, das klein genug war, um in das Loch zu passen. Zweifellos war das der Schlüssel, mit dem man die Uhr aufziehen konnte.

Ruben hätte es zu gern ausprobiert. Er legte sogar einen Finger auf den Schlüssel in seinem behaglichen samtenen Fach. Aber erneut meldete sich eine warnende Stimme in seinem Kopf und dieses Mal hörte er auf sie. Der Schlüssel war so klein, dass er ihm viel zu schnell aus den Fingern gleiten und auf Nimmerwiedersehen in die Tiefe fallen konnte. Besser, er wartete, bis er in Sicherheit war. Besser, er widerstand der Versuchung – zumindest dieses eine Mal. Dafür war sein Fund viel zu bedeutend.

Widerstrebend verschloss er die beiden Halbkugeln und legte die Uhr zurück in das Kästchen. Er wollte gerade den Deckel schließen, als ihm eine Inschrift im Deckelinneren auffiel: *Eigentum von P. Wm. Light.*

»P. William Light«, murmelte Ruben und klappte den Deckel zu. »Das hier gehörte also irgendwann mal dir.« Denn wer auch immer P. William Light gewesen sein mochte, Ruben war sicher, dass er schon lange nicht mehr auf dieser Erde wandelte.

Er wickelte das Kästchen wieder in den Stoff, legte das Bündel zurück in den Lederbeutel und steckte den Beutel in den Hosenbund seiner Shorts – ein wahres Kunststück in der heiklen Lage, in der er sich befand. Jetzt konnte es weitergehen.

Er warf einen letzten Blick auf das Loch in der Wand und fragte sich, wie lange die Uhr wohl schon darin gelegen und vor allem, wer sie dort versteckt hatte. Er glaubte nicht daran, dass ein

Maurer sie dort eingemauert hatte. Nein, die Uhr war von jemandem wie ihm dort deponiert worden, jemandem, der Orte fand, die anderen verborgen blieben. Und sie konnte auch nur von jemandem wie ihm gefunden werden, wodurch ihm seine Entdeckung wie eine Fügung des Schicksals erschien.

Jetzt ruinier es nicht, indem du runterfällst, dachte Ruben. *Junge findet Schatz und stürzt kurz darauf in den Tod. Großartige Geschichte.*

Mit äußerster Vorsicht begann er, sich seitwärts auf dem Sims entlangzuarbeiten. Eine ermüdende halbe Stunde später erreichte er schließlich die Rückseite des Gebäudes, nur um festzustellen, dass es dort keine Feuerleiter gab. Genauso wenig wie ein Fenster – oder einen Sims.

»Das darf doch nicht wahr sein«, stöhnte Ruben. Am liebsten hätte er den Kopf gegen die Mauer geschlagen.

Sein Hintern und die Rückseite seiner Oberschenkel prickelten schmerzhaft. Wenn er noch länger auf diesem Sims blieb, würden aus dem Prickeln heftige Qualen werden. Aber um auf die Vorderseite des Gebäudes zu gelangen, benötigte er eine Stunde, wenn nicht mehr. Sein Blick fiel auf ein altes rostiges Abflussrohr, das an der Seite des Gebäudes nach unten führte. Ruben musterte es kritisch, dann rüttelte er mit der linken Hand daran. Das Rohr schien fest an der Wand verankert zu sein, und zwischen Metall und Backsteinmauer war genug Platz, um es mit den Händen umfassen zu können. Er beugte sich vorsichtig ein Stück nach vorn und sah am Rohr hinab; es schien intakt zu sein. Er war schon früher Abflussrohre hinuntergeklettert. Natürlich niemals aus dieser Höhe, aber wenn er nicht weiter darüber nachdachte ...

Es kam ihm vor, als würde jemand anderer die Entscheidung

für ihn treffen. Seine rechte Hand bewegte sich über seinen Oberkörper auf die linke Seite, griff nach dem Rohr, und mit einem Ruck schwang Ruben sich vom Sims. Sein Magen wäre offenbar lieber auf dem Sims geblieben und revoltierte heftig. Nach dem Sprung kehrte die Angst mit Macht zurück.

Ruben ignorierte das flaue Gefühl und stemmte mit zusammengebissenen Zähnen seine Füße gegen das Rohr. Dann begann er Hand um Hand, Fuß um Fuß den Abstieg. Er bewegte sich, so schnell er konnte, denn er wusste, dass er rasch ermüden würde. Das Rohr protestierte einmal ächzend unter seinem Gewicht, schwieg dann aber.

Rostfetzen lösten sich unter seinen Fingern und wurden vom Wind davongetragen. Wieder lief ihm Schweiß in die Augen, dann in den Mund. Jeder einzelne Teil seines Körpers schmerzte. Ruben wagte nicht, nach unten zu sehen. Er konzentrierte sich auf seine Hände und Füße und nichts anderes.

Plötzlich stieß seine rechte Ferse auf etwas Hartes, und als er nach unten sah, stellte er fest, dass er den Boden erreicht hatte. Langsam, fast ungläubig, setzte er auch den anderen Fuß ab und ließ das Rohr los. Seine Finger waren so verkrampft, dass sie sich ganz automatisch wieder zu Krallen verbogen. Er streckte sie unter Schmerzen, wischte sich das Gesicht am T-Shirt ab und schaute hinauf zum Sims. War er wirklich *so* weit nach oben geklettert? Er fühlte sich benommen, wie in einem Traum.

Ruben zog den Beutel aus dem Hosenbund seiner Shorts und starrte ihn an. Nein, das hier war kein Traum. Er ging etwas steif die Gasse entlang Richtung Straße. Ein Schritt, drei Schritte, ein Dutzend – und dann spürte er, wie die Aufregung ihn wie eine Woge überrollte. Er hatte es geschafft! Er war am Leben! Er war ein furchtbares Risiko eingegangen und war mit einem Schatz belohnt worden. Es fühlte sich an wie das Ende eines Abenteuers, und doch wusste Ruben – er *wusste* es einfach –, dass es erst der Anfang war.

DER HIMMLISCHE DUFT DER ANGST

Als er die Gasse hinter seinem Wohnhaus erreichte, stopfte Ruben den Beutel wieder in die Shorts. Dann kletterte er über das Eisengeländer in den Fensterschacht und spähte durch die schmierige Scheibe in den Lagerraum. Die Luft war rein. Er glitt mit den Beinen voran durch den offenen Spalt des Fensters und schlängelte sich mit durchgebogenem Oberkörper vorwärts, als würde er Limbo tanzen. Seine Zehen berührten genau in dem Moment den Boden, als sein Kopf durch das Fenster geglitten war. Reine Routine.

Er huschte das verlassene Treppenhaus hinauf bis zu der kleinen Zwei-Zimmer-Wohnung im fünften Stock, und nur wenige Minuten später erschien er wieder, mit sauberen Hosen und einem Rucksack auf dem Rücken. Dieses Mal verließ er das Gebäude durch die Eingangshalle, wo drei Leute in einer Schlange am Empfang standen, um sich bei der nervösen Hausverwalterin über irgendetwas zu beschweren. Sie wiederholte immer wieder: »Bitte entschuldigen Sie. Ich weiß. Entschuldigung.« Offenbar gab es mal wieder ein Problem mit dem heißen Wasser. Oder mit dem Wasser an sich.

Ruben verließ die Eingangshalle ungesehen. Er musste sich nicht einmal besonders anstrengen.

Während im Waschsalon die Spuren des Vormittags aus seinen dreckigen Sachen gewaschen wurden, saß Ruben reglos in einer Ecke und starrte in seinen Rucksack. Wenn irgendjemand bemerkt hätte, wie er mit den Händen im offenen Rucksack dasaß und hineinsah, dachte er wahrscheinlich, dass Ruben irgendein verbotenes Buch las. Als der Signalton seiner Waschmaschine piepte, schloss Ruben vorsichtig das hübsche Holzkästchen, wickelte es wieder ein, legte es zurück in den Beutel und zog den Rucksack zu, den er mit zur Waschmaschine nahm. Noch nie in seinem Leben war er mit etwas derart sorgsam umgegangen.

Nachdem seine Sachen trockengeschleudert waren, stopfte er sie in den Rucksack und trat hinaus in den spätmorgendlichen Sonnenschein. Er war nur ein paar Straßen vom Bürgerzentrum entfernt. Auf dem Weg dorthin kam Ruben an wenigen offenen Geschäften und an noch weniger Menschen vorbei. Es gab kaum Arbeit in den Lower Downs; die meisten Leute, die einen Job hatten oder nach einem Ausschau hielten, verbrachten den Tag in anderen Stadtteilen. Der Markt zum Beispiel, auf dem Rubens Mom arbeitete, befand sich in der Nähe des Southport Fähranlegers in Riverside, und ihr Teilzeit-Job als Kassiererin, zu dem sie abends ging, führte sie in einen Stadtteil namens Ashton.

»Das ist alles Teil meines großen Plans«, hatte sie ihn einmal mit einem verschmitzten Grinsen wissen lassen. »Nachdem ich jede einzelne Busstrecke der Stadt auswendig kenne, kann ich mich als Aushilfsfahrerin bewerben. Sie wären ganz schön blöd, wenn sie mir den Job nicht geben würden! Ha ha!« Dabei riss sie triumphierend die Fäuste in die Höhe.

»Bist du schon mal einen Bus gefahren?«, fragte Ruben.

Sie hatte abgewunken. »Halt dich nicht zu sehr mit Details auf, Junge.«

Das Bürgerzentrum war ein zwei Stockwerke hohes Gebäude aus braunem Backstein, das einen schmuddeligen Basketballplatz mit halb abgerissenen Körben beherbergte, ein paar krumme Tischtennisplatten, einen Leseraum mit uralten Zeitschriften und noch einige andere ähnlich deprimierende Einrichtungen. Ruben verbrachte seine Zeit dort meist damit, an den Wänden entlangzugleiten, in dunklen Ecken herumzulungern und zu beobachten, ohne beobachtet zu werden. Aber manchmal, so wie heute, wenn er feststellte, dass alle Mitarbeiter im Gebäude unterwegs waren und das Mitarbeiterbüro leer war, schlüpfte er hinein, schnappte sich einen Schlüssel von einem Nagel hinter der Tür und schlich sich hinauf aufs Dach.

Niemand störte ihn hier oben. Sie konnten nicht. Die Tür schloss automatisch hinter ihm und er hatte den Schlüssel.

Mit der unauffälligen Asphaltdecke, dem sonnengebleichten Schotter und einer Reihe von Lüftungsapparaten, die unaufhörlich vor sich hin brummten, war das Dach Rubens Meinung nach der perfekte Ort, um ernsthaft nachzudenken. Normalerweise spähte er immer über die niedrige Begrenzungsmauer auf der Suche nach irgendetwas oder irgendjemandem, den er beobachten konnte. Heute jedoch galt seine ganze Aufmerksamkeit seinem Rucksack und dem, was darin verborgen war.

Trotzdem sah er aus reiner Gewohnheit kurz die Hauptverkehrsstraße Richtung Riverside hinunter, wo seine Mutter arbeitete, wo die Häuser größer und weniger heruntergekommen waren als in den Lower Downs und wo man hin und wieder, an sehr klaren Tagen, die große Southport-Fähre gespenstisch über den Fluss treiben sah. Aus dieser Entfernung wirkte sie wie ein Gebäude, das zwischen den anderen Häusern hindurchglitt. Und das war sie in gewisser Weise ja auch, dachte Ruben – eine Art schwimmendes Parkhaus. Seine Mom hatte ihm erzählt, dass sie vom Markt aus das Horn mit voller Lautstärke hörte, zwei Mal in der Stunde, den ganzen Tag über. Und sie war es nach all dieser Zeit trotzdem kein bisschen leid.

»Nicht mal ein klitzekleines bisschen?«, hatte Ruben gefragt. Daraufhin verfolgte sie ihn durch die Wohnung wie eine verrückt gewordene Gans und imitierte unaufhörlich das Tuten der Fähre. Ruben hielt sich die Ohren zu und versuchte kichernd, ihr zu entkommen. »Du hast recht«, schrie er schließlich, »wie könnte man so etwas jemals leid sein?«

»Sag ich doch!«, erwiderte seine Mom und tutete erneut. Doch dann bollerte der Nachbar an die Wand und sie mussten aufhören.

Auf dem Dach des Bürgerzentrums konnte Ruben nun das Horn in der Ferne hören; es klang dumpf und weich, wie der tiefste Ton auf einer Orgel. Er setzte sich hin, lehnte sich mit dem Rücken an die Begrenzungsmauer und stellte den Rucksack zwischen die Knie.

Vorsichtig und etwas umständlich holte Ruben das Holzkästchen aus dem Lederbeutel, wickelte es aus und nahm die Uhr heraus. Das Sonnenlicht spiegelte sich gleißend auf dem kupfernen Metall und ließ ihn blinzeln. Er öffnete die obere Halbkugel. Die schwarzen Ziffern glänzten wie frisch aufgetragene Tinte. Er fragte sich, was wohl mit dem Minutenzeiger geschehen war, denn in anderer Hinsicht war die Uhr perfekt. Ihm gefiel das solide Gewicht der Uhr, die genau in seine kleine Hand passte, als wäre sie eigens dafür geschaffen worden.

Ruben lief ein Schauder über den Rücken. Seine Gedanken kreisten ununterbrochen darum, welche Summe ihm die Uhr wohl einbringen würde, wenn er sie verkaufte. Sie war bestimmt eine Menge Geld wert – vielleicht sogar so viel, dass seine Mutter und er alle finanziellen Sorgen begraben konnten. Warum nicht? Man durfte wohl noch träumen. Und doch verspürte er bereits heftiges Bedauern bei der Vorstellung, seinen Schatz wieder abzugeben. Deswegen erlaubte er sich zwar, von einer riesigen Menge Geld zu träumen, ignorierte dabei jedoch den Aspekt, sich dafür von der Uhr trennen zu müssen.

Was hatte seine Mom gesagt? *Halt dich nicht zu sehr mit Details auf, Junge.*

Zwei Mal nahm Ruben den Schlüssel aus dem samtenen Fach und begutachtete den eleganten Griff, der an ein Kleeblatt erinnerte, das Metall zierlich gebogen wie bei schmiedeeiserner Handwerkskunst. Beide Male hielt er das andere Ende über das sternförmige Loch im Zifferblatt, schüttelte dann jedoch den Kopf und legte den Schlüssel wieder zurück. Ihm wurde ganz mulmig bei dem Gedanken, die Uhr aufzuziehen. Er hatte Angst, etwas kaputt zu machen.

Als nach einiger Zeit das dumpfe Tuten der Fähre in sein Bewusstsein drang, blinzelte Ruben und streckte sich. Ihm fiel auf, dass es auf dem Dach inzwischen deutlich wärmer geworden war. Er meinte sich auch zu erinnern, das Horn vor einiger Zeit schon einmal gehört zu haben, vielleicht sogar mehrmals, ohne dass es ihm richtig bewusst geworden war. Sein Hintern war eingeschlafen, seine Beine waren steif und sein Magen knurrte beharrlich. War es wirklich schon Zeit fürs Mittagessen? Er packte alles zurück in den Rucksack und stand auf. Sofort fiel ihm eine Gruppe von vier Männern auf, die die Hauptstraße entlanggingen. Er duckte sich rasch und umklammerte seinen Rucksack. Die Späher.

Jetzt wusste Ruben, wie viel Uhr es war. Heute war Mittwoch, also musste es zwölf Uhr sein. Denn um die Zeit kontrollierten die Späher die Geschäfte in diesem Bereich der Lower Downs. Er hatte sie schon unzählige Male beobachtet, auch wenn er dabei immer ziemlich nervös gewesen war. Es gehörte einiges dazu, den Spähern hinterherzuspionieren.

Es gab einen guten Grund, warum die Späher diesen Spitznamen besaßen: Jeder der vier sah in eine andere Richtung. Einer nach vorne, einer nach links, einer nach rechts und einer nach hinten. Sie unterhielten sich zwar, während sie gingen, und sahen sich dabei auch an, aber ihre Blicke wanderten immer wieder in die untereinander verabredete Richtung. Sie waren wie ein Satz wandelnder Augen, die alles sahen, was sich in ihrer Umgebung abspielte.

Sie besaßen auch andere Spitznamen. Obwohl man eigentlich gar nicht über sie reden durfte, hatte Ruben immer mal wieder gehört, wie sie als Wächter, Sammler, Kompassmänner, Türklopfer und Patrouille bezeichnet wurden. Dann und wann nannte jemand sie auch schlicht »die Männer des Botschafters«, da sie dem Botschafter unterstanden. Doch solche Äußerungen galten als ziemlich unklug – einige besonders abergläubische Leute befürchteten, dass sogar geflüsterte Unterhaltungen unerwünschte Aufmerksamkeit auf sich ziehen könnten. Schließlich wünschte sich niemand eine Aufforderung, in der Villa des Botschafters zu erscheinen. Ein Treffen mit dem Botschafter bedeutete nämlich fast zwangsläufig, dass auch dessen Vorgesetzter davon erfuhr – der absolut letzte Mensch auf Erden, von dem man wollte, dass er über einen nachdachte, egal aus welchem Grund. Der Schatten.

Falls der Schatten überhaupt ein Mensch war. Viele Kinder glaubten, er wäre etwas ganz anderes. Was genau, das konnten sie jedoch nicht sagen. Irgendetwas Böses auf jeden Fall. Etwas Schreckliches. Weil es verboten war, über den Schatten zu sprechen, diskutierten die Kinder natürlich umso mehr über ihn, wenn sie unter sich waren, und Ruben hatte schon unzählige widersprüchliche Gerüchte und Spekulationen gehört. Es gab jedoch eine Geschichte, auf die sich scheinbar alle einigen konnten: Jahre vor Rubens Geburt, war ein Wahnsinniger schreiend durch die Straßen der Lower Downs gerannt. Allem Anschein nach stand er Todesängste aus, und alle waren sicher, dass diese Angst – und vielleicht sogar sein Wahnsinn – etwas mit dem Schatten zu tun gehabt hatte.

Mehr wusste Ruben nicht über die Geschichte, aber es genügte, um ihn erschauern zu lassen. Er hatte es sich zur Regel gemacht, nicht über den Schatten nachzudenken. Das gelang ihm auch meist, außer in Situationen wie dieser, wenn er sah, wie die Späher ihre Runden drehten.

Für jeden Bezirk waren bestimmte Späher zuständig, für einige größere Bezirke sogar zwei oder drei Trupps. Die baufällige Villa des Botschafters in Westmont wurde von einer eigenen Gruppe überwacht, das hatte Ruben zumindest gehört. In den Lower Downs gab es nur diese eine. Ruben kannte die Namen der Männer nicht, auch wenn sie vermutlich alle irgendwo in der Gegend lebten, aber er hatte ihnen Spitznamen gegeben. Linksaußen und Rechtsaußen waren Brüder, beide klein und blond und zappelig. Frontmann war groß und schlaksig und schlenderte mit einem hämischen Grinsen auf den Lippen vorneweg. Schlusslicht hatte ein fleischiges, gelangweilt dreinblickendes Gesicht, das in krassem Gegensatz dazu stand, wie er alle paar Sekunden über die Schulter nach hinten sah. Von Weitem hätte man meinen können, er sei paranoid, aber das war ganz einfach sein Job (und wahrscheinlich machte er es inzwischen ganz automatisch, ohne darüber nachzudenken). Er wirkte allerdings nie so, als ob er etwas Spannendes zu sehen erwartete. Hatte er vielleicht auch noch nie.

Vermutlich hatten sie Familien. Vermutlich waren sie ganz normale Männer. Trotzdem konnte Ruben sich das nur schwer vorstellen.

Als er mit seiner Mutter einmal im Supermarkt gewesen war, hatte er geglaubt, Frontmann vor dem welken Obst und Gemüse stehen zu sehen. Frontmann ganz allein, ohne seine drei Kumpane, das kam Ruben vor wie ein Kopf, der ohne seinen Körper unterwegs war. Und was machte er überhaupt in einem Supermarkt? Ruben hatte seinen Augen nicht getraut, und seine Mom war abrupt in einen anderen Gang gewechselt, um nicht genauer hinsehen zu müssen.

(Erst später fiel ihm auf, wie merkwürdig leer die Obst- und Gemüse-Abteilung gewesen war, obwohl sich in den anderen Gängen die Menschen drängten. Seine Mom hatte nicht als Einzige ihren Einkaufswagen herumgerissen und so getan, als würde etwas vom Einkaufszettel fehlen.)

Die meisten Kinder seines Alters hatten wahrscheinlich keine Ahnung, was die Späher genau taten und was hinter alldem steckte. Ruben hingegen kannte die Wahrheit seit letztem Sommer, bevor die Miete erhöht worden war und seine Mom und er umziehen mussten.

Ganz in der Nähe ihrer alten Wohnung hatte es eine kleine Bäckerei gegeben, in die sie am Samstagmorgen oft gegangen waren. Ruben bestellte immer einen Donut und seine Mutter einen Kaffee mit extra viel Milch. Sie setzten sich an einen winzigen Tisch in einer Ecke und nippten und knabberten genüsslich, während sie das geschäftige Treiben um sich herum genossen. Das Beste war der überirdisch gute Duft.

(»Als würde man von einem Engel in ein warmes Bett gebracht werden«, beschrieb seine Mutter ihn. »Oder als würde man aus einem Teich voll Honig trinken, der sich am Ende eines Regenbogens befindet«, meinte Ruben. Sie mussten jedoch zugeben, dass ihre Beschreibungen dem Duft nicht ansatzweise gerecht wurden.)

Der Bäcker war ein freundlicher Mann, der seinen Kunden zuzwinkerte und seine Nichten und Neffen, die für ihn arbeiteten, lautstark neckte. Er kannte Rubens Lieblingsdonut (mit Vanillecremefüllung) und immer, wenn Ruben die Bäckerei betrat, hob er seine buschigen Augenbrauen und fragte: »Das Übliche für Sie, junger Mann?«, was Ruben davor bewahrte, vor den anderen Kunden laut sprechen zu müssen. Wegen dieses Mannes und seines himmlischen Ladens hatte Ruben eine Zeit lang selbst Bäcker werden wollen.

Eines Tages, während seine Mutter arbeitete, war Ruben durch die Gasse hinter der Bäckerei und die angrenzenden Geschäfte gestreunt. Enge Gassen sind nicht unbedingt bekannt dafür, gut zu riechen, aber dank der Bäckerei hatte diese ein angenehmes Aroma und Ruben hielt sich hier deutlich öfter auf als in anderen. Am liebsten schlich er sich an die mit Fliegengitter verschlossenen Hintertüren heran und lauschte dem Gemurmel im Inneren, versuchte zu verstehen, was gesagt wurde, und flitzte hinter die nächstbeste Mülltonne, sobald er das Gefühl hatte, dass jemand auf dem Weg zur Tür war. An jenem Tag jedoch entdeckte er ein großes, leicht rostiges Spülbecken, das umgekippt hinter der Bäckerei auf dem Boden lag. Leere Plastikkisten standen wie Stühle darum herum und obendrauf lagen ein Kartenspiel, ein tragbares

Radio und drei Sätze Karten mit dem Blatt nach unten. Er war offenbar auf eine gerade unterbrochene Spielrunde gestoßen.

Sein Blick fiel auf ein großes, vom Rost zerfressenes Loch an der Seite der Spüle. Es war nicht wirklich riesig, aber doch groß genug. Er zögerte keine Sekunde, glitt zu Boden und schlängelte sich hinein.

Beinahe sofort wurde er mit dem Geräusch der sich öffnenden Hintertür belohnt, gefolgt von lautem Lachen und Schritten, die sich dem improvisierten Tisch näherten. Die Spieler setzten sich wieder auf die Kisten. Zusammengekauert in der Dunkelheit hörte Ruben, wie sie sich unterhielten (an der Stimme erkannte er den Bäcker und zwei seiner Nichten) und wie die Karten neu gemischt und verteilt wurden. Jemand stellte das Radio an, woraufhin Polka-Musik ertönte. Schon bald war das Spiel wieder in vollem Gange.

Ruben war außerordentlich zufrieden mit sich. Er hatte das perfekte Versteck gefunden. Er stellte sich vor, er sei ein Spion, der einer verschlüsselten Unterhaltung zwischen Kriminellen lauschte und sich dabei jedes Wort merkte, damit er später in der Lage wäre, den Code zu entschlüsseln. Auch wenn die Schurken so taten, als redeten sie über nichts Wichtigeres als die bevorstehende Hochzeit der älteren Nichte, ahnte Ruben, der Spion, dass sie einen Plan von unvergleichlicher Boshaftigkeit aushecken. Wenn er erst ihr geheimes Notizbuch mit dem Code in die Hände bekäme ...

Plötzlich stimmte eine weitere Stimme in die Unterhaltung mit ein – die gespielt freundliche Stimme eines Mannes. Eine Fliegengittertür wurde quietschend geöffnet und schlug mit lautem Knall wieder zu. Das Radio wurde hastig ausgestellt und die Kisten schrammten über den Boden, als die Spieler eilig auf die Füße sprangen. Ruben spürte ein eisiges Prickeln im Nacken.

»Ich unterbreche Sie nur ungern«, sagte die Stimme des Fremden. »Aber Sie waren nicht im Laden. Der Junge hat angeboten, Sie zu holen, aber dann wäre Ihre Theke unbeaufsichtigt gewesen, und natürlich möchten wir es vermeiden, in irgendeiner Art Ihr Geschäft zu behindern. Also sind wir selbst hier herausgekommen, um zu sehen, was Sie treiben. Wir wissen gern über alles Bescheid.«

Ruben verlagerte sein Gewicht ein wenig nach links und linste aus dem rostigen Loch. Er erkannte mehrere Paare von Männerschuhen – die des Bäckers und vier andere. Sein Puls beschleunigte sich. Noch nie war er den Spähern so nahe gewesen.

»Jetzt wissen Sie es«, sagte der Bäcker, und seine Stimme war ebenso aufgesetzt freundlich wie die des Spähers. »Wir haben Pause gemacht.«

»Wie nett«, erwiderte der Späher. »Wir können keine Pause machen, wenn uns danach ist. Wir müssen dem Botschafter Bericht erstatten. Wir haben einen straffen Zeitplan. Und deswegen fragen wir uns, warum Sie hier hinten sind, obwohl Sie genau wissen, dass wir kommen. Warum lassen Sie uns warten?«

»Bitte entschuldigen Sie«, sagte der Bäcker mit erstickter Stimme. »Anscheinend ist meine Uhr stehen geblieben. Mir war gar nicht bewusst, wie spät es schon ist.«

»Hoffentlich haben Sie nicht auch noch bei anderen Dingen den Überblick verloren«, erwiderte der Späher. »Oder hatten Sie gehofft, wir würden einfach weitergehen und nächste Woche wiederkommen? Sollen wir den Botschafter davon in Kenntnis setzen?«

»Nein, nein, natürlich nicht! So etwas Dummes würde ich niemals tun, das wissen Sie doch. Ich habe Ihren Umschlag hier bei mir, mit dem vollen Anteil, wie immer.«

»Und Ihnen ist nichts Ungewöhnliches aufgefallen?«

»Ich würde Ihnen sagen, wenn ich etwas gesehen hätte. Kommen Sie, ich zeige Ihnen das Kassenbuch, und dann können Sie sich wieder auf den Weg machen. Ich weiß ja, dass Sie Ihren Zeitplan einhalten müssen.«

Fünf Paar Schuhe schritten zur Hintertür der Bäckerei. Die Tür öffnete und schloss sich, und Ruben blieb mit den beiden Nichten zurück, die sich still wieder auf die Kisten setzten. Nach einer Minute begann die Jüngere, etwas zu sagen, doch die Ältere brachte sie zum Schweigen. Erneut wurde es totenstill. Dann öffnete sich die Hintertür und Ruben hörte, wie sich ein einzelnes Paar Schuhe näherte. Der Bäcker ließ sich auf die freie Kiste fallen.

Ruben hörte geistesabwesend zu, wie der Bäcker und seine Nichten ihr Kartenspiel wieder aufnahmen und dabei so taten, als mache es ihnen Spaß, auch wenn die ausgelassene Stimmung von vorhin offenkundig verflogen war. Ihm selbst erging es nicht anders – ihm war die Lust daran vergangen, Spion zu spielen. Er war nur ein Junge, der unhöflicherweise eine Familienunterhaltung belauschte. Sobald die Kartenspieler nach drinnen gegangen waren, schlängelte er sich unter der Spüle hervor und ging etwas steifbeinig nach Hause. Den Rest des Nachmittags hatte er in seinem Bett verbracht, in einem Comic-Heft geblättert, das er nicht besonders mochte, und sich gewünscht, nicht zu wissen, was er nun wusste.

Kurz darauf waren sie umgezogen, und Ruben hatte weder die Gasse noch die Bäckerei je wieder betreten. Als seine Mutter ihm einmal vorgeschlagen hatte, ihr altes Samstagvormittags-Bäckerei-

Ritual noch einmal aufzunehmen, hatte er vorgegeben, keine Lust auf den weiten Fußmarsch zu haben, geschweige denn mit dem Bus zu fahren. In Wahrheit machte ihn dieser Ort traurig. Er ertrug den Gedanken nicht, dass jemand so Freundliches wie der Bäcker gezwungen wurde, diesen Männern Rechenschaft abzulegen, ihnen sein Geld zu geben und so zu tun, als sei alles in bester Ordnung. Selbst den himmlischen Duft von Backwaren konnte Ruben nicht mehr ausstehen. Seit dem Vorfall in der Gasse war dieser Geruch für ihn gleichbedeutend mit Angst.

ZEIT ZUM PLANEN. ZEIT ZUM TRÄUMEN

Ruben wartete, bis die Späher die Hauptstraße abgeklappert hatten und in eine andere Straße abgebogen waren, dann verließ er das Dach und ging zurück ins Bürgerzentrum. Dankbar sog er die kühle Luft in sich auf, denn es war ziemlich heiß geworden auf dem Dach. Er huschte mit dem Schlüssel ins Büro und schlüpfte kurz darauf ohne Schlüssel wieder hinaus. Auf dem Weg zum Wasserspender änderte er zwei Mal die Richtung, um Mitschülern auszuweichen. Manchmal konnte er solche Begegnungen nicht vermeiden – dann nickte ihm jemand zu und er nickte zurück. Das war so ziemlich alles, was er unternahm, um Freunde zu finden.

Ein Grund dafür war, dass er durch den Umzug die Schule hatte wechseln müssen. An der neuen Schule kannten sich die Schüler zum Teil schon seit dem Kindergarten, daher hatte sich niemand große Mühe gegeben, ihn besser kennenzulernen. Die netten Kinder hatten bereits Freunde und die schüchternen blieben lieber für sich.

Ruben wusste aber durchaus, dass er nicht alles auf die neue Schule schieben konnte. Auch an seiner alten Schule hatte sich vieles verändert, je mehr sie auf das Ende der Unterstufe zugesteuert waren. Seine Freunde hatten keine Lust mehr, mit ihm

Verstecken zu spielen, und das nicht nur, weil er immer gewann. Die Jungs interessierten sich immer mehr für Sport und die Mädchen begannen, sich in undurchschaubaren Gruppen zusammenzuscharen und in einer geheimnisvollen Sprache miteinander zu unterhalten. Irgendwann hatte Ruben festgestellt, dass er als Einziger immer noch Verstecken spielte, aber ohne die anderen. Niemand suchte mehr nach ihm.

Ruben hatte so viel Wasser aus dem Spender getrunken, dass es in seinem leeren Magen gluckerte, während er nach Hause ging. Bis auf ein paar marode Vordächer gab es kaum etwas, das auf dem Gehweg Schatten spendete. Er blinzelte in der gleißenden Helligkeit, hielt den Kopf gesenkt und lauschte dem Gluckern in seinem Bauch. Als ihn jemand von der Türschwelle eines Eisenwarenladens aus ansprach, zuckte er überrascht zusammen.

»Junger Pedley! Warum so grimmig?«

Ruben wandte sich der Stimme zu, die er sofort als die von Officer Jimmy Warren erkannte, einem der Streifenpolizisten in den Lower Downs – der Einzige, der Ruben nicht nervös machte. Er stand im Halbdunkel der Ladentür, die blaue Polizeiuniform ausgeblichen, aber sorgfältig gebügelt, die Stiefel poliert, das Lächeln so freundlich wie immer. Officer Warren war ein großer Mann mit walnussbrauner Haut, kurzen Haaren, die ein Stück unter seiner Polizeimütze hervorlugten, und Augen, die Ruben ununterbrochen zu mustern schienen, als versuche er, sich über irgendetwas klar zu werden. Und doch war er so nett, dass Ruben in seinem Fall – ein höchst seltener Fall – nicht unter der Aufmerksamkeit zusammenschrumpfte.

»Ich bin nicht grimmig«, entgegnete Ruben und hob lächelnd eine Hand, um die Augen vor der Sonne abzuschirmen.

»Ist das so?« Officer Warren neigte den Kopf zur Seite. »Warum hast du dann so finster dreingeschaut? Sah ganz so aus, als wärst du furchtbar wütend auf den Gehweg.« Er deutete auf den Boden zu Rubens Füßen.

Ruben kicherte. Dann hob er den Daumen in Richtung Sonne. »Es ist bloß hell.«

»Das stimmt«, sagte der Polizist und trat aus der Ladentür hervor. Er zog eine Sonnenbrille aus der Tasche seines Hemdes und setzte sie auf. »Dann müssen wir dir wohl auch mal so ein Ding besorgen, junger Mann. Damit du nicht mehr mit einer Miene durch die Gegend läufst, als hätte die ganze Welt sich gegen dich verschworen. Was meinst du?«

Ruben nickte unverbindlich.

Officer Warren musterte ihn wie üblich. »Ich sag dir was. Ich brauch ohnehin bald 'ne neue. Wenn ich eine hab, kannst du dir die hier ausleihen. Was hältst du von der Idee? Also dann, abgemacht.«

Die Sonne spiegelte sich in der blankpolierten Dienstmarke des Polizisten, aber Ruben wandte dennoch den Blick nicht ab. Er mochte Officer Warren. Jedes Mal wenn sie miteinander sprachen, wollte Ruben auch Polizist werden.

»Tja«, sagte Officer Warren seufzend, »ich sollte mal langsam weiter. Muss nach ein paar Leuten sehen.« Er legte eine Hand auf Rubens Schulter. »Grüß deine Mom von mir, ja? Geht's ihr gut? Sehr schön. Also dann, pass auf dich auf, junger Pedley.« Er ging in Richtung Bürgerzentrum davon, die ersten paar Schritte pfeifend, dann verstummte er wieder.

Ruben stellte sich vor, wie der heitere Ausdruck aus Officer Warrens Gesicht verschwand. Trotz seiner Freundlichkeit sah der Polizist ernst, manchmal sogar traurig aus, wenn er allein war. Ruben hatte ihn oft genug beobachtet, um es zu wissen. Aus diesem Grund überdachte er auch jedes Mal seinen Wunsch, Polizist zu werden. Wenn man ein wirklich guter Polizist sein wollte, wie sollte man dann in New Umbra jemals glücklich werden?

Denn in New Umbra mussten die Polizisten auf einem Auge blind sein, wenn die Späher auf der Bildfläche erschienen. Sie konnten ihre Jobs nur bis zu einem gewissen Punkt ausüben, den sie nicht zu überschreiten wagten (denn »Polizisten haben auch eine Familie, für die sie sorgen müssen«, hatte Ruben einmal jemanden sagen hören), und das reichte aus, um selbst dem engagiertesten Zeitgenossen die Laune zu verderben. Einige wenige wie Officer Warren waren zwar freundlich und hilfsbereit, aber das bedeutete nicht, dass sie auch glücklich waren. Die meisten Polizisten New Umbras machten einen verbitterten, niedergeschlagenen Eindruck, als gehöre es zu ihrem Job, jeden Tag einen Tritt in den Hintern zu bekommen.

Ruben sah Officer Warren noch kurz hinterher, dann wandte er sich um und setzte seinen Heimweg fort. Obwohl er wusste, wie es um den Polizisten bestellt war, versetzten ihn die Begegnungen mit ihm immer in eine gute Stimmung, und heute war es nicht anders. Mal ganz davon abgesehen, dass er ohnehin schon hervorragende Laune gehabt hatte. Tatsächlich war er gerade vielleicht die einzige Person weit und breit, die so etwas wie Hoffnung schöpfte.

Zu Hause vertilgte Ruben geistesabwesend zwei Schüsseln Müsli, den Blick auf den schimmernden Inhalt des Holzkästchens geheftet, das offen vor ihm auf dem Tisch stand. Er war allerbester Laune. Er wusste gar nicht, was er mit all seiner Aufregung anfangen sollte, geschweige denn mit der Uhr und dem Schlüssel. Er verbrachte fast den ganzen Nachmittag damit, die beiden Objekte anzustarren. Um für etwas Abwechslung zu sorgen, trug er sie erst in sein Zimmer, dann ins Badezimmer, wo er sie im Spiegel betrachtete, dann auf die Couch im Wohnzimmer. Er grübelte darüber nach, was sie wohl wert waren. Hunderte von Dollar? *Tausende* von Dollar? Oder noch mehr?

Ruben machte sich auch Gedanken über P. Wm. Light. War er ein Sammler gewesen? War er reich gewesen? Er hatte das Kästchen extra für die Uhr und den Schlüssel anfertigen lassen, also schienen sie ihm eine Menge bedeutet zu haben. Aber es war nicht P. Wm. Light gewesen, der das Kästchen in der Wand über dem Sims versteckt hatte – Ruben bezweifelte das zumindest stark. Ein Mann, der seinen Namen in solch ein wunderschönes Kästchen eingravieren ließ, würde es doch niemals in eine Plastiktüte einwickeln. Nein, das musste jemand anderes gewesen sein, jemand aus der heutigen Zeit. P. Wm. Light stammte sehr wahrscheinlich aus der Vergangenheit.

Auf jeden Fall hatte das Bündel schon seit längerer Zeit in dem Loch in der Wand gelegen, und niemand hatte seitdem Anspruch darauf erhoben. Für Ruben waren die Eigentumsrechte daher sonnenklar: Wer es findet, darf es behalten. Er hatte allerdings seine Zweifel, ob seine Mutter mit dieser Ansicht übereinstimmen würde, und dann gäbe es auch noch die heikle Frage zu klären, wie diese Sachen in seinen Besitz gekommen waren. Daher beschloss er, den Fund für sich zu behalten, auch wenn er sich nichts sehnlicher wünschte, als sein Geheimnis mit ihr zu teilen. Er würde ihr die Wahrheit noch eine ganze Weile lang verschweigen müssen. Er brauchte Zeit zum Nachdenken. Zeit zum Planen. Zeit zum Träumen.

An diesem Abend hatte seine Mom frei und musste nicht nach Ashton fahren, und wie immer an solchen Abenden kam sie mit einer großen Packung Fisch nach Hause, auch wenn sie den Fisch inzwischen gründlich satthatte. Ruben aß ihn immer noch gern, und außerdem bekam sie einen Mitarbeiterrabatt.

Ruben trug den Fisch in die Küche, während seine Mutter erschöpft ihre Handtasche zu Boden fallen ließ und sich ihre Schuhe von den Füßen streifte. Sie winkte ihn wieder zu sich. »Komm und nimm deine Mutter in den Arm, Kind«, sagte sie gespielt förmlich mit heiserer Stimme und Ruben lachte. Ihre Kleidung roch nach Fisch, aber das war Ruben gewohnt. Er umarmte sie lange. Sie war gerade groß genug – und er klein genug –, dass sie ihr Kinn auf seinem Kopf ablegen konnte.

Sie kratzte liebevoll über seinen Rücken. »Hattest du einen schönen Tag?«

»Jep«, murmelte Ruben und schloss die Augen. Er liebte es, wenn sie ihm den Rücken kratzte.

»Ist irgendetwas Aufregendes passiert?«

Ruben zuckte mit den Schultern. Nachdem er den ganzen Nachmittag auf die Uhr und den Schlüssel gestarrt hatte, sah er sie sogar jetzt noch vor sich, eingebrannt in sein inneres Auge. Er hatte alles erst wenige Minuten zuvor in seinem Schrank versteckt, hinter einem Karton voll altem Spielzeug.

Seine Mom gab ihm einen Kuss auf den Kopf und ließ ihn los. Erst jetzt fielen ihr seine Schrammen und blauen Flecken auf. Ruben sah, wie sich Angst in ihrem Gesicht abzeichnete, was wahrlich selten vorkam. Seine Mom hatte elfenhafte Züge und den dazugehörigen verschmitzten, zuversichtlichen Gesichtsausdruck – außer, wenn sie sich Sorgen um ihren Sohn machte.

»Ruben«, rief sie entsetzt, »was ist denn mit dir passiert?«

»Ach, mir geht's gut«, erwiderte er möglichst beiläufig. In Wirklichkeit schmerzten und brannten seine Arme höllisch, aber er wollte die Sorge seiner Mutter im Keim ersticken. »Ich bin in der Bibliothek die Treppe runtergefallen. Ich hab wie ein Idiot ausgesehen, aber mir geht's gut. Es tut gar nicht weh.«

Seine Mom beugte sich vor, um sich die Arme genauer anzusehen. »Wir sollten Salbe auf die Schrammen tun.« Sie sah ihn forschend an, und ihre haselnussbraunen Augen verengten sich teilnahmsvoll. »War es dir sehr peinlich?«

»Was? Oh nein. Ehrlich gesagt glaube ich nicht, dass mich überhaupt jemand gesehen hat.« Ruben wünschte, er hätte das mit dem Idioten nicht gesagt. Sie machte sich ohnehin schon Sorgen, weil er keine Freunde hatte.

»Menschen fallen manchmal hin, Ruben. Das macht sie noch nicht zu Idioten.«

»Ich weiß«, erwiderte er und nickte, dachte aber: *Wenn du wüsstest.*

Nachdem seine Mom überzeugt war, dass ihm wirklich nichts fehlte, ging sie duschen und sich umziehen. Ruben flitzte zu seinem Schrank, um noch einmal einen Blick auf die Uhr zu werfen. Doch gerade als er sie aus dem Stoff gewickelt hatte, hörte er, wie seine Mutter laut und heftig fluchte – anscheinend funktionierte das heiße Wasser immer noch nicht. Die Wasserrohre in der Wand verstummten, und Ruben legte die Uhr mit einem Seufzer zurück.

Nachdem er den Tisch gedeckt hatte, schaute er seiner Mom beim Kochen zu. Die Füße stellte er dabei unter seinen Stuhl, damit sie in der winzigen Küche nicht darüberstolperte. Ihre Haare, die sie zu einem Pferdeschwanz zusammengebunden hatte, kräuselten sich in der Hitze. Sie stand mit einem Pfannenwender am Herd und schwelgte in Erinnerungen an ihre alte Wohnung.

»Sie war zwar nicht gerade das A und U«, sagte sie und wendete den Fisch in der Pfanne, »aber immerhin gab es warmes Wasser. Und vernünftige Herdplatten.«

»Das A und U?«

Sie sah ihn mit gespielter Entrüstung über die Schulter hinweg an. »Ja, das A und U. Das sagt man so.«

Ruben verdrehte die Augen. »Nein, Mom, sagt man nicht.«

»Oh doch, das sagt man. Was weißt du denn schon? Du bist doch bloß ein Kind.« Sie drehte ihren Oberkörper erst in die eine, dann in die andere Richtung und streckte ihren Rücken.

Ruben schüttelte den Kopf. Seine Mutter brachte ihn immer zum Lachen. Manche Leute bezeichneten sie als keck, ein Ausdruck, den sie hasste. Keck, sagte sie, nannte man Leute, die sich größer und wichtiger machten, als sie eigentlich sind. »Ich finde nicht, dass man Menschen nach ihrer Größe beurteilen sollte«, hatte sie ihm einmal erklärt. »Und übrigens auch nicht nach ihren Eigenschaften.«

Ruben hatte gefragt, wie man Menschen denn beurteilen sollte.

»Nach ihren Haaren«, hatte seine Mutter entgegnet. »Ihren Haaren oder ihren Klamotten. Sonst nichts.«

Während des Abendessens ertrug Ruben die üblichen Fragen zu seinem Tag und antwortete mit den üblichen Geschichten: Comic-Hefte in der Bibliothek, ein paar Runden Basketball auf dem verratzten Platz des Bürgerzentrums, ein oder zwei Gespräche mit anderen Kindern, die er aus der Schule kannte. Wie üblich wurde seine Mutter etwas misstrauisch bei den »Gesprächen mit anderen Kindern«. Sie hakte zwar nicht nach – sie wusste, dass es ihm unangenehm war, als sei es eine Art Charakterschwäche, keine Freunde zu haben –, aber er sah den Zweifel und die Sorge in ihren Augen. Er war erleichtert, als das Abendessen vorbei und die tägliche Und-was-hast-du-so-gemacht-Unterhaltung offiziell beendet war.

»Und jetzt?«, fragte seine Mutter, nachdem das Geschirr gespült und weggeräumt war. Sie schlug mit dem Geschirrtuch auf Rubens Schulter. »Traumhaus?«

»Au ja«, erwiderte er. »Ich hole das Millimeterpapier.«

»Und ich die Bleistifte.«

Ruben ging in das Schlafzimmer seiner Mutter und zog einen Stapel Papier unter ihrem Bett hervor. Er blätterte flüchtig durch zwei oder drei Seiten, dann rief er: »Altes oder neues?«

»Darfst du dir aussuchen!«, rief seine Mutter zurück. So wie immer. Der Wortwechsel war zu einer Art Ritual geworden. Ruben fragte, und seine Mutter überließ es ihm. Die ersten paar Male hatten sie es noch lustig gefunden, doch nach Wochen und Monaten hatte das Frage- und Antwortspiel beinahe zeremonielle Eigenschaften angenommen. So seltsam das klang, aber Ruben fühlte sich seiner Mutter dadurch näher, und er war sicher, dass sie ebenso empfand.

»Neues«, sagte er zufrieden zu sich selbst. »Heute definitiv ein neues.« Er nahm einige unbeschriebene Seiten vom Stapel und kehrte an den Küchentisch zurück. Seine Mutter spitzte gerade Bleistifte mit einem kleinen Plastikanspitzer. Als sie die leeren Blätter sah, nickte sie zustimmend. Auch das gehörte zu ihrem Ritual: Ruben traf immer die richtige Entscheidung.

»Ich möchte, dass dieses Haus eine Kletterwand hat«, sagte er, noch während er sich auf den Stuhl setzte.

»Cool.« Seine Mutter reichte ihm einen Bleistift. »Gibt es einen Sicherheitsgurt?«

»Brauch ich nicht. Ich lasse die Wand direkt aus dem Schwimmbecken rauskommen.«

»Clever«, erwiderte seine Mom. Sie schürzte die Lippen. »Andererseits ... hast du schon mal einen Bauchklatscher gemacht?«

Ruben schüttelte den Kopf. Genau genommen war er noch nie in einem Schwimmbad gewesen.

»Tja, ich schon. Es fühlt sich an, als würde die ganze Welt einem eine Ohrfeige verpassen.«

Er kicherte und beugte sich über das Millimeterpapier. »Dann bemühe ich mich, Bauchklatscher zu vermeiden. Und du kannst den Sicherheitsgurt nehmen. Ich bringe einen an.«

»Danke.« Sie tippte sich nachdenklich mit dem Bleistift gegen die Zähne. »Ich wette, dass wir damit auch schwere Sachen transportieren könnten.«

Traumhäuser zu entwerfen und zu variieren war zu ihrer Lieblingsbeschäftigung geworden, wenn sie abends zusammensaßen. Sie hatten damit angefangen, als die Miete ihrer alten Wohnung erhöht wurde und seine Mutter nach einer günstigeren Unterkunft zu suchen begann. Als Ruben fragte, ob er in der neuen Wohnung ein eigenes Zimmer haben würde, hatte seine Mutter ein riesengroßes Theater gemacht, was er doch für ein verwöhntes Kind sei und dass er immer mehr und mehr würde haben wollen, wenn er jetzt seinen Willen bekäme. Zuerst zwei Zimmer für sich allein, dann eine Wohnung und am Ende ein ganzes Haus. Irgendwann während ihres vorgetäuschten Streits erklärte Ruben, dass er in der Tat ein ganzes Haus wollte – eine Villa, um genau zu sein – und dass er von ihr erwartete, dass sie es für ihn baute. »Na schön!«, hatte sie gesagt und ergeben die Hände gehoben. »Wie hätten Sie es denn gern, Eure Majestät?«

So hatte alles angefangen. Natürlich konnte die Villa erst gebaut werden, wenn Ruben sich entschieden hatte, wie sie genau aussehen sollte, was sich als eine äußerst schwierige Aufgabe herausstellte angesichts der unendlich vielen Möglichkeiten. Ruben hatte zugeben müssen, dass es unter Umständen Jahre dauern würde, und ihm war durchaus bewusst gewesen, dass seine Mutter in der Zwischenzeit die Zeitung durchforstet und Telefonate geführt hatte auf der Suche nach einer Drei-Zimmer-Wohnung, die sie sich leisten konnten.

Ruben arbeitete eine Weile schweigend. Meist übernahm er das Zeichnen, während seine Mutter weitere Vorschläge machte und das ganze farbenfroh kommentierte.

Inzwischen besaßen sie Dutzende verschiedene Entwürfe. In den Häusern gab es Geheimgänge, Türen hinter Bücherregalen, Falltüren unter Teppichen oder Rutschstangen zwischen den Stockwerken. Und wenn das Haus in wärmeren Gefilden stand, hatte es grundsätzlich ein Schwimmbad mit Unterwassereingang, Sprungturm und Tunnelrutsche, die in Rubens Zimmer im Obergeschoss begann. Die wichtigste Regel beim Entwerfen der Häuser war, niemals einen Vorschlag zu verwerfen, sondern herauszufinden, wie man ihn verwirklichen konnte.

»Es gibt immer einen anderen Weg«, sagte seine Mom, wenn Ruben an einem komplizierten Entwurf verzweifelte. Außerdem bestand sie darauf, selbst seine skurrilsten Einfälle in etwas Praktisches zu verwandeln.

Die Tunnelrutsche zum Beispiel wurde zugleich als Wäscherinne benutzt. Als Wäschekorb diente eine wasserdichte Plastikkiste mit Griffen, die mit einem langen Stab, der am Rand des Schwimmbeckens aufbewahrt wurde, eingefangen werden konnte – Rubens Meinung nach ein brillanter Einfall, da man auf diese Weise das Angenehme mit dem Nützlichen verbinden konnte.

Sie fanden beide, dass sie ein gutes Team abgaben.

»Ich habe eine Frage an dich«, sagte Ruben, nachdem er ein paar Minuten lang schweigend gezeichnet hatte.

Seine Mom zuckte leicht zusammen. Sie war kurz davor gewesen einzudösen. Sie blinzelte übertrieben und verzog das Gesicht, als sei ein Insekt auf ihrer Wange gelandet. »Was?«, fragte sie und versuchte, sich zu konzentrieren. »Was für eine Frage?«

»Ach lass mal. Du solltest ins Bett gehen, Mom.«

Sie runzelte die Stirn und setzte sich aufrecht hin. »Auf keinen Fall. Ich bin wach.« Sie deutete auf ihren Pferdeschwanz. »Guck, ich hab mir noch nicht mal meine Haare aufgemacht. Also, schieß los.«

Ruben zuckte mit den Schultern. »Ich wollte dich bloß fragen, was du machen würdest, wenn du plötzlich ganz viel Geld hättest.«

»Du meinst, außer dir eine Villa zu bauen?«

»Ich meine in echt. Zum Beispiel, wenn ein geheimnisvoller Fremder dir eine Kiste voller Geld schickt. Um dir zum Beispiel für einen alten Gefallen zu danken.«

»Einen alten Gefallen, so, so«, wiederholte seine Mom und ihre Mundwinkel zuckten. »Interessant. Also schön«, sagte sie und verschränkte die Arme, um zu zeigen, dass sie ernsthaft über die Frage nachdachte. »Eine Kiste voller Geld. Was würde ich tun? Wahrscheinlich würde ich einen oder beide Jobs kündigen, je nachdem, wie viel Geld es ist, und am City College studieren.«

Ruben sah sie misstrauisch an. »Ernsthaft?«

»Ja, ernsthaft. Das war zumindest mal der Plan«, erwiderte sie. »Als du noch ein Baby warst, hatte ich das vor.«

Ruben verstand. Und er wusste auch, dass es seine Mutter traurig machte, wenn sie an die Zeit zurückdachte, in der sein Vater noch gelebt hatte. Aber sie ließ es sich nie anmerken, auch dieses Mal nicht.

Als er noch deutlich jünger gewesen war, hatte er sie einmal weinen sehen und war daraufhin ganz bestürzt gewesen. Er versuchte, aus ihr herauszubekommen, was los war. Schließlich gestand sie ihm, dass sie seinen Vater vermisste. Sie war traurig, dass Ruben ihn nie kennengelernt hatte, und noch trauriger, dass sein Vater keine Chance gehabt hatte, Ruben kennenzulernen. »Er hätte dich so sehr geliebt«, sagte sie und weinte noch mehr.

Ihm war das damals alles sehr seltsam vorgekommen, so jung, wie er war, und ohne irgendeine Erinnerung an seinen Vater. Trotzdem war er ganz durcheinander gewesen und seine Mutter versuchte, sich zusammenzureißen und ihn zu trösten. Am nächsten Morgen schien ihre Niedergeschlagenheit wie weggewischt. Sie lachte strahlend und versicherte ihm, dass er sich keine Sorgen um sie machen musste und dass sie einfach nur vollkommen übermüdet gewesen war.

Seitdem hatte sie sich vor Ruben nie mehr über irgendetwas wirklich Wichtiges beschwert. Nicht ein einziges Mal. Aber er hatte jene Nacht nicht vergessen.

»Studieren«, sagte er kopfschüttelnd und drehte seinen Bleistift auf die andere Seite, um den Radierer zu benutzen. »Da hast du dieses ganze Geld und willst *studieren* gehen.«

Seine Mom hob trotzig das Kinn. »Ganz genau.«

»Fällt dir nicht noch was Langweiligeres ein?« Er beugte sich über das Blatt und blies die Krümel vom Radierer.

Sie unterdrückte ein Gähnen und zuckte mit den Schultern. »Nach dem Studium könnte ich eine bessere Arbeit bekommen. Dann hätten wir mehr Geld. Und ich wäre nie wieder mit der Miete im Rückstand.«

»Wir sind mit der Miete im Rückstand?« Ruben sah auf.

Seine Mom zuckte erschrocken zusammen. »Nein, nein, ich

mein nur, wenn ich jemals diese mysteriöse Geldsumme bekäme, würde so etwas nie passieren. Das ist alles. Die Hauptsache ist doch, dass ich dann viel öfter bei dir zu Hause sein könnte.«

Mit der Miete im Rückstand. Also ging es ihnen noch schlechter, als er befürchtet hatte. Ruben tat so, als würde er nicht mehr darüber nachdenken, und deutete mit dem Bleistift auf sie. »Na schön, ich gestehe dir zu, dass die Antwort gut war. Langweilig zwar, aber gut.«

»Danke. Natürlich würde ich mir außerdem noch ein Motorrad kaufen.«

Er kicherte. »Ist das so?«

»Du dürftest im Beiwagen mitfahren. Wir könnten Flammen auf die Seite malen.«

»Das Motorrad hätte einen Beiwagen?«

»Kannst du dir ein Motorrad *ohne* Beiwagen vorstellen?«

»Einen Beiwagen«, murmelte Ruben und nickte zufrieden. »Jetzt bist du endlich vernünftig.«

Schon bald gingen sie beide ins Bett. Seine Mutter konnte kaum noch die Augen offen halten und Ruben ging es auch nicht viel besser. Trotzdem war er aufgeregt und ziemlich nervös. Ihm war klar geworden, was er wegen der Uhr unternehmen musste, und während er sich bettfertig machte, folgte auf jedes Gähnen ein unfreiwilliger Schauder gespannter Erwartung.

Heute war ein großartiger Tag gewesen, dachte er. Aber der morgige würde noch großartiger werden.

EIN GANZ NORMALER JUNGE

Am späten Morgen des nächsten Tages verließ Ruben, die Hände fest um die Riemen des Rucksacks gekrallt, die U-Bahn an der Haltestelle Brighton Street. Er hatte extra die Hauptverkehrszeit abgewartet, um zu vermeiden, in der U-Bahn mit irgendeinem Nachbarn zusammenzustoßen, der zufällig hier in Middleton zur Arbeit ging, dem Stadtteil New Umbras, in dem es die meisten Geschäfte gab. Trotzdem war der Bahnsteig noch ziemlich voll und Ruben trat in einer Gruppe von etwa einem Dutzend anderer Fahrgäste die Treppen hinauf ins Tageslicht. Er stellte sich mit dem Rücken an eine Hauswand und schaute die Brighton Street rauf und runter, die große Shoppingmeile New Umbras.

Alles in der Brighton Street schien zu glänzen – die Schaufenster, das Chrom an den vorbeifahrenden Autos, die klackernden Schuhe der gut gekleideten Passanten. Selbst in heruntergekommenen Städten gab es reiche Leute – Anwälte und Ärzte und Fabrikbesitzer – und in New Umbra kauften diese Menschen auf der Brighton Street ein. Auch wenn es hier lange nicht so edel zuging wie in einigen noblen Orten, die Ruben in Filmen gesehen hatte, ließ die Brighton Street die Lower Downs nur noch armseliger wirken. Wahrscheinlich konnten die meisten Menschen, die hier einkauften, sich nicht vorstellen, wie man in einem Viertel wie den Lower Downs überhaupt leben konnte.

Er kannte sich ein bisschen aus in der Umgebung. Erst vor wenigen Monaten war er mit seiner Mutter hier gewesen, da sie neue Anziehsachen für ein Vorstellungsgespräch benötigte und Werbung für einen großen Ausverkauf gesehen hatte. Mit dem neuen Outfit und der Frisur, die sie sich dazu machte, sah sie aus wie jemand, der eine große Firma leitete oder sich in der Politik engagierte. Am Morgen des Vorstellungsgesprächs fühlte Ruben sich bereits eingeschüchtert, als er mit ihr zusammen am Frühstückstisch saß. Doch sie bekam den Job nicht, weil sie keine Erfahrung vorweisen konnte.

»Ich dachte, dass ich sie vielleicht mit meinem Charme um den Finger wickeln kann«, sagte sie. »Aber offensichtlich waren sie immun dagegen. Wahrscheinlich haben sie irgendeinen Schutzzauber heraufbeschworen.« Sie sprach ganz unbefangen darüber, als sei es nur irgendein Vorstellungsgespräch gewesen und nichts, um das man viel Aufhebens machen musste. Aber seitdem war sie bei keinem mehr gewesen und Ruben begriff, dass sie gezwungen gewesen war, ihre Hoffnungen zu begraben.

Dank der Shoppingtour wusste er, wie viele Juwelier- und Antiquitätenläden es in der Umgebung der Brighton Street gab. In den Antiquitätenläden hatten seine Mutter und er ein wenig herumgestöbert auf der Suche nach einem extravaganten Schrank oder Himmelbett für ihr Traumhaus, und bei den Juwelierläden hatten sie den ein oder anderen Blick in die Auslage geworfen. (Seine Mutter hatte jedoch nicht hineingehen wollen, weil sie keine Lust gehabt hatte, von den Angestellten ignoriert zu werden, die sie – korrekterweise – als jemand einschätzen würden, der sich ohnehin nichts leisten konnte.)

Ruben wandte sich schließlich in eine Richtung und ging los, unsicher, wo er anfangen sollte. Schließlich beschloss er, einfach das erstbeste Geschäft zu betreten – einen Juwelierladen zwei Blocks von der Haltestelle entfernt. Er blieb vor dem Schaufenster stehen und versuchte, den nötigen Mut aufzubringen. Zehn Minuten später stand er immer noch an der gleichen Stelle, erfüllt von der vertrauten Furcht.

Er blickte sein Spiegelbild finster an. Er musste herausfinden, was die Uhr wert war. Er kannte zwar nicht das ganze Ausmaß des Mietrückstands – seine Mom versuchte, solche Dinge von ihm fernzuhalten –, aber so oder so war es schlimm genug. Sie hatte bereits zwei Jobs. Was sollte sie denn noch machen? Wenn Ruben die Uhr für so viel Geld verkaufen würde, dass sie die Schulden bezahlen, vielleicht sogar ein bisschen was ansparen konnten … er musste es einfach versuchen. Er musste, und das hier war der erste Schritt.

In der Schaufensterscheibe spiegelten sich die Autos und Fußgänger hinter ihm. Niemand beachtete ihn. Die hohen Gebäude hallten wider vom Hupen der Autos, dem Quietschen von Bustüren und dem Klackern und Schlurfen Tausender Schuhe auf dem Asphalt.

Er musste endlich seine Angst überwinden, schalt er sich. Einfach nur in den Laden gehen, das war alles. Ruben gab sich einen Ruck. Als er über die Schwelle trat, begrüßte ihn der einladende Klang einer Türglocke. Dann schloss sich die Tür hinter ihm und Stille breitete sich aus.

Es war ein kleiner Juwelierladen mit nur einem Verkaufsraum, in dem ein halbes Dutzend Schaukästen stand. Hinter der Theke am Ende des Raumes lehnte lässig ein elegant gekleideter junger Mann. Mit seinem feinen Anzug und dem kunstvoll frisierten, glänzend braunen Haar wirkte er, als posiere er für ein Modemagazin. Mit gelangweilter Miene, die eine vage Amüsiertheit erahnen ließ, betrachtete er seine Fingernägel.

»Hab mich schon gefragt, ob du überhaupt noch reinkommst«, sagte der Mann, ohne aufzusehen. »Du stehst schon so lang da draußen, dass ich mich gefragt hab, ob du 'nen Überfall planst. Wie sieht's aus? Willst du mich ausrauben?«

Ruben spürte, wie er rot wurde.

Der Mann gähnte und schaute auf. »Guck nicht so erschrocken, Junge, ich mach bloß Spaß. Was kann ich für dich tun? Möchtest du was für deine Freundin kaufen? Bin mir aber nicht sicher, ob wir was in deiner Preisklasse haben.«

Ruben nahm den Lederbeutel aus dem Rucksack und trat vor. »Ich wollte wissen, ob Sie mir sagen können, wie viel das hier wert ist.« Er ging zu einem der Schaukästen, um den Beutel darauf abzulegen.

Der Mann richtete sich abrupt auf. »Leg das bloß nicht da hin«, blaffte er. »Dann muss ich das Glas wieder sauber machen.« Er seufzte und winkte Ruben zu sich. »Leg es hier auf die Theke. Ich seh' es mir mal an.«

Ruben wich dem Mann keinen Zentimeter von der Seite, als dieser das Bündel aus dem Beutel nahm und es auswickelte. Beim Anblick des hübschen Holzkästchens spitzte der Mann die Lippen, sagte jedoch nichts. Dann öffnete er es und betrachtete die Uhr und den Schlüssel einige Sekunden lang regungslos. Ruben sah zwischen dem Gesicht des Mannes und den wunderschönen Objekten in dem Kästchen hin und her.

Der Mann nahm die Uhr in die Hand und besah sie von allen Seiten. Sein Fingernagel fand die Fuge, und kurz darauf öffnete er die Abdeckung und legte das Zifferblatt frei. Ihm entfuhr ein leises Geräusch, dessen Bedeutung jedoch unmöglich zu erraten war.

»Du willst die Sachen verkaufen?«, fragte er, ohne den Blick von der Uhr zu wenden.

»Nicht ich«, sagte Ruben. »Und nicht sofort. Die Uhr gehört meinem Onkel. Er hat mich gebeten herauszufinden, was sie wert ist.«

Die Augen des Mannes schnellten in Rubens Richtung. »Dein Onkel, hm? Und warum ist er nicht selbst gekommen?«

Ruben zuckte mit den Schultern und versuchte, ganz ungezwungen zu wirken. »Er muss arbeiten.«

»Verstehe.« Der Mann legte die Uhr vorsichtig wieder in das samtene Fach zurück und begutachtete den Schlüssel. »Du kannst deinem Onkel sagen, dass das hier eine Art Kuriosität ist. Dafür finde ich keine Käufer, fürchte ich. Eine Uhr, die wie ein Ball aussieht? Bei der der Minutenzeiger fehlt? Sie ist hübsch, keine Frage, aber eher unpraktisch.« Er legte den Schlüssel zurück und deutete dann auf die Inschrift im Deckel des Kästchens. »Das ist ebenfalls ein Problem. Niemand will einen Kasten kaufen, auf dem der Name des Vorbesitzers eingraviert ist. Ehrlich, das wird schwer an den Mann zu bringen sein, Junge.«

»Aber … ist das Metall denn nicht … ist es nicht …?«, stammelte Ruben. Er zeigte in Richtung des Kästchens und stieß es in seiner Aufregung fast um. »Aber es muss doch wenigstens *etwas* wert sein, oder?«

»Hey, immer mit der Ruhe.« Der Mann wickelte das Kästchen wieder ein und steckte es zurück in den Beutel. »Ich kann dir nicht mal genau sagen, aus welchem Material die Uhr und der Schlüssel gefertigt sind. Es ist jedenfalls kein Gold, falls du das gehofft hast. Nicht mal Kupfer.« Kopfschüttelnd schob er den

Beutel in Rubens Richtung, allerdings nur ein kleines Stück. »Ich kann versuchen, dir zu helfen. Aber viel kann ich nicht für dich tun.«

Es verstrichen einige unbehagliche Sekunden, bis Ruben begriff, was hier gerade passierte. Der Mann wollte die Uhr und das Kästchen kaufen, aber nicht viel dafür bezahlen, deswegen tat er so, als seien die Sachen praktisch wertlos. Vermutlich glaubte er Rubens Geschichte mit dem Onkel nicht.

Ruben zog den Beutel näher zu sich heran und beobachtete dabei den Mann, der ihn nicht aus den Augen ließ. »Wie ich bereits sagte, ich bin nicht hier, um die Uhr zu verkaufen. Mein Onkel –«

»Ich gebe dir hundert Dollar für alles zusammen«, unterbrach ihn der Mann. »Kasten, Uhr und Schlüssel. Aus reiner Freundlichkeit. Du scheinst ein guter Junge zu sein.«

»Danke«, erwiderte Ruben nach einer kurzen Pause. Einhundert Dollar waren mehr, als seine Mutter an einem ganzen Tag verdiente. »Ich kann nicht verkaufen, aber ich sag es meinem Onkel. Vielleicht geht er darauf ein.« Schnell nahm er den Beutel von der Theke und stopfte ihn zurück in seinen Rucksack.

»Weißt du was?«, sagte der Mann und hielt Rubens Arm fest. Er lächelte freundlich. »Je länger ich darüber nachdenke, desto mehr glaube ich, dass ich einen Sammler finden könnte, der an der Uhr interessiert ist. Wird zwar nicht einfach, könnte auch eine Weile dauern, aber ganz unwahrscheinlich ist es nicht. Das sind dann natürlich ganz andere Voraussetzungen. Vor einer Minute dachte ich noch, ich würde dir einen Gefallen tun. Aber inzwischen glaube ich, dass ich mit der Uhr tatsächlich ein bisschen Geld verdienen könnte. Nicht viel, nicht, dass wir uns da falsch verstehen, aber immerhin. Wie wäre es, wenn ich dir *zwei*hundert Dollar gebe? Das ist mit Sicherheit um einiges mehr, als die

Uhr tatsächlich wert ist, doch das Risiko gehe ich ein. Was hältst du davon? Von dem Geld kannst du dir ein schickes Fahrrad kaufen und hast immer noch was übrig. Ich hab gesehen, dass du zu Fuß gekommen bist.«

Der Mann hielt Rubens Arm fest.

»Dürfte ich Ihr Telefon benutzen?«, presste Ruben mühsam hervor. Sein Mund war mit einem Mal ganz trocken geworden. »Dann könnte ich meinen Onkel bei der Arbeit anrufen.«

Jetzt lachte der Mann und ließ Ruben los, um die Hände in die Hüften zu stemmen. »Hörst du immer noch nicht auf mit diesem Onkel-Quatsch? Müssen wir das wirklich durchziehen? Muss ich mir anhören, wie du so tust, als würde dein Onkel dir per Telefon erlauben, die Uhr zu verkaufen? Kann ich dir nicht einfach die zweihundert Dollar geben und fertig? Dann musst du auch kein schlechtes Gewissen haben, weil du mich angelogen hast.«

Ruben starrte auf seine Füße.

»Ach, jetzt komm schon«, lockte ihn der Mann. Er strahlte ganz enthusiastisch. »Wie wäre es, wenn ich dir mal zeige, wie zweihundert Dollar aussehen? Und dann entscheidest du, ob du mein Telefon benutzen willst oder nicht.« Er wuschelte durch Rubens Haare und trat hinter die Theke, wo er sich bückte, um ein Bündel Geldscheine aus einer niedrigen Schublade zu nehmen.

Als die Türglocke klingelte, richtete er sich rasch auf, als hätte man ihn bei etwas Verbotenem ertappt. Aber es kam keiner in den Laden. Und es befand sich auch niemand mehr darin, denn Ruben war bereits draußen auf dem Gehweg und verschwand, so schnell er konnte.

Nach der Begegnung mit dem durchtriebenen Mann aus dem Juwelierladen unternahm Ruben einen langen Spaziergang auf der Brighton Street, um seine angespannten Nerven zu beruhigen. Er würde niemals den gierigen Glanz in den Augen des Mannes vergessen. Was, wenn er die Uhr einfach genommen hätte? Was hätte Ruben schon dagegen ausrichten können? Vielleicht musste er in Zukunft selbst ein bisschen schlauer vorgehen. Die Uhr war offensichtlich wertvoll – weshalb es ihm schwerfiel, sich zu beruhigen – und er war vollkommen auf sich allein gestellt.

Trotzdem hatte er immer noch keine Vorstellung davon, wie viel Geld ihm die Uhr einbringen würde. Er musste weitere Läden aufsuchen, und wenn es ihm überall so erging wie im ersten, würde er in sehr vielen Geschäften nachfragen müssen – wodurch wiederum das Risiko stieg, dass ihm jemand die Uhr wegnahm. Er beschloss, von nun an sicherzustellen, dass immer andere Kunden mit im Laden waren, und er würde niemandem mehr erlauben, mit der Uhr zu hantieren.

Und so begann Ruben mit neu entfachtem Mut, weitere Juweliere und Antiquitätenhändler auf der Brighton Street abzuklappern. In einigen Läden begegnete man ihm mit Misstrauen, in anderen mit Höflichkeit oder Herablassung. Im letzten Laden vermittelte man ihm den Eindruck, sein Leben sei weniger wert als die Uhr in seiner Hand, woraufhin er hastig floh und danach ein paar Mal tief durchatmete. Er brauchte dringend einen neuen Plan.

Nachdem er sichergestellt hatte, dass ihn niemand verfolgte, bog Ruben in eine Seitenstraße und ließ den Trubel der Brighton Street hinter sich. In den angrenzenden Straßen wirkten die Fassaden bereits weniger prachtvoll, und noch einige Straßen weiter war von dem Glanz der Einkaufsstraße nichts mehr zu sehen. Er kam an einen kleinen, ziemlich armselig wirkenden Park. Er bestand aus einem vernachlässigten Streifen Wiese, einem kaputten Brunnen und einer Handvoll Platanen, die einer Bank Schatten spendeten. Aber er war ruhig und leer und deswegen perfekt. Ruben setzte sich auf die Bank.

Er öffnete den Reißverschluss seines Rucksacks, holte das Bündel heraus und wickelte das Kästchen aus. Dann legte er es auf seinen Schoß und starrte es forschend an, als könne er ihm so die Antwort auf seine brennendste Frage entlocken: Was jetzt? Er war bloß ein Kind. Ein Kind konnte nicht erwarten, einen fairen Preis für ein seltenes Objekt zu bekommen, das es gefunden hatte – so viel hatte er zumindest schon mal gelernt. Er war nicht mal in der Lage, jemanden zu finden, der ihm ehrlich sagte, was die Uhr wert war.

Ruben öffnete das Kästchen, wog die glänzende Kugel prüfend in der Hand und sah sein eigenes verzerrtes, seltsam entrücktes Spiegelbild, das ihm aus dem kupfernen Metall entgegenblickte. Aber war es wirklich verwunderlich, dass in seinen weit aufgerissenen Augen solch eine Verehrung abzulesen war? Er hatte den ganzen Vormittag über zugesehen, wie andere Menschen beim Anblick dieses wunderschönen Gegenstands vor Ehrfurcht zu zittern begannen.

Er wollte die Uhr gerade wieder in das Kästchen zurücklegen, als sich die Tür eines nahen Gebäudes öffnete und vier Männer heraustraten. Sie waren in eine lautstarke Unterhaltung vertieft. Ruben hatte sie noch nie zuvor gesehen und doch wusste er sofort, dass es sich um Späher handelte. Ein Mann vorweg, zwei Seite an Seite dahinter, der vierte zum Schluss. Die Augen überall.

Ruben wagte kaum zu atmen, während er die Männer beobachtete. Er hatte überhaupt nicht damit gerechnet, so unvorbereitet überrumpelt zu werden. Er sah ein, wie idiotisch das gewesen war – schließlich kannte er die Späher und ihre Gewohnheiten in dieser Gegend nicht, und doch saß er hier wie auf dem Präsentierteller unter freiem Himmel, mit einer kostbaren Taschenuhr in der Hand.

Er hatte nicht den geringsten Zweifel daran, dass sie ihm die Uhr wegnehmen würden. Wenn es Zeugen gäbe, würden die Männer sich vielleicht etwas zurückhalten. Vielleicht. Aber es war weit und breit niemand zu sehen. Außerdem hatte Ruben keine gute Erklärung dafür, wie er in den Besitz der Uhr gekommen war, und selbst wenn er eine hätte, würde es wahrscheinlich nichts nutzen. So eine Uhr? Die Späher hätten nicht die geringsten Skrupel, sie ihm wegzunehmen. Sie scherten sich nicht um das Gesetz.

Ruben folgte ihnen mit den Augen. Bis jetzt hatte ihn noch keiner von ihnen entdeckt. Die Männer gingen etwa sechs Meter rechts von ihm am Park entlang. Sie diskutierten über irgendeine dringende Befragung, wegen der sie ihre Mittagspause verschieben mussten. Ruben hoffte, dass sie in ihrer Eile weniger aufmerksam waren. Er kämpfte gegen den übermächtigen Wunsch an, die Uhr zu verstecken. Aber er durfte sich jetzt nicht bewegen. Bewegung war der Feind. Er stellte sich vor, mit der Bank und den Schatten um ihn herum zu verschmelzen.

Der Blick des Mannes ganz links tastete den Park ab und streifte Ruben. Dann sah er in eine andere Richtung, ohne den Jungen auf der Bank bemerkt zu haben. Die Späher gingen rasch weiter und schließlich schaute der Hintermann über die Schulter. Auch er bemerkte Ruben im Schatten der Platane nicht. Oder vielleicht hatte er doch etwas bemerkt, ohne dass es ihm wirklich bewusst geworden war, denn als der Mann kurz darauf pflichtgetreu abermals nach hinten schaute, fiel sein Blick direkt auf die Bank.

Doch die Bank war leer und Ruben nirgendwo zu sehen. Er stand auf der anderen Seite der Platane, den Rücken gegen die abblätternde Rinde gepresst, und lauschte den leiser werdenden Stimmen, den leiser werdenden Schritten und schließlich der seligen Stille.

In der einen Hand hielt er das offene Kästchen, in der anderen seinen Rucksack. Er hatte gehandelt, ohne nachzudenken: Uhr ins Kästchen legen, Rucksack nehmen, um den Baum rumlaufen. Er hatte drei Sekunden gebraucht.

Langsam spürte Ruben, wie die Anspannung nachließ. Sein Kiefer schmerzte, weil er die ganze Zeit über die Zähne zusammengepresst hatte. Er öffnete und schloss den Mund einige Male wie ein Fisch, der nach Luft schnappt. Dann holte er das Leintuch und den Lederbeutel, die er auf der Bank liegen gelassen hatte. Sie waren unbemerkt geblieben oder für unwichtig erachtet worden, Müll, der von einem traurigen kleinen Picknick übrig geblieben war.

Sorgfältig packte Ruben das Holzkästchen ein und schüttelte dabei den Kopf. Das war knapp gewesen! Er sollte besser nach Hause gehen und die ganze Sache noch einmal überdenken. Sein Traum, die Uhr für eine große Summe zu verkaufen, hatte sich einfach in Luft aufgelöst. Er setzte den Rucksack auf, erleichtert, dass er nun wieder wie ein ganz normaler Junge aussah, an dem nichts interessant oder gar besonders war.

Von wegen, dachte er, während er sich über Seitenstraßen auf den Weg Richtung U-Bahn-Station machte.

DAS VERSTECKTE TICKEN

Auf dem Weg zur U-Bahn-Station benutzte Ruben die weniger überfüllten Nebenstraßen südlich der Brighton Street. Plötzlich entdeckte er in einem Schaufenster ein Schild, auf dem *Uhren aller Art – Verkauf und Reparatur* geschrieben stand. Er hielt inne und starrte das Schild an. In *so* einen Laden sollte er gehen, dachte er – nicht zu irgendeinem blasierten Juwelier auf der Brighton Street, sondern in einen einfachen kleinen Laden etwas abseits. *Reparaturen* bedeutete, dass er hier einen Fachmann finden würde im Gegensatz zu einem verschlagenen Verkäufer, der nur die Tageseinnahmen im Sinn hatte. Vielleicht hatte die Begegnung mit den Spähern auch etwas Gutes gehabt. Wären sie nicht gewesen, hätte er einen anderen Weg zur U-Bahn genommen und nie dieses Schild gesehen.

Ruben warf einen Blick durch das Schaufenster. Das Geschäft war klein und schien leer zu sein. Es saß zwar niemand hinter der Theke, aber an der Tür hing ein Schild mit der Aufschrift *Geöffnet*. Er atmete wie üblich einmal tief durch und ging hinein.

Als er durch die Tür trat, klingelte eine Glocke. Dann herrschte wieder Stille, oder was man Stille nennen konnte in einem Raum, an dessen Wänden sich Regale voller tickender Uhren bis unter die Decke befanden. Vor Rubens innerem Auge erschien das Bild einer riesigen Insektenarmee, die durch den Raum marschierte.

Hinter der Theke öffnete sich eine Tür, und eine ältere Frau in einer hellgelben, dünnen Strickjacke erschien, eine dampfende Teetasse in der Hand. Sie stellte die Tasse auf die Theke und griff nach ihrer Brille, die zwischen den grauen Locken auf ihrem Kopf steckte. Sie blinzelte ein paar Mal und fixierte Ruben dann aus wässrigen kornblumenblauen Augen.

»Ja?«, sagte sie schlicht.

»Ähm, hallo«, erwiderte Ruben. Er nahm den Lederbeutel aus dem Rucksack und deutete auf die Theke. »Darf ich das ablegen? Ich bräuchte Ihre Meinung zu etwas.«

Mit einem leichten Stirnrunzeln schob die Frau ihre Teetasse an das andere Ende der Theke, vorsichtig darauf bedacht, nichts zu verschütten. »Wie heißt du?«, fragte sie mit einem Akzent, den Ruben nicht zuordnen konnte. Sein erster Gedanke war schweizerisch, aber vielleicht auch nur, weil er mal gelesen hatte, dass es in der Schweiz besonders viele Uhrmacher gab. Der Akzent konnte genauso gut italienisch oder ungarisch sein, ohne dass Ruben hätte sagen können, worin der Unterschied bestand.

Ruben nannte ihr seinen Namen – allerdings nur den Vornamen – und sagte: »Es geht um eine alte Taschenuhr.«

»Und die Uhr befindet sich darin?«, fragte die Frau und deutete auf den Beutel. Auf ihren sorgfältig manikürten Fingernägeln glänzte transparenter Nagellack. »Ja, dann darfst du es auf die Theke legen.«

Ruben nahm das Kästchen aus dem Beutel, wickelte es aus und öffnete es. Er beobachtete das Gesicht der Frau in Erwartung des bewundernden Ausdrucks, den er heute schon so oft gesehen hatte. Interessanterweise sah sie beim Anblick der Uhr eher ein wenig besorgt aus. Aber vielleicht war das ihre Art, Bewunderung zu zeigen.

»Mein Onkel hat mich gebeten, so viel wie möglich über die Uhr herauszufinden«, sagte er. »Wie alt sie ist, was sie wert sein könnte, so was. Er hat sie auf dem Speicher zwischen anderen alten Sachen gefunden.«

Die Frau reagierte nicht darauf. Sie hielt mit einer Hand ihre Brille fest und beugte sich näher zu dem Kästchen und seinem Inhalt hinunter. Sie machte jedoch keine Anstalten, etwas anzufassen, und kurz darauf richtete sie sich wieder auf und bedeutete Ruben mit einer fast unmerklichen Handbewegung, alles wieder einzupacken.

Mit dem unbestimmten Gefühl, ungerechtfertigt entlassen worden zu sein, tat Ruben wie ihm geheißen. Die Frau schob derweil die Brille wieder zurück in die Haare und blinzelte in Richtung der gegenüberliegenden Wand. Ruben folgte ihrem Blick. Zum ersten Mal fiel ihm auf, dass jede Uhr im Laden exakt die gleiche Uhrzeit anzeigte. Das war bestimmt eine Heidenarbeit gewesen.

»Würdest du mir erlauben, die Taschenuhr etwas genauer zu untersuchen?«, fragte die Frau.

Verwirrt erwiderte Ruben: »Soll ich sie wieder auspacken?«

»Bald, ja. Aber nicht jetzt. Zuerst muss ich mich kurz mit den vier Männern unterhalten. Du weißt, wen ich meine – die vier Männer, die die Straßen patrouillieren? Die immer in verschiedene Richtungen sehen?«

»Oh. Ja«, sagte Ruben, dem plötzlich unbehaglich zumute wurde. »Die Späher.«

»Nennst du sie so?«, fragte die Frau. »Ein guter Name. Ich benutze einen etwas weniger freundlichen, aber den verrate ich dir besser nicht. Ja, Ruben, ich muss mich mit den Spähern treffen. Sie werden in zwei, höchstens drei Minuten hier sein. Das ist das Einzige, was ich diesen Männern zugutehalten kann: Sie sind pünktlich wie die Uhr.« Sie machte ein finsteres Gesicht. »Wie unhöflich von mir. Vielleicht ist dein Onkel einer von ihnen.«

»Nein, ist er nicht«, erwiderte Ruben und lächelte, um sie zu beruhigen. Er fing an, die Frau zu mögen. »Soll ich später wiederkommen?«

»Gerne, wenn du willst.« Die Frau deutete auf die Tür hinter der Theke. »Oder du wartest hinten. Ich bitte dich nur darum, nicht in den Laden zu kommen, solange die Männer hier sind.«

Ruben entschied sich für die Räume hinter der Tür. Sie entpuppten sich als die Wohnung der Uhrmacherin, mit einem Wohnzimmer, einer Werkstatt, einem Schlafzimmer, einer Küche und einem Badezimmer. Alle Räume waren winzig, tipptopp aufgeräumt und makellos sauber. Mrs Genevieve, wie er sie nennen sollte, schlug vor, dass er es sich auf dem Sofa im Wohnzimmer bequem machte. Sie war kaum wieder nach vorn in den Laden gegangen, als die Türglocke erklang. Ruben zögerte keine Sekunde, sprang vom Sofa und presste das Ohr an die Tür.

Mrs Genevieves Begrüßung klang zwar etwas gedämpft, war aber gut zu verstehen. »Guten Tag«, sagte sie schlicht.

»Ebenso«, erwiderte die schroffe Stimme eines Mannes beiläufig. »Was gibt es Neues?«

»Nichts«, entgegnete Mrs Genevieve, »es sei denn, jemand von Ihnen möchte gerne etwas kaufen. Das wäre wirklich mal etwas Neues.«

»Den Witz haben Sie schon öfter gemacht. Er ist immer noch nicht lustig.« Ruben hörte den Dielenboden knarren. Er stellte sich vier große Männer vor, die in dem kleinen Laden herumschnüffelten, höchstwahrscheinlich die gleichen Männer, die er vom Park aus gesehen hatte. »Haben Sie unseren –? Oh, gut, haben Sie.«

Ruben hörte zwei Mal hintereinander ein rasches, geschäftsmäßiges Klopfen. (Vor seinem inneren Auge erschien ein Mann, der einen Umschlag voller Geld in Empfang nahm, ihn ein paar Mal auf die Theke klopfte und ihn dann in eine Tasche gleiten ließ.)

»Und noch ein schneller Blick in Ihr Kassenbuch ... sehr schön. Gibt es etwas Ungewöhnliches zu berichten, Mrs Genevieve? Natürlich. Ein Schulterzucken. Eine andere Antwort bekommen wir von Ihnen ja nie. Also schön, Sie können sich wieder Ihrem Tee widmen. Auch wenn ich keine Ahnung habe, wie Sie das Zeug trinken können – das schmeckt doch wie dreckiges Wasser. Für meine Wenigkeit gibt's nur Kaffee, und zwar literweise. Ah ja, das erinnert mich daran: Ich muss mal Ihre Toilette benutzen.«

Ruben schreckte von der Tür zurück, konnte aber trotzdem verstehen, wie Mrs Genevieve dem Mann sagte, dass dies nicht möglich sei. »Sie funktioniert nicht«, behauptete sie, was eindeutig gelogen war. Sie hatte Ruben gegenüber nichts dergleichen erwähnt.

»Ist das so?«, erwiderte der Mann scharf. »Und Sie selbst müssen niemals zur Toilette? Vielleicht sollte ich sie mir mal anschauen.«

Ruben schnappte sich seinen Rucksack und sah sich hektisch nach einem guten Versteck um. Es gab keins. Er hörte, wie Mrs Genevieve protestierte, auch wenn er die genauen Worte nicht mehr verstand, weil das Blut in seinen Ohren rauschte. Der Mann reagierte mit wachsendem Ärger.

Dann hatte Ruben plötzlich eine Idee und eilte ins Badezimmer. Schnell entfernte er die Abdeckung vom Spülkasten, legte sie lautlos auf den Badteppich, griff in den Spülkasten und riss die Spülkette ab. Im gleichen Moment hörte er, wie die Wohnungstür geöffnet wurde.

Ruben kletterte in die Badewanne und quetschte sich hinter den Duschvorhang, sodass sich die Armaturen in seine Kniekehlen drückten. Er umklammerte seinen Rucksack und hielt den Atem an. Schwere Schritte traten vom Wohnzimmer ins Bad.

Der Mann grummelte, dann murmelte er: »Tja, was sagt man dazu?« Ruben hörte, wie er mehrmals die Spülung betätigte und dann leise fluchte. Die Schritte entfernten sich stampfend. Kurz darauf schloss sich die Wohnungstür.

Ruben ließ sich auf den Badewannenrand sinken. Er fühlte sich ein wenig benommen, vielleicht, weil er die ganze Zeit den Atem angehalten hatte, obwohl ihm sein Herz bis zum Hals schlug. Er steckte den Kopf zwischen die Knie und atmete tief ein und aus, bis es ihm besser ging. Als er das Geräusch der Türglocke vernahm – wahrscheinlich die Späher, die den Laden verließen –, ging er zurück in Mrs Genevieves Wohnzimmer, setzte sich aufs Sofa und wartete.

Mrs Genevieve kam herein und schloss die Tür hinter sich. Sie sah ihn verdutzt an. »Hast du gehört, was ich über die Toilette gesagt habe?«

Ruben nickte.

»Und du wolltest mir helfen, indem du sie tatsächlich kaputt machst? Ziemlich schnell geschaltet. Beinahe zu schnell. Ich war gerade dabei, mir eine andere Erklärung zurechtzulegen, als er zurückkam und meinte, die Kette sei abgerissen: ›Jemand wie Sie muss doch in der Lage sein, eine Toilettenspülung zu reparieren! Oder ist das komplizierter als die Uhren?‹«

»Ich kann verstehen, dass Sie ihn nicht in Ihre Wohnung lassen wollten«, bemerkte Ruben. »Er war ziemlich unhöflich.«

»Er ist der Schlimmste von denen«, sagte Mrs Genevieve. »Wir können uns nicht ausstehen, er und ich. Aber wie kann es sein, dass er dich nicht gesehen hat?«

»Ich habe mich hinter dem Duschvorhang versteckt.«

Sie runzelte die Stirn. »Ganz schön riskant.«

»Ich bin ziemlich gut im Verstecken«, entgegnete Ruben.

»Sieht so aus«, sagte Mrs Genevieve mit einem amüsierten Funkeln in den Augen. »Aber du bist trotzdem ein großes Risiko für mich eingegangen, und dafür danke ich dir, Ruben. Und jetzt sehen wir uns deine Taschenuhr genauer an.« Ohne auf eine Antwort zu warten, öffnete sie die Tür zu ihrer Werkstatt und ging hinein.

Die Werkstatt war im Grunde ein besserer Schrank. An den Wänden befanden sich perfekt organisierte Regale und Fächer sowie Dutzende winzige beschriftete Schubladen. Auf einer schmalen Werkbank, die an der linken Wand entlangführte, lag eine zum Teil auseinandergebaute Uhr unter einem Ding, das aussah wie eine Käseglocke.

»Leg sie dorthin«, sagte Mrs Genevieve und deutete auf eine freie Ecke der Werkbank. Sie legte einige kleine Werkzeuge und ein weiches Tuch bereit, dann streifte sie weiße Handschuhe über. »Du kannst zugucken, aber du darfst mir nicht im Licht stehen.«

Mrs Genevieve setzte sich auf einen Hocker. Mit sorgfältigen, akkuraten Bewegungen, wie eine Krankenschwester, die einen Verband von einer Wunde entfernt, nahm die Uhrmacherin das Kästchen aus dem Beutel und wickelte es aus. Sie betrachtete es kurz, dann öffnete sie es. Diesmal sah sie beim Anblick der Uhr keineswegs besorgt aus. Ihre Lider wurden schwer und ihr Kopf neigte sich leicht zur Seite, als lausche sie einer Melodie. Ihre Miene erinnerte Ruben an die Ausflüge in die Bäckerei mit seiner Mom – an den Ausdruck auf dem Gesicht seiner Mutter, als sie zum ersten Mal den wunderbaren Duft der Backwaren eingesogen hatte.

»Wunderschön«, sagte Mrs Genevieve leise, und für kurze Zeit saß sie einfach nur da und betrachtete Uhr und Schlüssel, als hätte sie gar nichts anderes mehr im Sinn.

»Können Sie mir sagen, welches Material das ist?«, fragte Ruben.

»Meinst du von dem Kästchen oder von der Uhr?«, hakte Mrs Genevieve nach. »Das Kästchen ist natürlich aus Holz, auch wenn ich nicht weiß, aus welchem.« Sie deutete wieder auf die glänzende Kuppel der Uhr. »Aber der Schlüssel und das Uhrengehäuse sind aus einem Metall, das ich noch nie gesehen habe – obwohl ich mich sehr gut mit Metallen auskenne. Das ist ... wirklich überraschend.«

Mrs Genevieve nahm die Uhr aus ihrem samtenen Fach und drehte die Kugel in der Hand langsam herum. Dann öffnete sie die Kuppel und schnappte nach Luft. »Das ist unmöglich«, flüsterte sie und sah Ruben an. »Die Uhr ist in einem perfekten Zustand. Wie kann das sein?«

»Toll, nicht wahr?«, stimmte Ruben grinsend zu. »Der Minutenzeiger ist vermutlich abgebrochen, deswegen ist sie nicht mehr ganz perfekt, trotzdem –«

»Die Uhr hatte nie einen Minutenzeiger!«, schnitt Mrs Genevieve ihm das Wort ab. »Die Taschenuhren aus dieser Zeit zeigten immer nur die volle Stunde an!« Sie schob sich die Brille in die drahtigen grauen Haare, dann griff sie nach der Uhrmacherlupe und klemmte sie sich ans Auge. Sie sah nun extrem mürrisch aus.

Ruben hoffte kleinlaut, dass das nur an der Lupe lag, die sie lediglich mit den Muskeln ihrer Augen an Ort und Stelle hielt.

»Kein Minutenzeiger«, getraute er sich nach einer Weile zu sagen. »Merkwürdig.«

Mrs Genevieve ignorierte Rubens Kommentar, legte die geöffnete Taschenuhr auf das Tuch und drehte sie vorsichtig erst in die eine, dann in die andere Richtung. Plötzlich unterbrach sie ihre Untersuchung, nahm die Lupe vom Auge und sah Ruben an. Zu seiner Erleichterung entspannte sich ihr mürrisches Gesicht.

»In den Anfangstagen der Uhr hatte man keine Verwendung für einen Minutenzeiger«, erklärte Mrs Genevieve und gab sich dabei sichtlich Mühe, geduldig zu klingen, was ihr auch beinahe gelang. »Zu jener Zeit war es unmöglich, eine Uhr derart genau gehen zu lassen. Selbst der Stundenzeiger ging nicht immer ganz exakt.«

»In den Anfangstagen«, wiederholte Ruben. »Wann war denn das genau?«

Mrs Genevieve zuckte mit den dünnen Schultern. »Es gibt kein ›genau‹. Aber ich würde behaupten, dass diese Uhr im späten fünfzehnten oder frühen sechzehnten Jahrhundert gebaut wurde. Deswegen bin ich auch so erstaunt über ihren Zustand.«

»Weil sie fünfhundert Jahre alt ist!«, rief Ruben, woraufhin Mrs Genevieve zusammenzuckte. »Entschuldigung«, sagte er mit leiserer Stimme. »Aber das ist so aufregend. Ich hätte niemals gedacht, dass sie so alt ist. Woher wissen Sie das? Wegen dem Minutenzeiger?«

»Deswegen, ja, und wegen ihrer Form«, antwortete Mrs Genevieve. »Damals dienten die Taschenuhren eher als Dekoration oder Schmuck für besonders wohlhabende Menschen und steckten nicht immer in einer Tasche, sondern wurden zum Beispiel an einer Kette um den Hals getragen. Viele besaßen die Form eines Zylinders, eines Eis oder einer Kugel, so wie diese hier.« Sie schüttelte erstaunt den Kopf. »Aber eine in der Art habe ich noch nie zuvor gesehen.«

Während Mrs Genevieve die Lupe wieder ans Auge klemmte und mit der Begutachtung der Uhr fortfuhr, dachte Ruben aufgeregt über die Bedeutung ihrer Worte nach. Mrs Genevieves Reaktion auf die Uhr ließ vermuten, dass er tatsächlich im Besitz eines äußerst wertvollen Gegenstandes war – vielleicht sogar eines unbezahlbaren. Mrs Genevieve war eine Expertin, und sie hielt die Uhr offenbar für einzigartig. War es möglich, dass er kurz davor war, reich zu werden? Plötzlich fiel es ihm schwer, still zu stehen.

Endlich nahm Mrs Genevieve die Lupe wieder ab und wandte sich ihm mit besorgter Miene zu. »Also schön«, sagte sie. »Einiges habe ich herausgefunden, anderes nicht, und beides aus dem gleichen Grund.« Sie schürzte die Lippen, dachte kurz nach, fuhr dann fort. »Ich kann das Uhrwerk nicht untersuchen – das Uhrwerk ist das *Innere* der Uhr, ihr Mechanismus, verstehst du? –, weil es keine Möglichkeit gibt, das Gehäuse zu öffnen. Es gibt keine sichtbaren Schrauben oder Fugen. Und da ich das Uhrwerk nicht untersuchen kann, kann ich weder etwas über dessen Zustand sagen noch ob es irgendwie ungewöhnlich ist, also anders als das von anderen Uhren. Aus demselben Grund weiß ich aber auch, dass der Uhrmacher ein Genie gewesen sein muss. Kein gewöhnlicher Handwerker, nicht mal ein außergewöhnlicher, hätte diese Uhr erschaffen können. Vor dem heutigen Tage hätte ich behauptet, dass es absolut unmöglich ist, eine solche Uhr zu bauen. Und doch haben wir hier den Beweis vor Augen, dass es geht.«

»Warum ist es so schwierig, eine Uhr zu bauen, die man nicht öffnen kann?«, fragte Ruben fast flüsternd, als befänden sie sich in einer Bibliothek oder einer Kirche.

»Eine Uhr ist ein Apparat. Und Apparate bestehen aus verschiedenen Teilen, die zusammengesetzt werden müssen. Aber bei dieser Uhr kann ich nicht einmal mit einer Lupe erkennen, wo dies geschehen ist. Eine Uhr ist keine Keramikschüssel. Sie hat Fugen, Schrauben, miteinander verbundene Teile, die alle sichtbar sind. Nur bei dieser Uhr nicht.« Mrs Genevieve klackerte mit den Zähnen, als würde sie in die Luft beißen. »Ich kann Rätsel nicht leiden, Ruben.«

Ruben war fasziniert. »Glauben Sie, dass sie kaputt ist? Können wir sie nicht aufziehen und sehen, was passiert? Dafür ist der Schlüssel doch da, oder? Um sie aufzuziehen?«

Mrs Genevieve nickte. »Und vermutlich auch, um die richtige Uhrzeit einzustellen. Wenn man die Uhr nicht öffnen kann, dann muss der Schlüssel des Rätsels Lösung sein. Hast du ihn noch nie benutzt?« Als Ruben verneinte, hielt die Uhrmacherin kurz inne, bevor sie sagte: »Ich befürchte, dass der Mechanismus sehr fragil und zerbrechlich ist. Ich möchte die Verantwortung dafür nicht übernehmen. Bitte sag das deinem Onkel. Wenn er möchte, erkläre ich ihm meine Vermutung bezüglich des Mechanismus, und dann kann er selbst entscheiden, ob er die Uhr aufzieht oder nicht.«

»Mein Onkel ist ziemlich beschäftigt«, erwiderte Ruben. »Warum erklären Sie es nicht mir und ich zeig's ihm dann?«

Mrs Genevieve musterte ihn argwöhnisch. »Du willst die Uhr selbst aufziehen.«

»Das stimmt«, gab Ruben nach kurzem Zögern zu. Er ging davon aus, dass er wenig zu verlieren hatte. »Ich werde es so oder so versuchen. Aber wenn Sie mir zeigen, wie, ist das Risiko nicht so groß. Und ich übernehme die volle Verantwortung, falls etwas kaputtgeht.«

Obwohl Mrs Genevieve ziemlich missbilligend dreinschaute, war Ruben klar, dass sie es kaum erwarten konnte, die Uhr aufzuziehen, um zu sehen, was passieren würde. Und wie vermutet lenkte sie nach einigem Murren und Stirnrunzeln schließlich ein.

»Na schön«, sagte sie, und nachdem sie ihn gebeten hatte, genau wie sie ein Paar Handschuhe überzuziehen, hielt sie den Schlüssel in die Höhe, um es vorzumachen. »Ich glaube«, sagte sie, »dass das Äußere« – sie fuhr mit dem Finger über das kleine, sternförmige Ende des Schlüssels – »an einer bestimmten Stelle einrastet und dort gedreht werden kann. Durch das Drehen bewegt man dann den Stundenzeiger, verstehst du?«

Ruben nickte.

»Gut. Und ich glaube außerdem, dass man den Schlüssel noch ein Stück weiterschieben kann und das Innere« – Mrs Genevieve drehte den Schlüssel und zeigte ihm, dass das sternförmige Ende hohl war und man in seinem Inneren unregelmäßige Rillen erkennen konnte – »präzise über einen sehr kleinen Bolzen oder eine Mutter passt, verstehst du? Und so kann man die Uhr aufziehen –«

»Wie bei einem Steckschlüssel!«, warf Ruben ein. »Das ist clever. Okay, ich bin bereit.« Er nahm ihr den Schlüssel aus der Hand.

»Du musst sehr behutsam vorgehen«, warnte ihn Mrs Genevieve. »Ganz langsam und vorsichtig, ja?«

»Okay«, erwiderte Ruben, der schon dabei war, den Schlüssel in das Loch in der Mitte des Zifferblatts zu stecken. Er benötigte ein paar Anläufe – vor Aufregung zitterten seine Finger –, doch dann hatte er es geschafft, und mit dem geringsten Druck, den er aufbringen konnte, ließ er den Schlüsselhalm in den verborgenen Schacht gleiten. Die ersten zwei Zentimeter spürte er keinen Widerstand. Dann bemerkte er eine hauchfeine Veränderung, als hätte sich der Schacht verengt. Sein Blick wanderte kurz zu Mrs Genevieve, die an ihrem Knöchel nagte und mit höchst angestrengtem Blick seine Finger fixierte. »Ich glaube, ich bin an der ersten Stelle.«

Mrs Genevieve nickte. »Dann versuche, den Schlüssel zu drehen. Aber nicht mit Gewalt! Wenn du noch nicht an der richtigen Stelle bist, merkst du das sofort. Du musst in deine Finger hineinhorchen.«

Die Uhr in der linken Hand, begann Ruben mit der rechten, den Schlüssel zu drehen. Er spürte einen schwachen – sehr schwachen – Widerstand, aber der Schlüssel drehte sich, und während er sich drehte, bewegte sich auch der Zeiger der Uhr, vorbei an der Zwölf bis zur Eins. Ruben hörte auf zu drehen und sah Mrs Genevieve aufgeregt an. »Es funktioniert!«

»Das sehe ich«, erwiderte Mrs Genevieve lediglich, berührte Ruben aber mit einer behandschuhten Hand sanft an der Schulter. Ruben wusste nicht, ob sie das als Geste der Zustimmung oder der Aufregung gemeint hatte. Vielleicht war es beides zugleich.

»Okay«, sagte er. »Und jetzt den Steckschlüssel.«

Mit angehaltenem Atem übte Ruben wieder Druck auf den Schlüssel aus.

Der Schlüssel glitt problemlos weiter, wenn auch mit leichtem Gegendruck, wie ein Buch, das in eine enge Lücke im Bücherregal gequetscht wird. Schließlich steckte der komplette Halm in der Uhr. Dieses Mal zögerte Ruben nicht. Er besaß inzwischen die unerschütterliche Gewissheit, dass die Uhr in perfektem Zustand und keinen Deut zerbrechlicher war als eine nagelneue

Uhr direkt von der Werkbank eines Uhrmachers. Als er also den Schlüssel zur Seite drehte und das vertraute Knarren hörte (jeder, der schon einmal einen Wecker oder eine Armbanduhr aufgezogen hat, kennt das Geräusch, genauso wie das leichte Vibrieren in den Fingern), hatte er keine Angst, etwas kaputt zu machen. Er wusste, dass er lediglich die Zugfeder spannte und dass er aufhören musste, sobald das Drehen schwieriger wurde.

Genauso erwartungsfroh und gespannt wie ein Kind, das dem Meeresrauschen in einer Muschel lauscht, hielt sich Ruben die Uhr ans Ohr. Aber sie tickte nicht.

Mrs Genevieve flüsterte: »Vielleicht entspannt sich die Feder erst, wenn du den Schlüssel wieder herausziehst, zumindest bis zu der Position, wo du die Uhrzeit einstellst.«

Ruben befolgte ihren Vorschlag und zog den Schlüssel so weit heraus, bis er an den ersten Widerstand gelangte und spürte, wie der Schlüssel in die Stellposition glitt. Er hob die Uhr erneut ans Ohr, und dieses Mal hörte er es: ein leises, zartes Ticken. Mit großen Augen sah er Mrs Genevieve an. Sie erwiderte seinen Blick ungeduldig, die Augenbrauen gespannt nach oben gezogen. »Möchten Sie es auch mal hören?«, fragte er.

»Bitte«, erwiderte sie flüsternd und beugte sich mit dem Ohr nach vorn.

Ruben streckte ihr die Uhr vorsichtig entgegen, bis sie beinahe Mrs Genevieves Ohrläppchen berührte. Er sah, wie sie den Atem anhielt. Sie horchte aufmerksam und ohne jede Regung. Dann fing sie an zu schmunzeln. »Ich höre es«, flüsterte sie.

»Also ist sie perfekt«, murmelte Ruben und sein Herz pochte mit einem Mal doppelt so schnell. Seine Gedanken rasten voraus in eine Zukunft, die er kaum zu erhoffen gewagt hatte. Seine Mom konnte ihre Jobs kündigen, würde an die Uni gehen –

konnte machen, was immer sie wollte! *Sie* konnten machen, was immer sie wollten! Konnten überall hingehen! Vielleicht sogar ein Traumhaus bauen! Er musste nur noch herausfinden, wie er die Uhr verkaufen konnte, aber er war sicher, dass ihm die Uhrmacherin dabei helfen würde.

»Eine solche Uhr muss ein Vermögen wert sein, nicht wahr, Mrs Genevieve?«, fragte Ruben eifrig. »Wie bestimmt man denn genau, wie viel sie wert ist?«

Mrs Genevieve, die mit offensichtlichem Genuss dem Ticken der Uhr gelauscht hatte, richtete sich langsam wieder auf und ihr Lächeln verblasste. »Oh, so etwas wird von Händlern und Sammlern festgelegt«, murmelte sie abwesend und zu Rubens Überraschung nahm ihr Gesicht einen ziemlich besorgten Ausdruck an. »Tja, weißt du …« Sie zuckte leicht zusammen, als hätte sie Zahnschmerzen, und warf der Uhr dann einen wütenden Blick zu. »Ruben, es tut mir leid, aber ich muss dir etwas sagen, was dir nicht gefallen wird.«

Ruben starrte sie an. Plötzlich bekam er Angst.

»Diese … Uhr«, sagte Mrs Genevieve mit schwerer Stimme. »Einige Leute suchen schon seit sehr, sehr langer Zeit danach.«

Ruben war wie vor den Kopf gestoßen. Er trat einen Schritt zurück und hielt die Uhr dabei fest umklammert, als würde eine unsichtbare Person bereits versuchen, sie ihm aus den Fingern zu reißen – als würde es Mrs Genevieve selbst versuchen. Aber die Uhrmacherin sah ihn nur traurig an.

»Ich wollte es dir anfangs gar nicht sagen«, fuhr sie fort. »Ich wollte dir keine Angst machen. Und ja, ich gebe zu, ich wollte die Uhr unbedingt näher in Augenschein nehmen. Diese Uhr, von der ich niemals geglaubt hätte, dass sie überhaupt existiert, geschweige denn, dass ich sie jemals in den Händen halten würde.«

Ruben nahm kaum etwas von dem wahr, was sie sagte – bis auf eines. »Wovon reden Sie?«, flüsterte Ruben. »Warum sollten Sie mir *Angst* machen?«

»Ach, Junge … weil eine der Personen, die nach der Uhr sucht« – Mrs Genevieve schloss die Augen und schüttelte bedauernd den Kopf –, »bekannt ist unter dem Namen *Der Schatten*.«

DER MOMENT DER WAHRHEIT

»*Der Schatten?*«

Mrs Genevieve nahm ihre Brille ab, schloss die Augen und zwickte sich in die Nasenwurzel. »Du weißt doch sicher, wen ich meine? Vielleicht kennst du ihn auch unter einem anderen Namen.«

»Ich weiß, wer er ist«, murmelte Ruben, auch wenn das nur zum Teil stimmte, denn niemand wusste genau, wer der Schatten war. Niemand außer dem Botschafter, dem Stellvertreter des Schattens, hatte ihn jemals gesehen – beziehungsweise hatte niemand, der ihn je gesehen hatte, lange genug gelebt, um von der Begegnung erzählen zu können. Der Schatten war der heimliche Herrscher New Umbras, es wagte jedoch niemand, darüber zu sprechen.

Ruben musste sich hinsetzen. Ihm war schwindelig geworden. Schlimmer noch, um genau zu sein – er fühlte sich wie gestern hoch oben über der schmalen Gasse, als seine Arme zu zittern begannen und er dachte, er würde hinunterfallen. Panik stieg in ihm auf. Er zog die Knie an den Körper und presste seine Stirn dagegen.

»Es tut mir leid«, sagte Mrs Genevieve. »Aber du brauchst keine Angst zu haben, Ruben. Wir finden schon eine Lösung.« Auch wenn sie versuchte, tröstlich zu klingen, hätte sie genauso gut sagen können: *Der Schatten will die Uhr, der Schatten will die Uhr, der Schatten will die Uhr* – denn das war alles, woran Ruben denken konnte.

Er schaute kläglich zu ihr auf. »Wer ist er denn überhaupt? Können Sie mir das sagen?«

»Ah!« Die Uhrmacherin wedelte mit der Hand wie nach einer lästigen Mücke. »Wer weiß das schon so genau? Vielleicht ist er gar kein Mensch. Ich habe manche sagen hören, er sei ein Monster!« Sie verdrehte verächtlich die Augen. »Ein Monster, das gerne wertvolle Sachen besitzt. Damit wäre er nicht der Erste.«

»Woher wissen Sie, dass er nach der Uhr sucht?«

Mrs Genevieve blickte finster drein. »Er hat seinen Wunsch Cassius Faug mitgeteilt –« Sie hielt inne. »Weißt du, wer dieser Mr Faug ist?«

Ruben nickte grimmig. Auch wenn er den Namen des Mannes erst wenige Male gehört hatte, wusste er genau, um wen es ging.

»Der Botschafter.«

»Ganz genau«, bestätigte Mrs Genevieve. »Und daraufhin hat der Botschafter seinen Männern befohlen – die Späher, du verstehst? –, nach einer solchen Uhr Ausschau zu halten. Und sie wiederum haben mich vor langer Zeit angewiesen, ihnen mitzuteilen, falls eine solche Uhr bei mir auftaucht. So war es auch bei allen anderen Uhrmachern in der Stadt. Es gibt nicht mehr viele von uns.«

»Das glaub ich einfach nicht«, brummte Ruben. »Woher *weiß* er überhaupt von der Uhr?«

Mrs Genevieve schüttelte den Kopf. »Man sagt, er wisse Dinge, die niemand anderes wissen kann. Aber in diesem Fall ist er nicht der Einzige«, sagte sie und erhob sich von ihrem Hocker. »Warte hier einen Moment.«

Sobald er allein war, spürte Ruben plötzlich, wie seine Augen anfingen zu brennen. Er vergrub den Kopf wieder zwischen den Knien. Vor nicht einmal zwei Minuten war er noch so aufgeregt gewesen. Er hatte sich so große Hoffnungen gemacht und war überrascht, wie weh es tat, als sie sich nun in Luft auflösten. Mrs Genevieve wollte verhindern, dass er Angst vor dem Schatten hatte, aber das war überhaupt nicht Rubens Problem. Ihm ging es schlicht um die Tatsache, dass er die Uhr verlieren würde, die Uhr und all die Hoffnungen und Wünsche, die er damit verband.

Denn natürlich würde er die Uhr abgeben müssen. Verkaufen konnte er die Uhr nicht, denn weder Mrs Genevieve noch sonst jemand würde es wagen, ihm dabei zu helfen. Und einfach behalten konnte er die Uhr auch nicht, denn welcher Idiot würde etwas behalten, hinter dem der Schatten her war?

Jetzt verstand er auch den alarmierten Ausdruck auf Mrs Genevieves Gesicht, als sie die Uhr zum ersten Mal gesehen hatte. Sie hatte sofort erkannt, dass es diese Uhr war. Und doch hatte sie es den Spähern gegenüber nicht erwähnt, und sie hatte auch Rubens Anwesenheit in ihrer Wohnung verschwiegen. Sie hatte die Späher sogar *angelogen*. Das hätte in einem Desaster enden können, und wäre es ja beinahe auch. Mrs Genevieve war ein großes Risiko eingegangen, entweder der Uhr oder seinetwegen. Ruben hatte das Gefühl, wegen beidem.

Mrs Genevieve kehrte mit einer Zeitung in der Hand zurück, die sie auf der Werkbank ausbreitete. »Diese Anzeige hier«, sagte sie, nachdem Ruben aufgestanden war und sich neben sie gestellt hatte, »erscheint jeden Tag in allen Zeitungen, und das schon, solange ich mich erinnern kann. Der Schatten ist also nicht der Einzige, der die Uhr sucht.«

Mrs Genevieve hatte eine Anzeige mit dem Bleistift eingekreist:

VERLOREN:
Antike Taschenuhr mit Schlüssel, kugelförmig, gefertigt aus ungewöhnlichem kupferähnlichem Metall. Elfenbeinfarbenes Zifferblatt, hat keinen Minutenzeiger. **GROßE BELOHNUNG.**

»Große Belohnung!«, sagte Ruben mit neu entflammter Hoffnung.

»O ja«, erwiderte Mrs Genevieve. »Solch eine Uhr verdient eine Belohnung, aber wer ist derjenige, der diese Belohnung anbietet? In der Anzeige steht weder Name noch Adresse, nur eine Telefonnummer. Ist so jemand wirklich vertrauenswürdig?«

Ruben runzelte die Stirn. »Tja, zumindest muss er eine Menge Geld haben, wenn er es sich leisten kann, so viele Anzeigen zu schalten. Warum sollte er dann nicht in der Lage sein, eine Belohnung zu zahlen?«

»Entweder besitzt er eine Menge Geld«, sagte Mrs Genevieve, »oder eine Menge Macht. Diese Anzeigen erscheinen seit vielen Jahren. Warum gibt sich diese Person so viel Mühe, an die Uhr zu kommen? Und der Schatten ebenso? Woher wissen sie von ihr? Und willst du in diese Sache wirklich mit hineingezogen werden? Meiner Meinung nach solltest du unbedingt die Finger davon lassen.«

Ruben spürte, wie Ärger in ihm aufwallte. »Und was mache ich jetzt?«

Mrs Genevieve musterte ihn. »Stimmt es, was du über deinen Onkel gesagt hast?« Rubens Zögern war Antwort genug. »Dann kann ich dir auch nicht sagen, was du jetzt tun sollst«, sagte sie seufzend. »Vielleicht kannst du die Uhr dahin zurückbringen, wo du sie gefunden hast –«

Bei dem Gedanken an den Sims hoch oben über der Gasse lachte Ruben bitter auf. »Das geht beim besten Willen nicht, Mrs Genevieve.«

»In diesem Fall«, fuhr die Uhrmacherin fort (ziemlich ungehalten darüber, dass sie unterbrochen worden war), »ist es wahrscheinlich am besten, wenn ich die Uhr dem Schatten übergebe. Mir wurde gesagt, dass er ebenfalls eine Belohnung zahlt.«

Ruben dachte darüber nach. »Glauben Sie wirklich, dass er das tun würde?«

»Vielleicht«, erwiderte Mrs Genevieve, auch wenn sie zweifelnd dreinschaute. »Falls er es tut und seine Männer nicht heimlich beschließen, die Belohnung unter sich aufzuteilen, dann gebe ich sie dir.«

Dieser Ablauf erschien Ruben ganz und gar nicht vielversprechend. Der Schatten hatte keinerlei Veranlassung dazu, sein Wort zu halten, schon gar nicht gegenüber irgendeiner alten Uhrmacherin in einem kleinen, abgelegenen Laden. Trotzdem dankte Ruben ihr für das Angebot und sagte, dass er es sich erst überlegen musste.

Mrs Genevieve sah ihn mit offensichtlicher Besorgnis an. Doch nach einer Pause erwiderte sie schlicht: »Natürlich.« Dann sagte sie, sie müsse den Laden wieder öffnen, den sie zugesperrt hatte, damit sie sich ungestört der Uhr widmen konnten. »Vielleicht«, fügte sie mit einem melancholischen Lächeln hinzu, »können wir uns vorher noch einmal das Ticken anhören.«

Ruben stimmte zu. Doch als er die Uhr an sein Ohr hielt, hörte er nichts. Erschrocken sah er auf und sagte: »Sie ist stehen geblieben.«

»Nein!«, hauchte Mrs Genevieve und murmelte dann etwas in einer Sprache, die Ruben nicht kannte. »Die Feder –!«

Ruben ließ den Schlüssel bereits in die Aufziehposition gleiten. »Aber das ergibt keinen Sinn«, sagte er. »Warum sollte sie plötzlich kaputtgegangen sein, wenn sie doch so perfekt funktioniert hat?« Er drehte den Schlüssel. Alles lief genauso ab wie zuvor – das knarrende Geräusch, das vertraute Vibrieren in seinen Fingern. Er drehte den Schlüssel so lange, bis die Uhr vollständig aufgezogen war, dann zog er den Schlüssel heraus und hielt die Uhr an sein Ohr. Sie tickte wieder.

Mrs Genevieve lauschte dem Ticken ebenfalls und ihr Gesicht verdüsterte sich zusehends.

»Wenn die Feder intakt ist«, murmelte sie, »warum muss sie dann so schnell wieder aufgezogen werden? Und warum« – ihre Stimme wurde immer lauter, während sie die Uhr auf Armeslänge von sich gestreckt hielt und das Zifferblatt fixierte – »hat sich der Stundenzeiger nicht bewegt? Nicht einen Millimeter!«

Ruben, erleichtert darüber, dass die Zugfeder nicht gebrochen war, brauchte einen Moment, um Mrs Genevieves Worte zu verarbeiten. »Nun ja, es ist ja auch eine ziemlich alte Uhr«, sagte er etwas resigniert. »Vielleicht funktioniert sie doch nicht mehr so perfekt.«

»Unsinn!«, blaffte Mrs Genevieve und schüttelte den Kopf. »Du kennst dich mit Uhren nicht aus, Ruben. Das ergibt überhaupt keinen Sinn! Es ist, als sei die Uhr bloß als Vorzeigeobjekt gefertigt worden, als reines Schmuckstück, verstehst du? Ein Meisterwerk, das nicht funktioniert! Warum macht man so etwas? Warum schafft solch ein genialer Uhrmacher es nicht, dass seine Uhr die Zeit anzeigt? Das ist absurd!«

»Sie haben recht, das ist merkwürdig«, stimmte Ruben zu, obwohl er nicht ganz verstand, warum Mrs Genevieve so wütend war. »Aber ist es nicht trotzdem toll, dass man die Uhr immer noch aufziehen kann, auch wenn sie dann nicht macht, was sie soll?«

»Genau das ist doch das Problem! Schon wieder so ein verflixtes Rätsel!«, stöhnte Mrs Genevieve. Sie wirkte aufrichtig verzweifelt. »Ruben, verstehst du denn nicht? Was, wenn die Uhr genau das *macht*, was sie soll?« Sie schaute zur Decke hinauf und schüttelte theatralisch die Faust. »Nur wissen wir nicht, was es ist!«

Die Uhr besaß also ein Geheimnis.

Den ganzen Heimweg über konnte Ruben an nichts anderes denken. Außer an den Schatten natürlich, und bei dem Gedanken an ihn schaute er immer wieder nervös über die Schulter und beschleunigte seine Schritte. Er lief schließlich derart schnell die Treppen zu seiner Wohnung hoch, dass er vollkommen außer Atem den Flur bis zur Wohnungstür entlangtorkelte. Noch nie war ihm das düstere, muffige Innere der Wohnung so einladend erschienen, und noch nie hatte er so schnell die Tür hinter sich abgeschlossen.

Nachdem er ein hastig zusammengeschustertes Sandwich verschlungen und Milch direkt aus dem Karton getrunken hatte (es war inzwischen weit nach Mittag), eilte Ruben in sein Zimmer und öffnete seinen Rucksack. Er war entschlossen, der Uhr ihr Geheimnis zu entlocken.

Mit einem Auge auf seinen Nachttischwecker zog er die Uhr

auf. Nach genau fünfzehn Minuten hörte sie auf zu ticken. Er versuchte es erneut, mit demselben Ergebnis. Eine Uhr, die alle fünfzehn Minuten aufgezogen werden musste, war furchtbar unpraktisch, von daher hatte Mrs Genevieve natürlich recht. Die Zugfeder musste einen anderen Zweck erfüllen – einen geheimen Zweck. Aber welchen? Und kannte der Schatten das Geheimnis? War das der Grund, warum er die Uhr so unbedingt in seinen Besitz bringen wollte?

Ruben verspürte plötzlich den Drang, noch einmal zu überprüfen, ob er die Wohnungstür auch wirklich abgeschlossen hatte.

Als er wieder in sein Zimmer kam, zog er den Karton mit den alten Spielsachen aus seinem Schrank. Seit sie hierhergezogen waren, hatte er ihn nicht ein einziges Mal geöffnet, aber er war sich ziemlich sicher, dass irgendwo noch ein Aufziehroboter sein musste. Nachdem er die Kiste durchstöbert hatte, fand er den Roboter schließlich ganz unten zwischen einem Wirrwarr aus Actionfiguren. Er zog den Roboter auf und stellte ihn auf den abgewetzten Teppich. Dem Roboter gelangen ein paar ungeschickte Schritte mit seinen quadratischen Füßen, dann fiel er um. Ruben erinnerte sich, warum er dieses Spielzeug nie gemocht hatte. Am Ende fiel der Roboter immer hin und seine Beine zappelten nutzlos in der Luft wie bei einem Käfer, der auf dem Rücken lag.

Eigentlich hatte er vorgehabt, den Roboter aufzubrechen und sich anzuschauen, wie der Mechanismus funktionierte. Doch als er auf der Suche nach einem Werkzeug in der Kiste herumwühlte und dabei auf einen alten Schachtelteufel stieß, hatte er plötzlich eine Eingebung. Mrs Genevieve hatte keine Möglichkeit gefunden, die Uhr von außen zu öffnen. Aber was, wenn es eine Vorrichtung gab, die die Uhr von *innen* öffnete? So wie bei dem

Schachtelteufel, der vollkommen unvorhersehbar aus der Kiste sprang, wenn man an der Kurbel drehte?

Vielleicht befand sich etwas Wertvolles im Inneren der Uhr, und man konnte sie nur öffnen, wenn man sie auf eine bestimmte Uhrzeit stellte und dann aufzog – so ähnlich wie die Kombination für einen Safe. Warum nicht? Je länger Ruben darüber nachdachte, desto überzeugter war er davon, dass er recht hatte. Er stopfte den Spielzeugkarton wieder in den Schrank und setzte sich auf sein Bett.

Sein Herz schlug ihm vor Aufregung bis zum Hals und er atmete einmal tief durch. Er ließ den Schlüssel bis zur Stellposition in die Uhr gleiten und drehte den Stundenzeiger von ein Uhr auf zwei Uhr. Dann schob er den Schlüssel weiter bis in die Aufziehposition und zog die Uhr auf. Ganz steif vor Anspannung zog er den Schlüssel wieder zurück, sodass die Feder sich entspannen konnte. Nichts geschah. Er hielt die Uhr an sein Ohr, um sicherzugehen, dass sie tickte. Vielleicht wurde der geheime Mechanismus zu irgendeinem unvorhersehbaren Zeitpunkt während des Entspannens ausgelöst.

Und so starrte Ruben abwartend auf die Uhr in seiner Hand. Eine Minute verging, dann zwei. Er stellte fest, dass er immer aufgeregter wurde, je länger es dauerte. Er konnte seinen Blick nicht von der Uhr abwenden und versuchte sogar, nicht mehr zu blinzeln, aus Angst, etwas zu verpassen. Er wurde immer nervöser und zappeliger. Die Absicht eines Schachtelteufels ist es ja schließlich, die Spannung von Sekunde zu Sekunde zu steigern, während man auf den Schreckmoment wartet, in dem die versteckte Figur aus der Schachtel springt – und Ruben wartete auf etwas weitaus Dramatischeres als eine kleine Puppe. Nachdem etwa zehn Minuten vergangen waren, vermochte Ruben die Anspannung kaum noch auszuhalten. Nach fünfzehn Minuten war er kurz vor dem Zusammenbruch. Und als die Uhr aufhörte zu ticken, sank er mit einem erschöpften und enttäuschten Seufzen auf das Bett.

Es gab noch zehn weitere Positionen zu überprüfen. Was, wenn erst die letzte Position die richtige war? Er müsste über zwei Stunden nervenzerreißendes Warten ertragen. Und natürlich war es genauso möglich, dass überhaupt nichts geschah. Aber Ruben beschloss, über diese Variante gar nicht erst nachzudenken.

Er wandte seinen Kopf dem Holzkästchen zu, das offen auf seinem Bett lag, und starrte die Inschrift im Innern des Deckels an. »Hey, Mr Light«, murmelte er, »verraten Sie mir das Geheimnis?« Er war sicher, dass P. William Light gewusst hatte, was es mit der Uhr auf sich hatte. Aber falls der Geist des Mannes irgendwo in der Nähe der Uhr herumschwebte, flüsterte er Ruben keinerlei Hinweise zu. Er musste es also auf die harte Tour herausfinden.

Er rollte sich auf den Bauch, stellte den Zeiger auf drei Uhr und wartete. Wieder geschah nichts. Fünfzehn Minuten sinnlosen Tickens, das war alles. Ruben stöhnte und presste sein Gesicht in die Matratze.

Nachdem er sich schließlich durch alle Positionen bis zehn Uhr getestet hatte, war sein Blick vom Starren trüb, seine Hand war verkrampft vom Umklammern der Uhr und sein ganzer Körper schmerzte vor Anspannung. Er hätte gerne noch weitergemacht, schließlich waren nur noch zwei Positionen übrig, aber er brauchte ganz dringend eine Pause.

Er legte die Uhr und den Schlüssel in das Kästchen zurück und drehte sich auf den Rücken. Trotz der wiederholten Enttäuschungen war er weiterhin zuversichtlich, dass er mit dem Geheimversteck recht hatte. Er fragte sich, was wohl darin sein mochte. Er schloss die Augen und stellte sich einen kleinen Samtbeutel voller Diamanten vor. Oder Rubine. Etwas Kleines, aber Wertvolles. Etwas, das er verkaufen konnte. Sein Traum vom Reichtum war noch nicht ausgeträumt. Noch lange nicht.

Er wurde von einem Geräusch an der Wohnungstür geweckt. Ein dumpfer Schlag, das Schaben eines Schlüssels. Ruben fuhr keuchend hoch. Er hatte gar nicht einschlafen wollen. Wie viel Uhr war es? Wie lange hatte er geschlafen? Sein Blick schoss zum Wecker. Fast sechs. Seine Mom konnte es nicht sein – sie musste heute Abend in Ashton arbeiten. Und doch hörte er ganz unmissverständlich das Quietschen des Türschlosses.

Ruben sprang auf, schnappte sich das Holzkästchen und schob es unter sein Bett. Er war völlig benommen und desorientiert und überlegte gerade, ob er sich verstecken sollte, als die Wohnungstür aufschwang.

»Hey, mein Junge, rat mal, wer zu Hause ist?«, rief eine vertraute Stimme, und Ruben brach fast zusammen vor Erleichterung.

Seine Mom betrat die Wohnung und zog die Tür mit dem Fuß zu. Über einer Schulter hing ihre Handtasche, über der anderen eine Tasche mit Wechselklamotten, und in beiden Händen trug sie Einkaufstüten. Auf ihrer Stirn standen Schweißperlen. Sie drehte sich um und sah, wie er sie anstarrte. »Oh, hallo! Kleine Planänderung. Ich hab heute Abend frei.« Sie neigte den Kopf zur Seite. »Ruben? Alles in Ordnung mit dir? Hallo?«

Ruben kam zu sich und eilte zu ihr, um ihr die Einkaufstüten abzunehmen und sie in die Küche zu tragen. »Puh«, sagte sie außer Atem und ließ beide Taschen zu Boden plumpsen. Dann streifte sie die Schuhe ab und kickte sie auf den Taschenstapel. »Hast du dich nicht gewundert, warum ich vom Markt aus nicht angerufen habe?«

»Nein, entschuldige. Ich bin gerade erst aufgewacht«, sagte er, während er hastig zur Tür ging, um sie abzuschließen. »Ich muss wohl eingeschlafen sein. Ich meine, natürlich weiß ich, dass ich eingeschlafen bin – ich hatte es nur nicht vor.« Er schüttelte den Kopf. Er fühlte sich immer noch ganz durcheinander, weil er so plötzlich aus dem Schlaf gerissen worden war.

»Wahrscheinlich hast du es gebraucht«, sagte seine Mom mit einem müden Lächeln. Wie üblich sah sie aus, als könne sie ebenfalls eine Extraportion Schlaf gebrauchen. »Ich hatte Angst, dass du dir Sorgen machst, wenn du nichts von mir hörst, aber ich habe mich beeilt, den früheren Bus zu bekommen. Sonst hätte ich eine halbe Stunde warten müssen.« Sie winkte ihn zu sich und umarmte ihn. »Ich wurde gebeten, die Schicht zu tauschen. Ich muss jetzt Samstag arbeiten, aber dafür haben wir heute Abend zusammen.« Sie gab ihm einen Kuss auf die Stirn und ging in die Küche.

»Schön«, sagte Ruben nach einer kurzen Pause und versuchte, nicht allzu enttäuscht zu klingen. Ihm war gerade bewusst geworden, dass er seine Versuche mit der Uhr wohl oder übel würde verschieben müssen.

Seine Mom sah ihn über die Schulter hinweg an, während sie sich die Hände wusch. »Schön? Das ist alles? Was ist los – hattest du andere Pläne?«

»Pläne?«, wiederholte Ruben und zuckte beinahe zusammen. Selbst ihm kam sein Tonfall schuldbewusst vor.

Sie hielt inne und sah ihn mit zusammengekniffenen Augen an. »Geht hier irgendetwas vor, von dem ich wissen sollte?«

Ruben versuchte angestrengt, sich zusammenzureißen. Sie war kurz davor, ihn ins Kreuzverhör zu nehmen. »Natürlich nicht«, erwiderte er, bemüht, sich seine Verzweiflung nicht anmerken zu lassen – und dann kam ihm die rettende Idee. Er senkte den Blick. »Ich meine, ja. Sorry, Mom, aber na ja, eigentlich wollte ich heute Abend eine Party schmeißen.«

Sie starrte ihn einige Sekunden lang ausdruckslos an. »Eine Party«, sagte sie schließlich kopfschüttelnd. »Zu der du deine Mutter nicht eingeladen hast. So weit ist es also schon gekommen.« Sie widmete sich wieder dem Schrubben ihrer Hände. »Ich würde ja sagen, dass du zu heiß gebadet hast, aber offenbar haben wir immer noch kein warmes Wasser.«

Zum Abendessen gab es Omeletts. Eier waren im Angebot, sagte seine Mutter, während Ruben ihr half, die Einkäufe zu verstauen. Außerdem hatte sie keine Lust gehabt, schon wieder Fisch zu essen. Ruben antwortete zustimmend und versuchte, seine Ungeduld besser zu verbergen als vorhin. Trotzdem dachte er die ganze Zeit an die Uhr und hörte nur halb hin. Als sie plötzlich seine Hände ergriff, war er ganz überrascht. Offenbar hatte sie ihm gerade eine Frage gestellt.

»Hast du heute Salbe darauf getan?«, fragte seine Mutter erneut. Sie inspizierte die Schrammen auf seinen Armen.

»Oh, ach so.« Ruben zuckte mit den Schultern. »Wollte ich noch machen.«

Sie legte ihre Hände auf seine Wangen und zog sein Gesicht an ihres. »Mach. Salbe. Auf. Deine. Schrammen.«

Ruben schielte. »Jawohl. Madam. Mach. Ich.«

»Ich spring schnell unter die Dusche«, sagte seine Mom. »In fünfzehn Minuten treffen wir uns wieder hier.«

Fünfzehn Minuten! Ruben suchte nach der Salbe, ging in sein Zimmer und schloss wie beiläufig die Tür. Dann zog er hektisch die Uhr unter dem Bett hervor, stellte sie auf elf Uhr, zog sie auf und legte sie auf sein Kopfkissen. Während er Salbe auf seine

Arme schmierte, starrte er die Uhr an. Sie war so wunderschön und lag einfach da, ohne irgendetwas zu tun.

Ruben biss die Zähne zusammen. Durch die dünnen Wände hörte er das Quietschen der Duscharmaturen und seine Mutter, die aufjaulte und über das kalte Wasser schimpfte. Sie würde sehr schnell fertig sein mit Duschen. Er sah zur Uhr, zum Wecker, wieder zurück zur Uhr. Das Wasser wurde ausgestellt. Er wischte sich seine salbenverschmierten Finger sorgfältig an der Innenseite seines T-Shirts ab. Noch ein paar Minuten. Nichts. Er seufzte und versteckte alles wieder unter dem Bett. Nur noch eine Position, die infrage kam, und die musste es einfach sein! Aber damit würde er noch warten müssen.

Während seine Mutter die Omeletts briet, deckte Ruben den Tisch. Sie vollführten ihren üblichen Miniküchen-Tanz, stießen mit den Hüften gegeneinander und beschuldigten sich mit gespieltem Ärger, den ganzen Platz in Beschlag zu nehmen. Rubens Gedanken wanderten jedoch immer wieder zu der Uhr.

»Rate mal, wie ich heute bei der Arbeit genannt wurde«, sagte seine Mom.

»Angestellte des Jahres.«

»Ich kann durchaus nachvollziehen, warum du das denkst. Aber leider war es etwas, als das ich nicht so gern bezeichnet werde. Ich gebe dir einen Tipp: Es reimt sich auf Fleck.«

Ruben kratzte sich am Kopf. »Dreck?«

Sie verdrehte die Augen. »Na klar. Wahrscheinlich, weil ich so dreckig bin.«

»Ich hab dir ja gesagt, dass du nicht ständig im Dreck wühlen sollst«, ermahnte Ruben sie.

»Lieber im Dreck wühlen als Besteck spülen.«

Sie war ziemlich witzig, trotzdem fiel es Ruben furchtbar schwer, sich zu konzentrieren.

Nach dem Essen warf seine Mom einen Blick auf die Uhr und sagte, dass ein alter Film im Fernsehen kam. »Klingt zwar ziemlich albern, aber vielleicht macht es Spaß. Was meinst du? Fernsehen oder Traumhaus?«

Rubens Kopfhaut kribbelte. Da war sie, seine Chance, einfach so! »Haben wir Popcorn da?«, fragte er, obwohl er wusste, dass sie welches hatten. »Wenn ja, dann bin ich für Fernsehen.«

Seine Mom nickte und unterdrückte ein Gähnen. »Haben wir. Hab schon gehofft, dass du fragen würdest.«

»Macht es dir was aus, wenn ich den Anfang verpasse?«, fragte Ruben. »Ich würde gern zuerst mein Buch auslesen. Ich hab nur noch ein paar Seiten.« Die Ausrede war zwar dürftig, aber plausibel. Er las eigentlich immer ein Buch.

Seine Mom tätschelte ihm die Wange. »Geh lesen. Ich erzähl dir, was du versäumt hast.«

Ruben zog sich in sein Zimmer zurück und schloss die Tür. Er kramte nach einem Buch aus der Bibliothek, das er bereits ausgelesen hatte, schlug es beim letzten Kapitel auf und legte es auf sein Bett. Er hörte, wie seine Mutter auf der anderen Seite der Tür den Fernseher anschaltete, dann in die Küche ging und Popcorn in eine Schüssel füllte. Natürlich wäre es geschickter zu warten, bis sie ins Bett ging. Aber es gab nur noch eine Position. Er musste es einfach wissen.

Er holte Uhr und Schlüssel hervor. Aus dem Fernseher drang das gedämpfte Geräusch einer Unterhaltung, dann stöhnte seine Mutter auf, wahrscheinlich aufgrund eines schlechten Witzes. Er stellte den Zeiger auf zwölf Uhr. »Mitternacht«, flüsterte er und erschauerte. Plötzlich war er überzeugt davon, dass er die Zwölf-Uhr-Position als Erstes hätte ausprobieren sollen. Galt Mitternacht nicht als die magische Stunde?

Doch dann musste er über sich selbst lachen. Was erwartete er denn überhaupt? Sicherlich keine Magie. Schließlich glaubte er nicht an Märchen. Außerdem dachte er bei zwölf Uhr an Mitternacht, aber es konnte ja genauso gut zwölf Uhr mittags sein. Nichtsdestotrotz überkam ihn das unerschütterliche Gefühl, dass seine Erwartungen diesmal nicht enttäuscht werden würden. Er zog die Uhr auf.

Der Moment der Wahrheit, dachte er und ließ den Schlüssel zurück in die Stellposition gleiten.

Alles wurde schwarz.

DER PREIS DER MACHT

Ruben jaulte auf wie ein geprügelter Hund. Und genauso fühlte er sich auch – als hätte ihm jemand mit aller Kraft die Faust in die Magengrube gerammt. Er glaubte kurz, sich übergeben zu müssen. Er schloss die Augen und öffnete sie wieder, sah aber immer noch nichts außer Dunkelheit. Er presste die Augen zusammen, öffnete sie erneut. Nichts. Seine Haut brannte vor Panik.

Seine Mom klopfte an die Tür. »Ruben? Alles okay bei dir?«

Ruben wandte den Kopf in Richtung Tür, ohne etwas zu sehen. Er öffnete den Mund, um etwas zu erwidern, bekam jedoch vor lauter Entsetzen kein Wort über die Lippen. Die Tür wurde geöffnet und die Stimme seiner Mutter fragte: »Ruben? Ruben?«

Und dann, zu Rubens noch größerem Entsetzen, entfernte sich ihre Stimme wieder, erst in Richtung Badezimmer, dann in ihr Zimmer, und rief dabei mehrmals seinen Namen. Er verstand nicht, was gerade geschah, war immer noch zu panisch, um klar denken zu können. In seinem Kopf herrschte ein entsetzliches Durcheinander. Er benötigte einige Sekunden, bis ihm die Uhr in seiner Hand wieder einfiel. Die Uhr! Er ließ sie auf sein Bett fallen, als wäre sie ein Stück brennende Kohle.

In der gleichen Sekunde konnte er wieder sehen. Seine Erleichterung war so übermächtig, dass ihm Tränen in die Augen traten. Er beugte sich vor, vergrub das Gesicht in den Händen und versuchte, das aufsteigende Schluchzen zu unterdrücken. Denn trotz seiner Verwirrung begriff er, dass er das, was gerade geschehen war, um jeden Preis vor seiner Mom verbergen musste.

»Ruben?« Seine Mom war wieder im Wohnzimmer angelangt. Sie klang halb besorgt, halb misstrauisch, aber zum Glück nicht verängstigt. Er hatte sich schon zu oft vor ihr versteckt, als dass sie sich ernsthaft Sorgen machte. »Ich schwöre dir, wenn du irgendwo hervorgesprungen kommst und mich erschreckst, dann schreie ich. Du hasst es, wenn ich schreie!«

Ruben warf ein Kissen über die Uhr, die er nicht zu berühren wagte, und rief mit stockender Stimme: »Hier drin.« Wenn er nicht so aufgewühlt gewesen wäre, hätte er gewartet, bis er sich wieder unter Kontrolle hatte. Aber er wünschte sich gerade nichts sehnlicher, als dass seine Mom zurückkam.

Als sie in der Tür erschien, sprang er vom Bett, warf seine Arme um sie und vergrub sein Gesicht an ihrer Brust. Sie hielt ihn fest. »Oh Schatz, was ist denn los? Ist alles in Ordnung? Was ist passiert?«

Ruben schüttelte den Kopf, ohne aufzusehen. Er hatte keine Ahnung, was er sagen sollte.

»Ich habe gehört, wie du geschrien hast – ich dachte schon, dass du vielleicht eine Ratte gesehen hättest oder so. Wo warst du? Ich war hier drin, aber ich habe dich nicht gesehen.«

»Du warst hier?«, fragte Ruben verwirrt. Natürlich war sie das gewesen. Er hatte sie ja gehört.

»Na ja, ich habe meinen Kopf zur Tür hereingesteckt, aber du warst nicht auf deinem Bett.«

Einen Moment lang hatte Ruben das Gefühl, sein Gehirn

bestünde aus Watte. Doch plötzlich schlug die Erkenntnis ein wie ein Blitz. Es krachte und hämmerte und trommelte: *Sie hat dich nicht gesehen! Sie hat dich nicht gesehen! Sie hat dich nicht gesehen!*

»Ich war ... untendrunter«, murmelte er in dem Versuch, sich trotz des Tumults in seinem Kopf eine Ausrede auszudenken. »Ich wollte ... mein Buch unter dem Bett hervorholen und dann dachte ich, ich hätte was gesehen – oder na ja, ich dachte, ich hätte was gehört, und dann habe ich mich umgesehen und dachte, es wäre jemand in meinem Schrank ...«

»Du armes Ding. Hast du dir den Kopf angeschlagen?«, fragte sie und suchte seinen Scheitel nach einer Beule ab.

»Nein. Mir geht's gut. Ich hab bloß Panik gekriegt. Es war ... nur meine Jacke, die am Schrank hing.«

Seine Mom strich ihm sanft über den Rücken. »Glaub mir, meine Einbildung spielt mir ständig solche Streiche. Das macht einem wirklich Angst und ist überhaupt nicht lustig.« In ihrer Stimme war nicht der leiseste Anflug von Zweifel, nur Mitgefühl.

»Mir geht's schon wieder besser.« Ruben sah auf und brachte ein Lächeln zustande. »Mir geht's gut, wirklich. Ich muss nur kurz durchatmen.«

Sie küsste ihn auf die Stirn. »Du hast es echt drauf, Junge. Dieses Mal hast du mir Angst eingejagt, ohne es überhaupt zu wollen.«

»Tut mir leid«, sagte Ruben.

»Das sollte es auch«, erwiderte sie augenzwinkernd. »Komm einfach ins Wohnzimmer, wenn du so weit bist, okay?«

Er schloss die Tür hinter ihr und drehte dann so leise wie möglich den Schlüssel um. Mit der Hand auf dem Türgriff blieb er stehen. Seine Gedanken rasten immer noch. *Sie hatte ihn nicht gesehen.* Sie hatte auf sein Bett geschaut und nicht gesehen, dass er daraufsaß. Er drehte sich um und betrachtete das Bett, um zu sehen, was sie gesehen hatte – oder besser, was sie *nicht* gesehen hatte. Das war unmöglich. Und doch war es geschehen.

Er stand vollkommen reglos da und versuchte sich darüber klar zu werden, was er tun sollte. Sein Herz raste. Er hatte eine Idee und rannte zu seinem Schrank. Wieder zog er den Karton mit den Spielsachen hervor. Vor ein paar Jahren hatte seine Mom ihm zu Weihnachten eine Spielzeugkamera geschenkt, Ausschussware wahrscheinlich, die seine Mutter für einen deutlich günstigeren Preis bekommen hatte. Damals hatte er sie geliebt, auch wenn sie grauenvolle Fotos machte, die man lediglich auf einem winzigen Bildschirm ansehen konnte. Aber mehr brauchte Ruben gerade auch gar nicht.

Er kramte die Kamera aus dem Karton hervor. Hatten die Batterien noch genug Saft? Er drückte den blassgrünen Power-Knopf. Die Kamera stieß ein kaum hörbares Wimmern aus und der kleine Bildschirm flackerte auf. Hurra!

Ruben ging zu seinem Bett und nahm das Kissen von der Uhr. Ein Hauch von Furcht durchfuhr ihn, aber er ignorierte das Gefühl. Er musste es wissen. Er hielt die Kamera auf Armeslänge von sich, mit dem Objektiv auf sich gerichtet. Dann atmete er einmal tief durch und griff nach der Uhr. In letzter Sekunde schloss er die Augen – er wusste gar nicht, warum. Vielleicht würde es weniger beängstigend sein, wenn er den ersten Moment der Blindheit nicht spürte. Doch selbst mit geschlossenen Augen spürte er, wie das Licht hinter seinen Lidern erlosch, sobald seine Finger die Uhr berührten. Die unvollkommene Schwärze wurde vollkommen. Er schauderte und drückte auf den Auslöser der Kamera.

Er öffnete die Augen in die Dunkelheit, dann ließ er die Uhr fallen. Sofort materialisierte sich der Raum wieder um ihn herum, als hätte er einen Schalter umgelegt.

»Wow«, flüsterte er.

Und dann noch mal: »*Wow!*«

Er wappnete sich, drehte die Kamera herum und sah auf den kleinen Bildschirm. Da war sein Bett. Da war seine Schranktür. Beides ein bisschen verschwommen, aber eindeutig sichtbar.

Ruben selbst indes war es eindeutig *nicht*.

Er gewöhnte sich schnell an die Blindheit. Wieder und wieder nahm er die Uhr in die Hand, schoss ein Foto, ließ die Uhr los, betrachtete das Display. Schnell fand er heraus, dass das Bild vollkommen schwarz wurde, wenn er die Uhr und die Kamera zu nah aneinanderhielt. Wenn er jedoch die Uhr in der ausgestreckten einen Hand hielt und die Kamera in der ausgestreckten anderen, dann zeigte das Display Bilder von seinem hell erleuchteten Zimmer. Nur Ruben war auf diesen Bildern nie zu sehen. Er war so verblüfft darüber, so begeistert, dass er ein Foto nach dem anderen machte, bis wie aus heiterem Himmel die Uhr plötzlich nicht mehr funktionierte.

Es geschah, als er auf dem Bett lag (trotz seiner Aufregung war er mit einem Mal schrecklich müde) und blind auf die Kamera in seiner Hand starrte, während er mit der anderen die Uhr umklammert hielt. Er wollte gerade wieder auf den Auslöser drücken, als das Licht zurückkehrte und die Kamera in seiner ausgestreckten Hand erschien – genauso wie das ganze Zimmer. Mit einiger Anstrengung setzte Ruben sich auf. Er blinzelte die Uhr an, die er immer noch umklammerte. Er hielt sie sich ans Ohr. Das Ticken hatte aufgehört.

Ganz langsam, als quälte sein Verstand sich durch zähen Matsch, begann er zu begreifen. Fünfzehn Minuten. Nachdem man die Uhr aufgezogen hatte, war man für fünfzehn Minuten unsichtbar. Ruben legte die Uhr und die Kamera aufs Bett und rieb sich die Augen. Dann ließ er die Arme sinken, saß für einige Minuten einfach nur da und starrte ins Leere. Er fühlte sich wie manchmal am Morgen, wenn er noch nicht richtig wach war. Morgenstarre nannte es seine Mom. Nicht ganz bei sich.

Schließlich riss ihn das Lachen seiner Mutter aus seiner Reglosigkeit. Er erinnerte sich, als wäre es vor langer Zeit gewesen, dass er eigentlich im Wohnzimmer mit ihr zusammen einen Film schauen wollte. Ruben rüttelte sich wach und packte die Uhr weg. Gähnend schloss er die Schranktür und lehnte sich einen Augenblick dagegen. Er hätte im Stehen einschlafen können. Schließlich gab er sich einen Ruck, stieß sich von der Tür ab und ging ins Wohnzimmer.

Seine Mom saß im Schlafanzug auf dem Sofa. Mit einem Blick auf ihn sagte sie: »Du siehst wahnsinnig müde aus, Ruben. Ich weiß gar nicht, warum mir das vorhin nicht aufgefallen ist. Hast du letzte Nacht nicht gut geschlafen?«

»Kann sein«, nuschelte er und ließ sich neben sie aufs Sofa sinken.

»Hier«, sagte seine Mom und reichte ihm die Schüssel mit Popcorn. »Machen wir uns einen ruhigen Abend.« Sie deutete mit einem Nicken in Richtung des kleinen Fernsehers. »Offenbar will der Typ da einen Elefanten adoptieren. Das wird sicher ein Riesenspaß.«

Ruben machte es sich in seiner Ecke des Sofas gemütlich. »Ganz bestimmt.«

Innerhalb weniger Sekunden verfiel er in eine Art Halbschlaf.

Er nahm noch wahr, wie seine Mutter eine Weile lang bei den schlechten Witzen stöhnte und bei den etwas besseren kicherte, dann jedoch verstummte. Wahrscheinlich hatte sie ihm einen Blick zugeworfen und gesehen, dass seine Augen geschlossen waren.

Schon bald schlief er tief und fest. Als die lauten Klänge der Orchestermusik ertönten, die immer am Ende alter Filme spielte, wachte er wieder auf. Die Schüssel mit Popcorn stand unberührt neben ihm. Er sah zu seiner Mom, die erstaunt blinzelte. Offenbar war sie ebenfalls eingeschlafen.

Sie bemerkte Rubens Blick. »Der Film war richtig gut«, sagte sie und gähnte.

Ruben nickte. »Könnte zu meinem neuen Lieblingsfilm werden.« Er gähnte ebenfalls.

Sie umarmten sich lächelnd, wünschten sich eine gute Nacht und zogen sich auf ihre Zimmer zurück.

Ruben schloss die Tür und ging auf direktem Weg zu seinem Schrank. Er rechnete beinahe damit, nichts vorzufinden. Es würde deutlich mehr Sinn ergeben, wenn er die ganze Sache nur geträumt hätte.

Aber die Uhr lag immer noch dort, wo er sie zurückgelassen hatte, und wartete auf ihn.

Am nächsten Morgen erwachte Ruben von den Geräuschen seiner Mutter im Bad. Die alten Leitungen stöhnten in den Wänden, das Wasser plätscherte ins Waschbecken.

Er öffnete die Augen. Er hatte seine Nachttischlampe angelassen. Er konnte sich gar nicht erinnern, eingeschlafen zu sein …

Alarmiert setzte er sich auf. In seiner Hand hielt er die Uhr. Die Spielzeugkamera lag neben ihm auf dem Bett. Er wusste noch, dass er die Uhr wieder aufgezogen hatte, um weitere Fotos zu machen. Danach jedoch – nichts.

Ruben drückte auf das Display-Symbol der Kamera, um sich die letzten Fotos anzusehen. Sie zeigten alle mehr oder weniger das Gleiche: sein von der Lampe beschienenes Kopfkissen, allerdings sehr verschwommen. Er erinnerte sich, dass ihm diese Unschärfe aufgefallen war, als hätte sich die Kamera genauso übernächtigt gefühlt wie er. Und dann? Er musste mittendrin eingeschlafen sein. Unglaublich. Was, wenn seine Mom ins Zimmer gekommen wäre, um nach ihm zu sehen, und die Uhr einfach so herumgelegen hätte?

Bei dem Gedanken schoss er aus dem Bett, um die Uhr wegzupacken. Gestern war mit Sicherheit der längste, anstrengendste Tag in seinem Leben gewesen, trotzdem hätte er besser aufpassen müssen. Ruben schloss kopfschüttelnd die Schranktür und wandte sich gerade wieder um, als die Erkenntnis darüber, was die Uhr machen konnte – was *er* damit machen konnte –, ihn wieder mit voller Wucht traf, als wäre es zum ersten Mal.

Ich kann mich unsichtbar machen!, dachte er. *Unsichtbar!*

Er lachte und sprang, so hoch er konnte. Er versuchte, die Decke zu berühren, aber es fehlten noch knapp 30 Zentimeter. Na und?

»Na und?«, rief er jubelnd. Er sprang wieder hoch, einfach weil er Lust dazu hatte. Plötzlich merkte er, wie ausgehungert er war. Er riss seine Zimmertür auf, lief in die Küche, riss die Küchenschränke auf. Wow, er konnte es kaum erwarten, etwas zwischen die Zähne zu bekommen.

»Sieh mal«, sagte seine Mutter, als sie aus dem Badezimmer kam. Ruben schaufelte Unmengen von Müsli in sich hinein und kaute geräuschvoll wie ein wildes Tier. »Du siehst tausend Mal besser aus heute Morgen. Wie geht es dir?«

»Großartig!«, erwiderte Ruben und stürzte ein halbes Glas Orangensaft auf einmal hinunter (es war bereits sein zweites). Er seufzte zufrieden und stellte das Glas wieder auf den Tisch. »Wahrscheinlich hab ich nur ein bisschen Schlaf gebraucht. Wie geht's dir?« Er schüttete eine weitere Portion Müsli in seine Schale.

Sie beobachtete ihn amüsiert. »Man könnte meinen, ich würde dich verhungern lassen, du armes Kind. Mir geht es gut, danke. Ich fürchte mich etwas vor dem langen Tag, aber morgen ist Samstag. Dann haben wir immerhin den Vormittag zusammen.«

»Klingt supa«, erwiderte Ruben vergnügt mit vollem Mund.

Da seine Mutter heute wieder direkt von einem Job zum nächsten musste, packte sie sich einige Sandwiches und Anziehsachen zum Wechseln ein, dann begann sie ihr übliches Ritual, sämtliche Dinge in den Schränken, dem Kühlschrank und dem Tiefkühlschrank aufzuzählen, die Ruben zu Mittag essen konnte. »Alles klar, Mom«, wiederholte Ruben immer wieder. Dann, ebenfalls wie üblich, rang sie ihm das Versprechen ab, zu Hause zu sein, wenn sie am Ende ihrer ersten Schicht anrief, ermutigte ihn, sich mit anderen Kindern zu unterhalten, und so weiter und so fort, bis Ruben kurz davor war zu explodieren. Normalerweise machten ihm die Predigten seiner Mutter nichts aus. Aber heute konnte er es kaum erwarten, dass sie endlich ging.

Nach einem Kuss und einer Umarmung sprintete sie schließlich los, um den Bus zu erwischen. Es war 7.03 Uhr und Ruben hatte den ganzen Tag für sich. Um 7.04 Uhr zog er bereits die Uhr auf.

Wenn er seine Unsichtbarkeit in der Öffentlichkeit ausprobieren wollte – denn was nutzte es einem, unsichtbar zu sein, wenn man allein zu Hause saß –, musste Ruben sichergehen, dass er die Funktionsweise der Uhr perfekt beherrschte. Und so führte er in der nächsten Stunde verschiedene Experimente in der ganzen Wohnung durch und knipste Fotos aus den unterschiedlichsten Perspektiven, mit unterschiedlichem Einfall von Licht und Schatten, mit der Kamera in unterschiedlichen Abständen zur Uhr. Als die Batterien der Kamera den Geist aufgaben, hatte er bereits ein paar wichtige Dinge herausgefunden.

Zum einen fiel ihm auf, dass selbst auf dem billigen Display der Kamera die Unsichtbarkeit nicht ganz perfekt war. Überall dort, wo er auf den Bildern hätte zu sehen sein sollen, gab es eine leichte Unschärfe, wie das Flimmern heißer Luft über dem Asphalt. Wenn man jedoch nicht darauf achtete, konnte man es leicht übersehen, und im Schatten war es beinahe unmöglich festzustellen. Ruben würde sich daher bemühen, im Schatten zu bleiben.

Er hatte ebenfalls herausgefunden, dass die Unsichtbarkeit nicht mit seinem Umriss übereinstimmte. Stattdessen strahlte sie von der Uhr gleichmäßig in alle Richtungen ab und besaß dabei eine Reichweite von knapp einem Meter. Die Uhr, überlegte er, war wie ein kleiner goldener Planet, umgeben von einer magischen Atmosphäre, *innerhalb* der weder Ding noch Wesen von außen gesehen werden konnten. Genauso wenig konnte irgendetwas innerhalb der Atmosphäre *hinaus*sehen, weswegen Ruben die Kamera möglichst weit von der Uhr entfernt halten musste – weg von der Atmosphäre –, um ein Foto machen zu können. Wenn die Kamera unsichtbar war, war sie blind, genau wie er. Das schien die Regel zu sein: Die Blindheit war der Preis für die Unsichtbarkeit.

Rubens letzte Erkenntnis kam, als seine Augen anfingen zu

brennen, er gähnen musste und ganz träge wurde, obwohl er erst vor einer Stunde erfrischt aufgewacht war. Wie konnte er jetzt schon wieder so müde sein? Er hatte doch nichts weiter gemacht als … Er schlug sich gegen die Stirn. Die Uhr. Natürlich. Offenbar forderte die Unsichtbarkeit ihren Tribut, warum auch immer. Tatsächlich war er bereits derart schläfrig, dass er kurz nach dieser Erkenntnis auf dem Sofa zusammensackte.

Nachdem er seine Müdigkeit weggedöst und eine weitere Schüssel Müsli verdrückt hatte (hungrig war er auch schon wieder gewesen), bereitete Ruben sich darauf vor, das Haus zu verlassen. Er musste nur noch einen Weg finden, die Uhr unauffällig mitzunehmen. Eine kurze Suche in seinem Kleiderschrank förderte einen braunen Kapuzenpulli mit einer übergroßen Bauchtasche zutage. Er hatte diesen Pulli nie gemocht, weil er fand, dass ihn die Farbe und die große Tasche aussehen ließen wie ein Känguru. Aber für sein heutiges Vorhaben erwies er sich als perfekt geeignet und Ruben schlüpfte ungeduldig hinein, als wäre es sein Lieblingspulli.

Er betrachtete sich im Spiegel und stellte sicher, dass er alles hatte. Turnschuhe: jep. Kurze Hose: jep. Pulli: jep. Geheime Uhr zum Unsichtbarmachen …

Ruben steckte die Hände in die Bauchtasche und grinste.

Jep.

SPÄHER AUSSPÄHEN

Ruben stand am Fenster des Lagerraums und wartete auf die Katze. Allmählich begann er sich zu ärgern, als hätten sie sich hier verabredet und die Katze würde sich verspäten. Er hielt es für das Beste, die Uhr das erste Mal an jemandem auszuprobieren, der nicht gleich die Polizei rief, wenn etwas schiefging. Aber er war schon seit fast einer Stunde hier unten und verlor langsam die Geduld.

Er ging in dem Lagerraum seit so langer Zeit ein und aus, dass er bereits auswendig wusste, wie viele Schritte ihn zu dem Kistenstapel oder zu dem riesigen Sicherungskasten bringen würden und wie weit er sich drehen musste, um dorthin zu gelangen. Während er sich nun die Zeit hier unten vertrieb, wurde ihm bewusst, dass er sich diese Dinge in Zukunft immer einprägen sollte, wenn er einen Raum betrat. Denn nur so würde er in der Lage sein, sich während des Unsichtbarseins frei zu bewegen, ohne an irgendwelche Gegenstände zu stoßen.

Das war ein guter Einfall, lobte er sich selbst und gab sich wieder der quälenden Langeweile hin. Er starrte aus dem Fenster und versuchte allein mit der Kraft seiner Gedanken, die Katze herbeizubeschwören.

Die Uhr in seiner Hand war vollständig aufgezogen, der

Schlüssel steckte bis zum Griff im Loch. Er musste ihn nur noch aus der Aufziehposition zurückziehen, um zu verschwinden. Sobald er sah, wie die Katze die Gasse entlangstolzierte, würde er genau das tun. Und falls die Katze den Lagerraum betrat und anfing zu fressen, hätte Ruben den ersten Test bestanden. Er fragte sich, ob er wieder sichtbar werden sollte, solange die Katze noch da war, oder ob eine solche Überraschung die Katze für immer vertreiben und so die ganze Mühe der Hausverwalterin zunichtemachen würde.

Noch während er darüber nachdachte, war es Ruben selbst, der überrascht wurde. Ohne eine Vorwarnung durch sich nähernde Schritte oder irgendein anderes Geräusch hörte er plötzlich, wie der Türgriff gedreht wurde. Und selbst das war so leise, dass er es kaum wahrnahm. Sein Blick schoss Richtung Tür, die sich bereits langsam öffnete.

Ruben duckte sich und zog am Schlüssel der Uhr. Der Raum wurde schwarz.

Zitternd lauschte er. Einen Augenblick lang herrschte Stille. Dann folgte ein wehmütiges Seufzen. Natürlich. Es war die Hausverwalterin, die nachschaute, ob die Katze aufgetaucht war. Sie hatte sich angeschlichen, um das Tier nicht zu erschrecken. Jetzt ging sie wieder und schloss die Tür zu. Das Geräusch sich entfernender, hastiger Schritte. Stille.

Ruben machte sich sichtbar, immer noch geduckt und am ganzen Leib zitternd. Er starrte zur Tür, wandte sich dann um und blickte auf die Schüsseln mit Katzenfutter und Wasser, das offene Fenster, den Lagerraum, den die Hausverwalterin als leer wahrgenommen hatte.

Er schüttelte den Kopf. Sie hatte einfach durch ihn hindurchgesehen.

Natürlich wusste er, dass es bei der Unsichtbarkeit genau darum ging. Aber etwas an dem Zusammentreffen empfand er als verstörend. Fast so, als wäre er gar nicht real. Anwesend, aber nicht real.

Eine leere Hülle.

Ein Geist.

Rubens nächste Station war die Stadtteilbibliothek der Lower Downs. Es befanden sich meist nur wenige Leute dort, was die Bibliothek zum perfekten Übungsplatz machte. Je weniger potenzielle Zeugen, desto besser, zumindest, bis er die Uhr perfekt im Griff hatte.

Die Zweigstelle war keine hell erleuchtete, moderne Bibliothek, sondern alt, muffig und schummrig. Der Zettelkatalog mit den abgegriffenen Karteikarten stand direkt neben der Rezeption, sodass der Bibliothekar – ein schweigsamer, lockenköpfiger Mann mit Brille, der einem nie in die Augen sah – sicherstellen konnte, dass er immer geordnet blieb. Ruben liebte die Bibliothek. Wenn er nicht nach einem neuen Buch suchte, hielt er Ausschau nach Lücken in den Regalen, durch die er in den angrenzenden Gang sehen konnte. Während er so tat, als würde er die Buchrücken studieren, spionierte er Besuchern hinterher, merkte sich die Bücher, die sie mitnahmen, und suchte nach versteckten Nachrichten in den Büchern, die sie durchgeblättert, dann aber wieder zurückgestellt hatten. Er malte sich gern aus, dass die Auswahl ihres Lesematerials ein wichtiger Hinweis zu einem Rätsel war, dessen Lösung er sich zur Aufgabe gemacht hatte.

Heute jedoch marschierte Ruben rasch durch alle Abteilungen, um abzuschätzen, wo sich die wenigsten Besucher aufhielten. In den Gängen der Geschichtsabteilung war keine Menschenseele.

In gespannter Erwartung umschlossen seine Finger den Griff des Schlüssels in seiner Tasche. Er sah sich ein letztes Mal prüfend um, zog an dem Schlüssel und verschwand.

Ruben stellte fest, dass er in seiner Blindheit die verschiedenen Geräusche in der Bibliothek mit einem Mal ganz anders wahrnahm: das Summen einer kaputten Leuchtstoffröhre, das entfernte Rascheln von Papier, den dumpfen Aufprall von Büchern, die aus einem Rollwagen in die Regale zurückgestellt wurden. Er schritt langsam und vorsichtig den Gang entlang. Um sicherzugehen, dass sich sein ganzer Körper innerhalb der Reichweite der Uhr befand, bewegte er sich in einer Art Kauerstellung vorwärts. (Wäre er sichtbar gewesen, hätte er ausgesehen wie ein auf Zehenspitzen laufender Ganove in einem Comic.) Nach etwa einem Dutzend Schritten schob er den Schlüssel zurück in die Aufziehposition, woraufhin die Bücherregale links und rechts von ihm wieder erschienen. Er hatte geschätzt, dass er das Ende des Ganges erreicht haben würde, was auch beinahe stimmte – ihm fehlte nur noch ein großer Schritt. Es war ihm auch einigermaßen gelungen, in der Mitte des Ganges zu bleiben, mit lediglich einem leichten Drall nach links.

Ruben spürte, wie ihn Zuversicht durchströmte. Er hatte den Dreh schon ziemlich gut raus.

Nach einigen weiteren Versuchen den Gang hinauf und hinunter entwickelte er ein immer besseres Gefühl für die Länge seines Kauerschritts. Er konzentrierte sich darauf, die Schritte gleichmäßig zu halten, um verlässlich Entfernungen abschätzen zu können. Er fand heraus, dass er beinahe direkt auf ein Ziel zugehen konnte, wenn er es sich zuerst einprägte und dann in Gedanken fixierte. Die größte Schwierigkeit bestand darin, das Gleichgewicht zu halten. Er drohte zwar nie hinzufallen, aber er war überrascht, wie haltlos man sich fühlte, wenn man sich in vollkommener Finsternis fortbewegte (ganz zu schweigen davon, wenn man das auch noch zusammengekauert tat).

Trotzdem machte er schnell Fortschritte, und schon bald wechselte Ruben in den Nebengang, um ein bisschen Abwechslung zu haben. Blind schritt er auf und ab und suchte sich immer wieder neue Ziele aus, auf die er zusteuerte – das große grüne Buch, die mehrbändige Reihe mit lilafarbenem Buchrücken –, um dann direkt davor wieder aufzutauchen. Er stellte sich vor, unter Wasser zu sein und nur hin und wieder aufzutauchen, um sich zu orientieren und kurz Luft zu holen. Er hatte Filme gesehen, in denen Leute das so machten.

Als nur noch etwa eine Minute auf der Uhr übrig war (er war inzwischen ziemlich versiert darin, die Zeit richtig einzuschätzen), kam er auf die Idee, rückwärtszulaufen. Schließlich konnte es irgendwann durchaus nötig werden, zurückweichen zu müssen. Er bewegte sich nur langsam, denn es stellte sich als sehr viel schwieriger heraus als das Vorwärtsgehen. Nach acht Schritten hielt er an, weil er unsicher war, wie lang seine Schritte waren und ob er noch in die richtige Richtung ging. Er streckte die linke Hand aus, und tatsächlich berührten seine Fingerspitzen einen Buchrücken viel eher, als sie es hätten tun sollen. Er war ein wenig vom Weg abgekommen.

Er drückte den Schlüssel in die Uhr und die Regale neben ihm materialisierten sich wieder. Genauso wie der lockenköpfige Bibliothekar, der die Regale am anderen Ende des Ganges absuchte. Er musste gerade um die Ecke gebogen sein. Ruben richtete sich rasch aus seiner verräterisch geduckten Haltung auf. Der Bibliothekar nahm die Bewegung aus den Augenwinkeln wahr und sah zu ihm herüber.

Seiner Reaktion nach zu urteilen hätte genauso gut ein Rhinozeros den Gang hinunterstürmen können. Er schreckte heftig zurück und ruderte mit den Armen, um nicht das Gleichgewicht zu verlieren, wobei er ein Buch aus dem Regal stieß. Ruben war so erstaunt über diese Reaktion, dass er einen Satz nach hinten machte und ebenfalls beinahe hingefallen wäre. Ihre verwirrten Blicke trafen sich. Der Mann lief dunkelrot an und rückte seine Brille zurecht. Er wandte sich um und eilte aus dem Gang. Eine Sekunde später tauchte er wieder auf, stellte das herabgefallene Buch zurück ins Regal und verschwand erneut.

Ruben verspürte den Drang, dem Bibliothekar nachzugehen und sich zu entschuldigen. Aber das hätte keinen Sinn. Der Mann glaubte wahrscheinlich, dass er Ruben nicht hatte kommen sehen, schließlich konnte es ja nicht sein, dass ein Junge einfach wie aus dem Nichts erschien. Wie auch immer, der Bibliothekar schämte sich eindeutig für seine Reaktion. Er hatte sicherlich kein Interesse daran, noch einmal darauf angesprochen zu werden.

Ruben beruhigte sich wieder und grinste bis über beide Ohren. Er dachte an den Abend zuvor, als er seiner Mutter erzählt hatte, dass er jemanden in seinem Schrank gesehen hatte, und sie so verständnisvoll gewesen war.

»Glaub mir«, hatte sie gesagt, »meine Einbildung spielt mir ständig solche Streiche.«

Ruben fiel auf, dass Menschen, insbesondere Erwachsene, schnell alles Rätselhafte ausblendeten und lieber annahmen, sie hätten etwas missverstanden oder nicht richtig gesehen, um dann einfach weiterzumachen, als sei nichts gewesen. Und genau aus diesem Grund konnte ein Junge wie er mit einer Uhr wie dieser mit jeglichem Unfug davonkommen, solange er nur dreist genug war.

Bis seine Mutter nach ihrer Schicht auf dem Markt zu Hause anrief, hatte Ruben einigen Unfug angestellt. Am besten hatte ihm gefallen, wie er im Bürgerzentrum unsichtbar und aus unterschiedlichen Richtungen immer wieder den Namen eines Jungen gerufen hatte, den er aus der Schule kannte (Miles Chang, den er übrigens ziemlich nett fand). Er musste jedes Mal ein Kichern unterdrücken, wenn Miles, der gerade mit einem Freund Tischtennis spielte, seinen Schläger auf die Platte knallte und rief: »Wer ist da? Bist du das? Hörst du denn nicht, wie jemand ständig meinen Namen sagt? Bin ich jetzt völlig verrückt?«

Später belauschte Ruben Officer Warren, der von einer Telefonzelle aus telefonierte (irgendetwas über eine Besprechung und deshalb langweilig), dann hörte er sich an, was die Menschen in der Eingangshalle seines Wohnhauses zu beanstanden hatten (die Dachgeschossmieter beschwerten sich über Eichhörnchen in der Decke, was schon bedeutend interessanter war). Darüber hinaus hatte er drei Nickerchen gemacht und ein halbes Dutzend Erdnussbuttersandwiches mit Marmelade verdrückt. Es war unglaublich, wie sehr das Unsichtbarsein an den Kräften zehrte.

»Wie war dein Tag?«, fragte seine Mom am Telefon. Er hörte, wie sie in ihr Sandwich biss – ihr Abendessen. Sobald sie aufgelegt hatten, würde sie lossprinten, um den Bus nach Ashton zu erwischen.

»Ganz okay«, erwiderte Ruben. Er drehte die Uhr im Licht der Küchenlampe hin und her und bewunderte die Art und Weise, wie sie glänzte. »Das Übliche.«

»Hast du dich mit anderen Kindern aus dem Bürgerzentrum unterhalten?«

Ruben hätte beinahe laut gelacht. Endlich konnte er ihr mal die Wahrheit sagen. »Ja, ich habe mit Miles Chang gesprochen.«

»Ist das der Nette?«, nuschelte sie mit vollem Mund. »Sein Vater ist doch der Lehrer, den du so magst.«

Ruben bemerkte die Hoffnung, die in ihrer Stimme mitschwang, und hatte prompt ein schlechtes Gewissen. »Ja, genau der«, erwiderte er und wechselte schnell das Thema.

Sobald er aufgelegt hatte, verließ Ruben die Wohnung wieder. Er verbrachte den halben Abend damit, durch das Gebäude zu streifen, an Türen zu klopfen und den verblüfften Ausrufen der Bewohner zu lauschen, wenn sie niemanden vor der Tür vorfanden. Es war nicht nur urkomisch, sondern auch unglaublich aufregend und er hätte noch stundenlang weitermachen können, wenn er nicht kurz vor der totalen Erschöpfung gewesen wäre. Tatsächlich schaffte er es kaum, die Uhr wegzuräumen, bevor er ins Bett fiel. Selbst auf das Zähneputzen verzichtete er.

Als er am nächsten Morgen aufwachte, wünschte er sich zum ersten Mal, dass seine Mom heute arbeiten gehen müsste. Er fühlte sich ausgeruht und konnte es kaum erwarten, die Uhr wieder auszuprobieren. Stattdessen unterwarf er sich einer Menge lästiger Samstagmorgen-Routinen und verbrachte danach zähneknirschend eine Stunde mit dem Entwerfen des Traumhauses – einer Aktivität, die unter den gegebenen Umständen eine überirdische Portion Geduld erforderte und nicht halb so zufriedenstellend war wie sonst. Immerhin gab es ein herzhaftes Omelett, das seine Mom ihm aus den restlichen Eiern briet. Als sie am Nachmittag endlich zur Arbeit aufbrach, war er derart glücklich, dass seine Umarmung zum Abschied ziemlich enthusiastisch ausfiel. Nachdem sie mit einem verdutzten Lächeln die Wohnung verlassen hatte, hastete Ruben zu seinem Kleiderschrank.

Den Rest des Samstags und die nächsten Tage über konnte Ruben an nichts anderes denken als an seine neu gewonnene Fähigkeit. Wenn er abends erschöpft ins Bett sank, galt sein letzter Gedanke der Uhr, und wenn er morgens erwachte, war er in Gedanken sofort wieder bei ihr. Er übte in jeder wachen Minute, testete aus, wie weit seine Fertigkeiten reichten und verbesserte sie von Mal zu Mal.

Ab und zu dachte er an Mrs Genevieve. Würde sie nicht staunen, wenn sie wüsste, wozu die Uhr imstande war? Ruben wünschte, er könne zu ihr gehen und es ihr zeigen. Aber wenn man die Fähigkeit besaß, sich unsichtbar zu machen, dann behielt man das besser für sich. Es war ein Geheimnis, das er für den Rest seines Lebens würde bewahren müssen.

Ruben hatte sich daran gewöhnt, anders zu sein als andere Kinder. Doch mit einem Mal war er nicht nur anders – er war besonders. Das war ein vollkommen neues und großartiges Gefühl, und er wollte es nicht verlieren. Je besser er mit der Uhr zurechtkam, desto außergewöhnlicher fühlte er sich, weswegen er härter daran arbeitete, die Uhr zu beherrschen, als jemals zuvor an etwas anderem.

Tatsächlich wurde Ruben so geschickt im Umgang mit der Uhr, dass er, als er am Dienstagnachmittag sah, wie die Späher in eine Gasse hinter dem Eisenwarenladen abbogen, seine Gewohnheit aufgab, die Männer aus sicherer Entfernung zu beobachten. Stattdessen beschleunigte er seinen Schritt, machte sich unsichtbar und folgte ihnen in die Gasse.

Beinahe sofort bemerkte er seinen Fehler. Er war davon ausgegangen, dass die Späher eine Abkürzung zur nächsten Straße nahmen, doch in Wahrheit hatten sie sich in die Gasse zurückgezogen, um ungesehen eine Pause zu machen. Nach wenigen Schritten hielten sie an, und soweit Ruben ausmachen konnte, standen sie einfach nur herum oder lehnten an der Mauer. Einer zündete sich eine Zigarre an. Das war bestimmt Rechtsaußen, der des Öfteren eine Zigarre im Mundwinkel hatte. Ruben konnte hören, wie er paffte, um sie anzufachen. Der beißende, süßliche Geruch waberte an ihm vorüber, so nah stand er bei den Männern.

Ruben hätte sich am liebsten geohrfeigt. Er war den Spähern auf den Fersen gefolgt, weil er davon ausgegangen war, dass die schweren Schritte der Männer seine eigenen übertönen würden. Jetzt stand er viel zu dicht bei ihnen, und sie waren aus Gewohnheit so wachsam, dass er Angst hatte, sich zu bewegen. Würden sie eine seltsame Unregelmäßigkeit auf dem Boden der Gasse bemerken? Einen verschwommenen Fleck in der Luft, wie ein schwacher Dunstschleier? Oder hatte er Glück und stand in einer der dunkleren Ecken der Gasse? Umgeben von der Schwärze der Unsichtbarkeit wusste es Ruben nicht.

Linksaußen seufzte. »Das ist fast so, als hätte man zwei Jobs.« Er schien den Faden einer Unterhaltung wiederaufzunehmen. »Als wären die Lower Downs nicht schon genug. Außerdem *kennen* wir diesen anderen Stadtteil ja gar nicht.«

»Das hast du schon mal gesagt«, entgegnete Frontmann in gewohnt schleppendem Tonfall. »Ungefähr eine Million Mal, um genau zu sein. Wir haben's kapiert. Und wir stimmen dir alle zu. Aber es hilft nichts, sich darüber aufzuregen.«

»Mir schon«, erwiderte Linksaußen. »Ich fühle mich besser danach.«

»Es ist doch nur vorübergehend«, nuschelte Rechtsaußen mit der Zigarre im Mundwinkel.

»Das bedeutet, dass es nicht für immer ist«, sagte die näselnde Stimme von Rücklicht.

»Ich *weiß*, was vorübergehend bedeutet. Aber das ist mir egal.

Es ist trotzdem anstrengend. Wir müssen hier unser normales Programm absolvieren und dann rüberhetzen, um dort dann auch noch den ganzen Abend an die Türen zu klopfen. Das ist einfach zu viel.«

»Du hast nicht mal Familie«, sagte Rücklicht. »Was hattest du denn schon Großartiges vor heute Abend? Fernsehgucken? Ich habe eine Frau und Kinder. Und einen Hundewelpen, verdammt noch mal. Ein süßes kleines Ding – du solltest mal sehen, wie er durch die Gegend zappelt. Aber beschwere ich mich? Nein.«

»Tja, mir geht es halt besser, wenn ich ein bisschen Dampf ablassen kann«, verteidigte sich Linksaußen erneut.

»Dann solltest du dich inzwischen ja ziemlich gut fühlen«, sagte Frontmann. »Sogar ganz hervorragend.«

»Immerhin sind wir nicht die Einzigen, die das doppelte Pensum absolvieren müssen«, warf Rechtsaußen ein und Ruben hörte, wie er mit einer Schere das brennende Ende seiner Zigarre abschnitt. Er rauchte niemals eine ganze Zigarre auf einmal. »Jeder muss ran. Wie Mr Faug sagte, wir machen alle, was uns gesagt wird, sogar er. Für niemanden ist es einfach.«

»Offenbar hältst du uns für ein großes, glückliches Team«, schnaubte Linksaußen. »Glaubst du ernsthaft, wir würden alle in einem Boot sitzen?«

»Darf ich dich mal was fragen?«, schaltete sich Frontmann ein. »Würdest du es vorziehen, *nicht* in dem Boot zu sitzen? Würdest du Mr Faug lieber mitteilen, dass du raus bist? Möchtest du, dass er dem Boss erzählt, dass du zu müde warst für deine Arbeit? Nur zu. War schön, dich kennengelernt zu haben.«

»Genau«, fügte Rechtsaußen mit leiser Stimme hinzu, »ich habe gehört, dass der Schatten es liebt, wenn Leute kündigen. Er soll kein bisschen nachtragend sein.«

»Hey, ich *beschwere* mich doch bloß«, entgegnete Linksaußen. »Ich hab mit keinem Wort gesagt, dass ich aufhören will. Ich bin doch nicht blöd.«

»Das muss sich erst noch zeigen«, murmelte Schlusslicht.

Linksaußen ignorierte die Bemerkung, wechselte den Tonfall und sagte: »Meintest du das gerade ernst? Dass es schön war, mich kennengelernt zu haben? Denn manchmal frage ich mich wirklich, ob –«

»Ach du meine Güte«, erwiderte Frontmann seufzend. »Gehen wir weiter.«

Ruben hörte, wie sie sich in ihrer Viererposition aufstellten und losgingen. Sie hatten umgedreht und kamen die Gasse zurück – direkt auf ihn zu! Er trat einen Schritt zur Seite, dann noch einen, dann blieb er reglos stehen. Rechtsaußen ging so dicht an ihm vorbei, dass er seinen süßlich rauchigen Atem riechen konnte.

Nachdem sie verschwunden waren, wurde Ruben wieder sichtbar und lehnte sich mit dem Rücken an eine Mauer. »Okay«, sagte er und versuchte, sich zu beruhigen. »Alles ist gut. Dir ist nichts passiert.« Er wischte sich die verschwitzten Hände an seinem Pulli ab. »Mach so was einfach nicht noch mal. Hör auf, so leichtsinnig zu sein.« Erleichtert schüttelte er den Kopf und atmete ein paar Mal tief durch.

Plötzlich musste er lächeln. Er hatte den Spähern höchstpersönlich hinterherspioniert, hatte ihre Unterhaltung belauscht, während sie glaubten, allein zu sein. *Das* war doch mal was, worauf man stolz sein konnte! Er war der Einzige, der so etwas jemals gemacht hatte. Nicht auszudenken, wozu er sonst noch fähig war!

Er fragte sich jedoch, worüber sie wohl geredet hatten. Warum befahl der Schatten ihnen, auch in einem anderen Stadtteil umherzugehen? Und nicht nur ihnen, sondern »allen anderen«, womit wahrscheinlich sämtliche Späher in New Umbra gemeint waren. Der Gedanke an all die Männer, die in ihrer merkwürdigen Formation die Gehwege auf und ab marschierten und aus ihm unbekannten Gründen an Türen klopften, löste ein ungutes Gefühl in Ruben aus. So etwas war seines Wissens noch nie vorgekommen.

Nachdem er einige Zeit lang darüber nachgegrübelt hatte, ließ er es dabei bewenden. Was auch immer gerade geschah, es geschah woanders. Und seitdem er das Geheimnis seiner wundersamen Uhr herausgefunden hatte, fiel es Ruben schwer, überhaupt über irgendetwas anderes nachzudenken, geschweige denn, sich darum Sorgen zu machen. Daher ging er an diesem Nachmittag unbeschwert und bestens gelaunt nach Hause, ohne sich bewusst zu sein, wie kostbar diese Stimmung war – denn alle schönen Dinge sind kostbar, wenn sie sich dem Ende zuneigen.

AM RANDE DES ABGRUNDS

Da seine Mom den Abend frei hatte, stellte Ruben sicher, vor ihr zu Hause zu sein, damit er die Uhr und den Schlüssel rechtzeitig verstecken konnte. Nachdem er sie in das elegante Holzkästchen zurückgelegt hatte, betrachtete er sie noch eine Weile liebevoll. Die letzten Tage waren die schönsten seines Lebens gewesen. Und es kamen noch mehr davon, dachte er. Noch so viele mehr.

Bevor er das Kästchen schloss, verweilte sein Blick wie so oft kurz auf der Inschrift, und er fragte sich wieder einmal, wer P. William Light wohl gewesen sein mochte. Wie lange hatte *er* die Uhr besessen? Und wie war die Uhr von Light zu seinem nächsten Besitzer gelangt? Und dann zum Nächsten und wieder zum Nächsten und so weiter – und was war aus ihnen geworden? Ruben überlegte, wie viele Leute wohl das Geheimnis der Uhr gekannt hatten. Es war durchaus möglich, sogar sehr wahrscheinlich, dass jemand lediglich die Schönheit und Seltenheit der Uhr geschätzt hatte, ohne jemals das Geheimnis herausgefunden zu haben. Ihm gefiel der Gedanke, dass es eine bestimmte Art Mensch brauchte, um es zu enthüllen.

Von der Wohnungstür her erklang das Geräusch klirrender Schlüssel. Mit einem leisen Seufzen packte Ruben das Kästchen weg und schloss die Schranktür.

Er war so in Gedanken versunken, dass es eine ganze Weile dauerte, bis ihm klar wurde, dass mit seiner Mom etwas nicht stimmte. Erst als sie in der Küche herumwerkelte und begann, den Fisch fürs Abendessen zu braten, bemerkte er, wie müde, geradezu ausgelaugt, sie aussah. Er erkannte es an ihrer zusammengesackten Haltung, dem wirren Pferdeschwanz, den dunklen Ringen unter den Augen. Und plötzlich fiel ihm auch auf, dass sie keinen einzigen Witz mehr gemacht hatte seit ... er war sich nicht sicher, seit wann. Gestern vielleicht, oder sogar vorgestern.

Schlagartig verwandelte sich die unbeschwerte Leichtigkeit, in der Ruben selbstvergessen umhergesprungen war, in etwas anderes. Es erinnerte ihn an den Einsturz einer Mine, den er einmal in einem alten Western gesehen hatte – innerhalb von Sekunden wurde alles schwarz und Ruben war unter einem Berg aus Schuldgefühlen begraben. Seine Mom musste gespürt haben, dass er es kaum erwarten konnte, allein zu sein. Natürlich war sie gekränkt und wahrscheinlich auch einsam. Ruben hätte sich am liebsten geohrfeigt. Er war alles, was sie hatte. Er musste sich mehr Mühe geben.

»Hey, ich hab nachgedacht«, sagte er und setzte sich an den Küchentisch. »Wie wäre es, wenn wir die Villa auf dem Wasser bauen würden – ich meine ganz wörtlich *auf* dem Wasser, mit Stützbalken oder was auch immer, damit sie nicht untergeht –, und jeder Raum im Erdgeschoss hätte einen gläsernen Boden? Und Luken ins Wasser wie bei einem U-Boot, sodass man von Raum zu Raum schwimmen kann.«

Seine Mutter nickte nachdenklich, als zöge sie die Idee ernsthaft in Betracht. Dann wendete sie den Fisch. Zum ersten Mal, seit Ruben sich erinnern konnte, erwiderte sie nichts.

»Mom? Stimmt was nicht?«

Mehr brauchte es nicht. Seine Mutter machte den Herd aus, stellte die Pfanne auf eine andere Platte und setzte sich ihm gegenüber an den Tisch. Sie sah richtiggehend elend aus.

»Die Sache ist die«, sagte sie ruhig. »Die Preise werden immer teurer und die Menschen kaufen immer weniger.« Sie räusperte sich und starrte finster auf die Tischplatte.

Ihre Worte und ihr Verhalten waren so verwirrend, dass Ruben ein alarmierendes Kribbeln verspürte. »Wovon redest du?«

Seine Mutter legte die Hände flach auf den Tisch. Sie holte tief Luft, sah Ruben in die Augen und schließlich sprudelte es aus ihr heraus. Sie hatte ihren Job auf dem Markt verloren. Sie mussten Leute entlassen und es hatte sie getroffen, weil sie am kürzesten von allen dabei war. Außerdem hatte ihr Chef herausgefunden, dass sie sich für einen anderen Job beworben hatte, und er war alles andere als begeistert. Der Freitag nächster Woche war ihr letzter Arbeitstag.

Rubens erste Reaktion war Erleichterung. Er war froh darüber, dass ihre Traurigkeit nichts mit ihm zu tun hatte. Doch als ihm ihre Worte richtig bewusst wurden, spürte er plötzlich ein flaues Gefühl im Magen. Ihm fielen ihre beunruhigenden Worte von letzter Woche wieder ein: *mit der Miete im Rückstand*. Nach der Entdeckung des unglaublichen Geheimnisses der Uhr hatte er sie schlichtweg verdrängt.

»Müssen wir wieder umziehen?«, fragte er.

»Vielleicht.« Sie zuckte verhalten mit den Schultern. »Das kommt darauf an, ob ich einen Job finde, bei dem ich genauso viel verdiene wie auf dem Markt.«

Ruben fiel auf, dass sie ihm zwar in die Augen sah, sich aber dazu zwingen musste, seinem Blick standzuhalten. »Glaubst du denn nicht, dass du das schaffst?«

Sie schüttelte den Kopf. »Es gibt keine Jobs mehr da draußen«, erwiderte sie mit seltsamer Stimme.

Ruben griff nach ihrer Hand. »Das wird schon, Mom. Es gibt immer einen anderen Weg. Das sagst du doch ständig.«

»Ja, und ich bin eine sehr weise Frau«, erwiderte sie und versuchte, überlegen zu klingen. Aber ihre Stimme brach, und als sie die Augen schloss, quollen Tränen unter den geschlossenen Lidern hervor. »Unsere Wohnung hier ist nicht gerade das Gelbe vom Ei, nicht wahr?«, sagte sie mit erstickter Stimme. »Wir sind kurz davor, in eine richtig miserable Bruchbude ziehen zu müssen, und das wollte ich dir eigentlich auf keinen Fall antun.«

Ruben wusste, was sie meinte. Auf seinen Streifzügen durch die Nachbarschaft hatte er einige wirklich schlimme Absteigen gesehen. Häuser, von denen er nicht geglaubt hatte, dass Menschen darin leben konnten. Denn es gab kaum eine elendere Gegend als die Lower Downs. Tiefer konnte man nicht mehr sinken und ganz unten gab es nichts als Morast.

»Wir kriegen das schon hin«, sagte er. »Ganz egal, wie.«

Seine Mom hatte immer noch die Augen geschlossen. Jetzt nickte sie energisch und drückte seine Hand. Dann wischte sie sich die Tränen aus dem Gesicht und sah ihn mit glänzenden Augen an. »Ja«, sagte sie entschlossen und nickte erneut. »Ja, ganz genau.«

»Sollen sie es ruhig wagen, uns rauszuwerfen«, warf Ruben mit erhobenem Zeigefinger ein.

»Das schaffen sie nicht«, erwiderte seine Mom. »Und wenn wir uns an ihre Beine klammern.«

Ruben dachte einen Augenblick nach. »Vielleicht müssen wir eine Bank ausrauben. Wir sollten uns Masken besorgen, für alle Fälle.«

»Masken sind zu teuer, mein Schatz«, entgegnete sie und Ruben verspürte eine Woge der Erleichterung. Sie wurde langsam wieder die Alte. »Aber wir können uns welche basteln. Wir benutzen braune Papiertüten und schneiden Gucklöcher rein.«

»Und wir sollten gruselige Gesichter draufmalen. Um zu zeigen, dass wir es ernst meinen.«

»Das ist ganz schön schlau. Schließlich wollen wir nicht, dass irgendjemand Dummheiten macht.«

So ähnlich verlief ihre Unterhaltung während des Abendessens. Seiner Mom ging es deutlich besser, seitdem sie kein Geheimnis mehr vor Ruben hatte. Aber er wusste, dass sie sich weiterhin große Sorgen machte, und die machte er sich auch. Zum einen darum, wo sie in Zukunft wohnen würden, vor allem aber darum, wie seine Mutter mit der Situation zurechtkam. Sie musste schon länger mit einem Auge beklommen in den Abgrund geschielt haben, immer in der Angst, eines Tages zu stolpern und hinunterzufallen. Er war einfach zu jung, um das mitzukriegen.

Bevor er an diesem Abend schlafen ging, saß Ruben noch lange auf seinem Bett und betrachtete die Uhr in seiner Hand. *Er* hatte sie gefunden. Allen Widrigkeiten zum Trotz war er auf ihr Versteck gestoßen und hinter ihr Geheimnis gekommen. Er konnte sich unsichtbar machen. Das durfte doch nicht alles umsonst gewesen sein, dachte er. Es musste doch möglich sein, mit dieser wundersamen Uhr selbst ein Wunder zu vollbringen.

Am nächsten Morgen streifte Ruben gedankenverloren durch die Gegend. Er blieb wie üblich weitestgehend unbemerkt, aber ohne die Uhr zu benutzen. Er wollte einen klaren Kopf bewahren und herausfinden, was er tun sollte. Doch leider kam er zu keinem Ergebnis. Seine Gedanken drehten sich im Kreis, genau wie seine

Füße, liefen auf den gleichen ausgetretenen Pfaden und landeten unweigerlich immer wieder bei dem Witz, den er über das Ausrauben einer Bank gemacht hatte.

Er vermutete, dass er es mit der Uhr und der entsprechenden Planung tatsächlich durchziehen könnte. Aber es war eine Sache, albernen Tagträumen über einen Bankraub nachzuhängen, und eine ganz andere – und eine beängstigende dazu –, es tatsächlich zu tun. Er war zwar nicht gerade bekannt dafür, sich immer an die Regeln zu halten, doch er hatte keinerlei Interesse daran, zu einem richtigen Verbrecher zu werden.

Nichtsdestotrotz kehrten seine Gedanken immer wieder zu der Idee zurück und er kam mit seinen Überlegungen keinen Schritt weiter. Der Vormittag zog sich wie Kaugummi. Frustriert stieg er auf das Dach des Bürgerzentrums, wo er sich auf den Rücken legte und in den Himmel schaute, auf den die weißen Kondensstreifen der Flugzeuge ein eigenartiges Streifenmuster zeichneten. Vor Rubens innerem Auge erschienen erst die Gitterstäbe einer Gefängniszelle, dann die Streifen der Gefängniskleidung. Er stand auf und machte sich auf den Heimweg, um zu Mittag zu essen.

Nicht weit vom Eisenwarenladen entfernt sah er die Späher aus einem Geschäft kommen und in seine Richtung schlendern. Heute war Mittwoch. Ruben wollte sich gerade in eine Seitengasse verdrücken, um ihrer Aufmerksamkeit zu entgehen, als er Officer Warren bemerkte, der aus dem Eisenwarenladen trat. Das war merkwürdig. Officer Warren kannte den Zeitplan der Späher genauso gut wie Ruben, vielleicht sogar besser. Warum also sollte er riskieren, ihnen zu begegnen? Polizisten gingen den Spähern grundsätzlich aus dem Weg, um eine Demütigung zu vermeiden. Nicht einmal sie wagten es, sich den Männern des Botschafters zu widersetzen. Und doch war Officer Warren keineswegs versehentlich aus dem Laden gekommen. Er stand unter dem Vordach, die Daumen in den Gürtel eingehakt, und sah wartend die Straße hinab.

Ruben blickte prüfend die verlassene Gasse entlang. Dann glitt er mit der Hand in die Tasche seines Pullis und verschwand. Langsam und mit klopfendem Herzen arbeitete er sich bis zu einem Mülleimer neben dem Eingang des Eisenwarenladens vor, hinter dem er in die Hocke ging. Irgendetwas in dem Mülleimer stank erbärmlich. Er hielt sich die Nase zu und wartete. Er musste keine Sorge haben, dass irgendjemand vorbeikommen und über ihn stolpern würde, nicht an einem Mittwoch zur Mittagszeit in diesem Teil der Straße. Nicht nur die Polizei ging den Spähern aus dem Weg. Alle machten das.

Einige Minuten vergingen, in denen Ruben durch den Mund atmete. Trotzdem roch er den fürchterlichen Gestank. Er überlegte, ob ein Waschbär in den Mülleimer geklettert und darin verendet war.

Endlich hörte er die Schritte und die Stimmen der Späher. Die Männer näherten sich, wurden langsamer, hielten an. Ihre Stimmen verklangen. Ruben stellte sich ihre erstaunten Gesichter beim Anblick von Officer Warren vor.

»Guten Tag, die Herren«, hörte er die Stimme des jungen Polizisten sagen. »Wie geht es Ihnen?«

Frontmann verzichtete auf seine übliche gedehnte Sprechweise und entgegnete kurz angebunden: »Wir arbeiten, so geht es uns. Können wir Ihnen helfen, Officer?« Es war keine Frage, sondern ein Ausdruck von Verärgerung.

»Tatsächlich hatte ich gehofft, dass Sie mir helfen können«, erwiderte Officer Warren. »Ich komme gerade aus dem Laden von Mr Carver. Sie wissen sicherlich, dass er nicht bei bester Gesundheit ist. Was Sie wahrscheinlich nicht wissen, ist, wie sehr sich sein Zustand in letzter Zeit verschlechtert hat. Er schafft es kaum, sein Geschäft offen zu halten, und er ernährt sich von Bohnen und Wasser.«

»Jeder hat sein Päckchen zu tragen«, murmelte Linksaußen.

»In der Tat«, stimmte Officer Warren zu. »Ich habe mich jedoch gefragt, ob Sie Mr Carver diese Woche ausnahmsweise verschonen könnten. Ich mache mir Sorgen um ihn. Es wird für Ihren Chef wohl kaum einen Unterschied machen, aber für Mr Carver wäre es eine große Erleichterung.«

»Ich bin verwirrt«, sagte Frontmann. »Wollen Sie allen Ernstes, dass wir das Mr Faug erzählen? Und was glauben Sie wohl, was Mr Faug dann *seinem* Boss erzählt?«

Schweigen breitete sich aus. Dann erwiderte Officer Warren ruhig: »Niemand muss irgendjemandem irgendetwas erzählen, oder? Es ist schließlich nicht viel Geld. Das könnte man leicht übersehen.«

»So einfach ist das nicht«, schnauzte Frontmann. »Sie haben ja keine Ahnung, wovon Sie sprechen. Wenn wir für Mr Carver eine Ausnahme machen, dann müssten wir für die gesamte Gegend eine Ausnahme machen, und das kommt nicht infrage. Wir halten nicht unseren Kopf hin, wir machen keine Ausnahmen. Haben Sie vor, Mr Carvers Anteil aus eigener Tasche zu bezahlen? Falls nicht, dann sollten Sie uns aus dem Weg gehen. Sofort.«

Wieder Schweigen.

Ruben hörte das Klicken eines Feuerzeugs und dann Rechtsaußen, der an seiner Zigarre paffte, um sie zum Brennen zu bringen. Dann sagte er: »Ich glaube, er hat dich nicht verstanden.«

»Sieht ganz so aus«, warf Schlusslicht ein.

Ruben wünschte sich sehnlichst, er könne sich wieder sichtbar machen und um den Mülleimer linsen, aber mit an Sicherheit grenzender Wahrscheinlichkeit schauten inzwischen mehrere Augenpaare aus den umliegenden Fenstern. So schnell er es wagte, zog er sich in die Seitengasse zurück und versuchte dabei angestrengt zu hören, was weiter geschah.

»Wissen Sie, was ich erstaunlich finde?«, fragte Frontmann. »Dass jemand wie Sie, Officer Warren, der jede Woche mit der U-Bahn in andere Stadtteile fährt und sich mit unbekannten Personen trifft – Sie wissen schon, die Art von Aktivität, die unseren Arbeitgeber höchst misstrauisch werden lässt –, dass *so* jemand die Dinge nur noch schlimmer macht, indem er unnötig Aufmerksamkeit auf sich lenkt.«

»Er sieht überrascht aus«, bemerkte Linksaußen. »Warum sieht er denn so überrascht aus?«

Ruben hatte die Gasse erreicht. In gehörigem Abstand zur Straße wurde er wieder sichtbar, dann huschte er nach vorne und spähte um die Ecke.

»Ich finde nicht, dass er überrascht aussieht«, widersprach Rechtsaußen. »Er kommt mir eher wütend vor.«

»Mir ist total egal, wie er aussieht«, meckerte Schlusslicht. »Ich habe keine Lust mehr, hier auf der Straße rumzustehen.«

»Stimmt«, sagte Frontmann. »Wir interessieren uns sehr für Ihr Privatleben, Officer Warren, und wir haben vor, Ihnen demnächst ein paar Fragen dazu zu stellen. Möchten Sie das direkt hier auf der Straße erledigen oder sollen wir einen Termin ausmachen und es später in Ruhe besprechen, wenn wir unter uns sind?«

Erneutes Schweigen. Ruben schrie innerlich auf und wollte Officer Warren mit der bloßen Kraft seiner Gedanken wegwünschen. Er hatte Angst davor, was als Nächstes geschehen würde.

»*Aus dem Weg*«, knurrte Frontmann.

Officer Warren stand reglos unter dem Vordach und starrte die Späher finster an. Die Männer tauschten verärgerte und unsichere Blicke aus. Plötzlich erklang Mr Carvers Stimme aus dem Inneren des Eisenwarenladens. Ruben verstand nicht genau, was er sagte – dass der Tag viel zu heiß sei, um in der prallen Sonne zu stehen oder etwas in der Art –, aber die genauen Worte des alten Ladenbesitzers waren auch nicht wichtig. Jeder wusste, was es bedeuten sollte. *Lass sie reinkommen*, hatte er gemeint. *Bring dich meinetwegen nicht in Schwierigkeiten. Ich komm schon zurecht.*

Schließlich gab Officer Warren zögernd den Weg frei. Der Blick, den er den Männern dabei zuwarf, war eiskalt und schneidend. Frontmann feixte bloß, aber sowohl Links- als auch Rechtsaußen schienen sich unter seinem Blick ziemlich unbehaglich zu fühlen. Rechtsaußen ließ seine Zigarre zu Boden fallen und zerdrückte sie mit dem Absatz, als schmecke sie ihm plötzlich nicht mehr. Linksaußen wand sich sichtlich und zupfte abwechselnd an seinem Hemdkragen und an seiner Hose. Schlusslicht ignorierte Officer Warren und sah stur geradeaus, als gäbe es den Polizisten gar nicht. Nach einer kurzen Pause zockelte Frontmann schließlich in den Laden und die anderen folgten ihm auf dem Fuß.

Einen Augenblick lang blieb Officer Warren unter dem Vordach stehen, ballte seine Hände immer wieder zu Fäusten und sah abwechselnd empört, wütend und bestürzt aus. Dann ging er schweren Schrittes davon, ohne sich noch einmal umzusehen.

Wütend stapfte Ruben nach Hause. In seiner Erregung kam er auf eine ganz neue Idee – sie war zwar vermutlich noch schlechter als die Idee mit dem Banküberfall, aber es war wesentlich befriedigender, darüber nachzudenken.

Was machten die Späher eigentlich mit all den Umschlägen voller Geld? Er wusste, dass die Männer jeden Freitagmorgen zur U-Bahn gingen. Aufgrund jahrelangen Hörensagens vermutete er, dass sie an jenem Tag dem Botschafter Bericht erstatteten, das Geld ablieferten und im Gegenzug ihre Bezahlung erhielten. Wenn das stimmte, hatten sie am Donnerstagabend die gesamten Einnahmen der Woche eingesammelt. Was wäre, wenn Ruben ihnen folgte und herausfand, wo sie das Geld aufbewahrten?

Er fand immer mehr Gefallen an der Vorstellung, wie die Männer dem Botschafter gestanden, dass sie das Geld verloren hatten. Und wie der Botschafter (den sich Ruben als großen, Respekt einflößenden, elegant gekleideten Mann vorstellte) die Späher kühl darüber informierte, dass sie mit einem Besuch von seinem Arbeitgeber rechnen konnten, der äußerst ungehalten über den Vorfall sein würde. Oh, sie würden zittern wie Espenlaub bei dem Gedanken, dass der Schatten sie im Visier hatte. Das geschähe ihnen recht!

Doch nachdem er zu Mittag gegessen hatte, wurde ihm plötzlich bewusst, dass das Geld, das er den Spähern stehlen wollte, von Leuten wie Mr Carver stammte oder der jungen Hausverwalterin oder dem netten Bäcker. Außerdem wusste er nicht, was der Schatten mit den Männern anstellen würde. Er erinnerte sich, dass Schlusslicht von seiner Frau, seinen Kindern und dem Hundewelpen gesprochen hatte. Ruben hasste Schlusslicht, aber wollte er wirklich, dass seiner Familie etwas zustieß?

Er grummelte verärgert, während er erneut die Wohnung verließ. Warum musste immer alles so kompliziert sein? Warum konnte er nicht einfach die bösen Jungs beklauen und fertig? Er quetschte sich gerade durch das Lagerraumfenster nach draußen, als es ihm schlagartig wieder einfiel.

Die Belohnung.
Mrs Genevieve hatte ihn davor gewarnt, die Telefonnummer aus der Zeitungsanzeige anzurufen. Der Inserent schien sehr reich und obendrein ziemlich exzentrisch zu sein, und wenn man dann noch die merkwürdigen Umstände bedachte, die mit der Uhr in Zusammenhang standen, so war Mrs Genevieve der Meinung, dass man einer solchen Person nicht trauen konnte. Doch genau das hoffte Ruben. Denn wenn der Inserent tatsächlich plante, ihn zu überlisten, würde Ruben keinerlei Skrupel haben, den Spieß umzudrehen. Besaß er nicht einen gewaltigen Vorteil gegenüber jedem, der solch einen Betrug plante? Schließlich konnte er sich unsichtbar machen!

In seinem Kopf flammte eine Idee nach der anderen auf: Treffpunkte, Absprachen, Vorbereitungen. Aktenkoffer voller Geld. Geheime Ein- und Ausgänge. Mit einem heftigen Pochen in der Brust wurde Ruben plötzlich bewusst, dass er es tatsächlich schaffen konnte. Er würde einen Dieb beklauen, einen Räuber ausrauben.

Für Ruben gab es keinen anderen Weg mehr. Es war für ihn inzwischen unvorstellbar geworden, sich von der Uhr zu trennen – vor allem seit er herausgefunden hatte, wozu er mit ihr in der Lage war. Die Uhr gegen eine Belohnung abzugeben war in etwa so, als würde man ein goldenes Ei als Bezahlung für eine Gans akzeptieren, die täglich solch ein goldenes Ei legte. Nein, der sicherste Weg zu Reichtum war, die Uhr zu *benutzen*, nicht, sie wegzugeben.

Ruben huschte die schäbige Seitengasse entlang. Er fühlte sich von Minute zu Minute kühner. Als Erstes musste er herausfinden, wer der mysteriöse Inserent überhaupt war. Dann würde er ihn gründlich ausspionieren. Er würde einem Treffen erst zustimmen, wenn er alles wusste, was er wissen musste. Doch zunächst musste er die Gesamtsituation besser einordnen. An Informationen kommen. Er musste die Nummer anrufen.

Rubens Füße arbeiteten schneller als sein Verstand. Er hatte sich die ganze Zeit im Laufschritt fortbewegt und kam genau in dem Moment an der Bibliothek an, als er beschlossen hatte, dorthin zu gehen. In der Bibliothek gab es alles, was er brauchte. Zwei Stufen auf einmal nehmend lief er die Treppe zur Zeitschriften-Abteilung hinauf. Mrs Genevieve hatte gesagt, die Anzeige erscheine in allen Zeitungen, daher ergriff Ruben die erstbeste Lokalzeitung, die er in dem Regal fand. Er breitete sie auf dem Tisch aus und blätterte bis zu den Kleinanzeigen. Kurz darauf fand er die Anzeige schon, mit der perfekten Beschreibung der Uhr und dem Hinweis auf die üppige Belohnung – und der Telefonnummer.

Ruben suchte in seiner Tasche nach Kleingeld.

Im Eingangsbereich der Bibliothek hing ein ramponiertes, altes Münztelefon. Als Ruben davorstand, atmete er ein paar Mal tief durch und kämpfte gegen seine übliche Abneigung, mit jemand Fremdem zu sprechen. Er zählte bis drei, steckte die Münzen in den Schlitz und tippte rasch die Nummer ein, bevor ihn der Mut wieder verließ.

Er hatte sich zurechtgelegt, was er sagen wollte – eine Version derselben Onkelgeschichte, die er bereits zuvor benutzt hatte. *Wir sind uns nicht sicher*, würde er sagen, *aber es könnte sein, dass mein Onkel die Uhr gefunden hat, nach der Sie suchen. Möchten Sie sich die Uhr mal ansehen?* Er würde nach einem Namen und einer Adresse fragen und versuchen, noch mehr Informationen aus der Person herauszubekommen. Vor allem natürlich die Höhe der Belohnung, aber auch jegliche andere Information, die ihm half, einen Plan auszuarbeiten. Er würde eine Frage nach der anderen stellen. Die Tatsache, dass er bloß ein Kind war, würde ihm zugutekommen. Erwachsene rechneten nicht damit, dass Kinder ihnen gefährlich werden konnten.

Das Telefon am anderen Ende der Leitung begann zu klingeln. Zwei Mal, drei Mal, ein halbes Dutzend Mal. Nach dem zehnten Klingeln kontrollierte Ruben die Nummer auf dem Stück Papier, auf dem er sie notiert hatte. Er war sicher, dass sie stimmte. Nachdem es einige weitere Male geklingelt hatte, beschloss er, aufzulegen und es noch einmal zu versuchen. Doch gerade als er die Hand ausstreckte, um den Hörer auf die Gabel zu legen, ertönte plötzlich eine blecherne Stimme. Er hielt sich den Hörer wieder ans Ohr.

»Hallo?«, sagte er mit leicht zitternder Stimme.

Die Person am anderen Ende der Leitung atmete laut, als wäre sie die Treppe hinaufgelaufen, um rechtzeitig das Telefon zu erreichen. Nach einer kurzen Pause sagte Ruben erneut »Hallo.« Die Stimme eines Mannes, immer noch außer Atem, erwiderte: »Ja?«

Dann bekam der Mann einen Hustenanfall. Ruben wartete höflich, bis der Anfall vorbei war, und sagte schließlich: »Hi. Ich rufe wegen der Anzeige in der Zeitung an. Wegen der Uhr. Wir glauben, dass –«

Die Stimme des Mannes unterbrach ihn. »Hast du sie noch?«

Verwirrt antwortete Ruben: »Die Anzeige? Nein, ich, äh, habe mir die Nummer aufgeschrieben. Ich …« Er verstummte und fragte sich, ob er etwas falsch verstanden hatte.

»Die Uhr«, erwiderte der Mann und seine Stimme klang genauso abgehetzt wie zuvor. »Hast du die Uhr noch?«

Rubens Magen machte einen Satz. »O nein! Es ist nicht meine

Uhr. Ich selbst habe sie gar nicht. Ich meine, wir sind uns nicht einmal sicher, ob –«

»Du bist der Junge«, sagte der Mann. »Mit dem Onkel. Hast du die Uhr noch? Wie heißt du?«

Ruben begann zu zittern. Er schluckte trocken und öffnete den Mund, um etwas zu sagen, aber es kamen keine Worte heraus. Seine schweißnasse Hand konnte den Hörer kaum mehr halten.

»Du musst keine Angst haben«, erwiderte der Mann mit öliger Stimme – mit dem Ergebnis, dass Ruben noch mehr zitterte. »Du musst keine Angst haben. Sag mir einfach, wer du bist, und dann können wir über die Belohnung sprechen. Du möchtest doch bestimmt eine hübsche Belohnung haben, nicht wahr? Sag mir, hast du die Uhr noch? Du hast sie noch, oder?«

»Entschuldigen Sie, das Ganze ist ein Missverständnis«, sagte Ruben und seine Stimme war kaum mehr als ein Flüstern. Sein Herzschlag pochte in seinen Ohren. »Ich habe die Uhr gar nicht. Meine – meine Freunde haben mich dazu gebracht anzurufen. Tut mir leid. Ich muss gehen.«

»HAST DU DIE UHR NOCH?«, brüllte der Mann mit sich überschlagender Stimme.

Ruben knallte den Hörer auf die Gabel und floh, so schnell er konnte, aus der Bibliothek. Er rannte den ganzen Weg nach Hause, durch die Eingangshalle, die Treppen hinauf und hielt erst an, nachdem er die Wohnungstür hinter sich abgeschlossen hatte. Und selbst dann hatte er das Gefühl, als sei der Mann mit ihm zusammen im Zimmer und brülle ihn an.

»O nein«, keuchte er. »O nein, o nein.«

Ruben begriff, dass er sich in eine furchtbar missliche Lage manövriert hatte. Wie hatte er bloß so dumm sein können? Eine alte Uhr, die einen unsichtbar machte – es musste Leute geben, die alles dafür tun würden, um sie in die Hände zu bekommen. Gefährliche, niederträchtige Leute. Ruben zweifelte nicht daran, dass er gerade mit genau so jemandem gesprochen, ihn sogar selbst angerufen hatte.

Und er hatte sich für so clever gehalten.

RUBEN IN NOT

Plötzlich fand Ruben sich in einem vollkommen anderen Leben wieder. Einem gefährlichen Leben. Seine bisherigen Vorstellungen von Spaß klangen mit einem Mal kindisch, und sein Plan vom Vormittag, einen hinterhältigen Uhrensammler zu überlisten, erschien ihm geradezu absurd. Was hatte er sich bloß dabei gedacht?

Ich bin doch bloß ein Kind, dachte er, und an diesen Gedanken klammerte er sich, als könne es etwas an dem ändern, was gerade geschehen war. *Ich bin doch bloß ein Kind! Ich bin doch bloß ein Kind!*

Er verspürte den starken Drang, seine Mutter anzurufen, damit sie ihn trösten und ihm helfen konnte. Zweimal nahm er sogar den Telefonhörer in die Hand.

Doch wenn er das tat, musste er ihr alles erzählen – wirklich alles: dass er Geheimnisse vor ihr gehabt, ihr Lügen aufgetischt, sich in Gefahr begeben hatte. Sie würde nicht nur furchtbar enttäuscht darüber sein, dass er ihr so viel verheimlicht hatte, sie würde auch schreckliche Angst bekommen. Ihre größte Sorge war, ihm könnte etwas zustoßen.

Ruben lief in der Wohnung auf und ab. Wer konnte ihm dann helfen? Officer Warren? Nein, zu riskant. Er befand sich bereits im Visier der Späher – das hatte Frontmann deutlich gemacht. Wen gab es noch?

Er musste nicht lange überlegen, um auf die Antwort zu kommen: Mrs Genevieve. Der Uhrmacherin konnte er vorbehaltlos vertrauen. Und doch konnte er sie nicht einfach so anrufen. Um ihm zu helfen, musste sie alle Details kennen, und von dem Wichtigsten würde sie sich niemals einfach so am Telefon überzeugen lassen. Sie musste es mit eigenen Augen sehen.

Der bloße Gedanke, die Wohnung zu verlassen, machte Ruben bereits nervös, ganz zu schweigen davon, wieder bis nach Middleton zu fahren. Ruben starrte eine volle Minute lang die Wohnungstür an und sammelte allen Mut. Dann sprang er vor, drehte den Schlüssel im Schloss, riss die Tür auf und stürzte in den Flur hinaus.

Als die U-Bahn in die Station Brighton Street einfuhr, schwitzte Ruben in seinem Kapuzenpulli, als wäre er den ganzen Weg bis dorthin gerannt. In seiner Tasche umklammerte seine feuchtkalte Hand den Schlüssel der Uhr, jederzeit bereit, ihn herauszuziehen. Er trat inmitten eines kleinen Pulks von Fahrgästen auf den Bahnsteig und folgte ihnen die Stufen hinauf, aus der Station hinaus und ans Tageslicht.

Sein Blick fiel augenblicklich auf eine Gruppe von Spähern auf der anderen Straßenseite. Es waren nicht dieselben, denen er vor ein paar Tagen beinahe in dem kleinen Park über den Weg gelaufen wäre. Diese Männer hier hatte er noch nie zuvor gesehen. Aber es waren zweifellos Späher: vier Männer, die in lockerer Rautenformation auf dem Gehweg herumstanden. Der Mann ganz vorn befragte gerade ein junges Pärchen; einer der beiden mittleren machte sich Notizen. Ruben schloss sich einer Gruppe heftig diskutierender Teenager an (die ihn überhaupt nicht bemerkten) und bog nach ein paar Schritten in eine Gasse ab. Dann fing er an zu rennen.

Eine Minute später war er allein in einer verlassenen Seitenstraße.

Noch eine Minute später war er nirgendwo mehr zu sehen.

So begann Rubens heimliche Expedition zu Mrs Genevieves Laden. Er bewegte sich schnell, beinahe im Laufschritt, und lauschte dabei angestrengt auf die Geräusche um sich herum. Wann immer es möglich war, fuhr er mit dem Finger an Mauern oder Zäunen entlang, um besser geradeaus gehen zu können. Dann und wann wurde er kurz im Schatten einer engen Gasse oder eines leeren Hauseingangs sichtbar, orientierte sich neu, suchte den Gehweg vor ihm nach möglichen Hindernissen ab und verschwand wieder. Gelegentlich fuhr ein Auto an ihm vorbei, was ihn ganz schön ins Schwitzen brachte – er rechnete jedes Mal damit, dass Bremsen quietschten, eine Tür aufflog und eine wütende Stimme anfing zu schreien. Einmal erschrak er fast zu Tode, als er direkt neben sich eine Stimme hörte, bis er realisierte, dass er gerade an einem offenen Fenster vorbeiging. Die Frau unterbrach ihr Telefonat.

»Hallo?«, rief sie laut.

Ruben erstarrte mitten in der Bewegung, ein Fuß noch in der Luft.

»Nein, nein, ich höre dich«, sagte die Frau und ihre Stimme klang nun noch näher als zuvor – vermutlich, weil sie den Kopf aus dem Fenster streckte. »Ich dachte, ich hätte jemanden *nach Luft ringen* hören. Ja, nach Luft ringen. Woher soll ich wissen, warum? Vielleicht war es auch nur eine Katze.« Ihre Stimme entfernte sich wieder.

Endlich erreichte er Mrs Genevieves Straße. Er umkreiste den

Laden zwei Mal, beobachtete ihn mehrmals kurz aus den umliegenden Nebenstraßen und verschwand dann wieder. Es war nicht viel los in diesem Teil Middletons. Kaum Fußgänger, keine Späher. Von einer Straße gegenüber beobachtete Ruben Mrs Genevieves Schaufenster. Er reckte den Hals, in der Hoffnung, etwas sehen zu können, aber die Scheiben spiegelten zu sehr im Sonnenlicht. Er wartete mehrere Minuten, in denen niemand den Laden betrat oder verließ.

Ruben suchte noch einmal die Gehwege ab. Leer. Er atmete tief durch, fixierte die am nächsten gelegene Parkuhr vor seinem inneren Auge und verschwand. Mit ausgestreckter Hand erreichte er die Parkuhr, die nur wenige Zentimeter vom Bordstein entfernt stand. Er trat vorsichtig hinab und eilte dann über die Straße. Er hatte geschätzt, dass er nach zehn Kauerschritten auf der anderen Straßenseite ankäme, aber bereits beim achten Schritt stieß er mit dem Fuß gegen den Bordstein, stolperte und schlug sich das Knie auf. Irgendwie gelang es ihm, sowohl einen Aufschrei zu unterdrücken als auch die Uhr festzuhalten. Nachdem er sich aufgerappelt hatte, lief er geduckt weiter, bis seine Finger die Scheibe von Mrs Genevieves Schaufenster berührten.

Ruben lauschte. Keine Stimmen, nicht einmal ein Murmeln. Er machte sich bereit. Um einen Blick ins Innere des Ladens werfen zu können, würde er für ein oder zwei Sekunden sichtbar werden müssen – sehr riskante Sekunden, falls sich irgendjemand außer Mrs Genevieve im Laden befand. Aber dieses Mal war er schlauer. Um nicht wieder vom reflektierenden Sonnenlicht geblendet zu werden, beschirmte er mit der rechten Hand die Augen und drückte die Nase gegen die Scheibe. Erst dann zog er den Schlüssel heraus.

Die Uhrmacherin saß an ihrer Ladentheke und schrieb etwas in ihr Kassenbuch. Neben ihr stand eine Teetasse. Sie war allein.

Bei dem Anblick, wie Ruben durch ihre Ladentür huschte, schien Mrs Genevieve in sich zusammenzusacken.

»Oh nein«, stöhnte sie kopfschüttelnd. »Oh, du dummer Junge. Du bist zurückgekommen.«

Trotz ihres offensichtlichen Missfallens stand sie umgehend auf und schloss die Tür hinter ihm ab. Im Vorbeigehen legte sie ihm kurz eine Hand auf die Schulter.

Ruben war noch nie so dankbar für eine so einfache Geste gewesen. Tränen traten ihm in die Augen und er schwieg aus Angst, dass seine Stimme brechen würde.

Auf der Rückseite von Mrs Genevieves Ladentür hing ein Schild in Form einer Uhr mit der Aufschrift: *Sehen Sie auf die Uhr – wir sind bald wieder für Sie da!* Die Zeiger der Uhr waren beweglich, sodass man die Uhrzeit einstellen konnte, ab wann der Laden wieder geöffnet hatte. Mrs Genevieve stellte die Zeiger auf eine Stunde später und drehte das Schild herum, damit man es von außen sehen konnte.

»Rasch«, sagte sie und scheuchte Ruben zur Tür hinter der Theke. »Gehen wir in meine Wohnung.«

Kurze Zeit später saß er, die Hände in der Tasche seines Pullis vergraben, auf Mrs Genevieves Sofa und sah mit flehendem Blick zu der Uhrmacherin auf. Er hoffte inständig, dass sie eine Lösung für seine schwierige Lage hatte, aber sie stand einfach nur vor ihm, die Teetasse in der einen, die Untertasse in der anderen Hand, und schüttelte den Kopf.

»Warum hast du mir das nicht erzählt?«, fragte sie. »Dass du zuerst in all den anderen Geschäften warst? Dass du den anderen Verkäufern die Uhr gezeigt hast?«

Ruben zuckte kläglich mit den Schultern. »Ich weiß, das war dumm. Aber ich hätte nicht gedacht, dass es so wichtig ist.«

»Es *ist* wichtig«, erwiderte Mrs Genevieve barsch. »Sehr wichtig sogar. Die vier Männer – die Späher – sind noch am selben Nachmittag zurückgekehrt. Sie wollten wissen, ob ein Junge in meinem Laden war. Andere aus der Gegend hatten ihnen von dir und der Uhr erzählt, und so sind sie natürlich auf die Idee gekommen, mich ebenfalls nach dir zu fragen. Drei Mal darfst du raten, was ich ihnen erzählt habe.«

»Danke«, murmelte Ruben.

Mit wütender Stimme fuhr Mrs Genevieve fort: »Seit diese abscheuliche Person, dieser ›Schatten‹, weiß, dass ein Junge mit der Uhr gesehen wurde, lebt die ganze Gegend in Angst und Schrecken. Sämtliche Späher aus ganz New Umbra kommen seitdem jeden Tag hierher und klopfen an jede Tür, jedes Haus und jedes Geschäft und fragen nach diesem Jungen. Nach *dir*, Ruben. Und nur ich kenne die Wahrheit. Denk doch bloß an all die Eltern in Middleton, die in ständiger Angst leben, dass es ihr Kind ist, nach dem der Schatten sucht.«

Ruben starrte missmutig zu Boden. Es erschien ihm unmöglich, dass er diese ganze Sache losgetreten haben sollte. Schlimmer noch, er wusste, dass Middleton erst der Anfang war. Sobald klar wurde, dass er in diesem Teil der Stadt nicht aufzufinden war, würden die Späher andere Stadtteile absuchen, einen nach dem anderen, und auch dort allen Eltern Angst einjagen, deren Sohn so ähnlich aussah wie er – bis sie die Suche schließlich unweigerlich bis in die Lower Downs ausweiten würden. Es war nur eine Frage der Zeit.

»Und als ob das nicht schon genug Ärger wäre«, sagte Mrs Genevieve in noch immer barschem und wütendem Ton, »ignorierst du meinen Rat und rufst diese Nummer in der Zeitung an! Ist dir schon einmal in den Sinn gekommen, dass dieser schreckliche Mann am Telefon vielleicht noch gar nichts über die Suche hier in Middleton wusste? Dass er bisher nur Gerüchte gehört hat? Oder *dachte*, es seien Gerüchte? Aber nein, du rufst ihn an – ein Junge ruft ihn an – und jetzt weiß er, dass die Gerüchte stimmen. Jetzt wird er nach dir suchen, wer auch immer er ist.«

Ruben schloss die Augen. Offenbar versuchte Mrs Genevieve in ihrem Ärger, ihm ein möglichst schlechtes Gewissen zu machen. Es war durchaus denkbar, dass der Mann am Telefon bereits vor Rubens Anruf die Wahrheit gekannt hatte. Doch es würde zu nichts führen, mit ihr darüber zu diskutieren, und in dem wichtigsten Punkt hatte Mrs Genevieve leider recht – jetzt würde auch der mysteriöse Mann am Telefon nach ihm suchen, und Ruben hatte keine Ahnung, wer dieser Mann war oder wie er aussah.

»Warum bist du zurückgekommen?«, fragte Mrs Genevieve, woraufhin Ruben die Augen wieder öffnete. Er fand es beachtlich, dass sie ihm eine solche Strafpredigt halten und dabei vollkommen reglos dastehen konnte, die Teetasse immer noch in der Hand. Wenn seine Mom wütend war, blieben ihre Hände keinen Augenblick still – sie gestikulierte wild herum oder raufte sich die Haare. Nicht so Mrs Genevieve. Ihren Ärger erkannte man in ihren Augen und an ihrer Stimme.

»Falls«, fuhr Mrs Genevieve fort, »du mich bitten willst, dass ich an deiner statt mit den Spähern rede und nach einer Belohnung frage, muss ich dich leider enttäuschen. Dazu ist es zu spät. Die Späher fänden es sicherlich seltsam, dass du vor einigen Tagen zwar in all den anderen Geschäften warst, nur nicht bei mir, aber jetzt plötzlich bei mir auftauchst. Sie werden ahnen, dass ich ihnen nicht die Wahrheit gesagt habe. Verstehst du?«

»Das würde ich nie von Ihnen verlangen!«, erwiderte Ruben ein wenig gekränkt. »Ich … ich habe einfach nur gehofft, dass Sie mir helfen können zu verstehen, was eigentlich vor sich geht. Damit ich … damit ich weiß, was ich tun soll.«

Die Uhrmacherin runzelte die Stirn. »Was meinst du damit, ›was ich tun soll‹? Das ist doch ganz klar: Du gehst zurück in eins der anderen Geschäfte und händigst ihnen die Uhr aus. Natürlich kannst du noch mal versuchen, sie ihnen zu verkaufen – das ist allein deine Sache –, aber in jedem Fall musst du die Uhr dort lassen und so schnell wie möglich wieder verschwinden. Du bist doch nur ein Kind.«

»So einfach ist das nicht«, entgegnete Ruben. »Es gibt da etwas … sehr Besonderes an der Uhr. Ich habe herausgefunden, was sie kann. Ich kenne ihr Geheimnis.«

Mrs Genevieve war gerade dabei, einen Schluck Tee zu trinken. Sie sah ihn scharf über den Rand ihrer Teetasse hinweg an. »Ach ja? Und was ist das Geheimnis?«

Ruben zögerte. Die ganze Zeit über hatte er es kaum erwarten können, es ihr zu erzählen. Doch jetzt, nachdem der Moment endlich gekommen war, widerstrebte es ihm auf seltsame Art.

»Und?« Mrs Genevieve sah gereizt aus. »Hast du nun vor, dieses Geheimnis mit mir zu teilen?«

Ruben schluckte schwer und zwang sich zu einem Nicken. Er musste es ihr sagen. »Ich befürchte jedoch, dass Sie mir nicht glauben werden, Mrs Genevieve.«

Die Uhrmacherin klackerte ungeduldig mit den Zähnen.

»Gut. Also schön. Hier kommt's.« Ruben atmete tief durch. »Die Uhr kann einen unsichtbar machen.«

Mrs Genevieve starrte ihn an. Sie schien darauf zu warten, dass er das Ganze als Scherz auflöste und mit der eigentlichen Erklärung fortfuhr. Selbst wenn er stundenlang beteuerte, dass er die Wahrheit sagte, würde sie ihm nicht glauben. Warum sollte sie auch? Ruben hätte es selbst für vollkommen unmöglich gehalten.

»Ich zeig es Ihnen«, sagte er und holte die Uhr aus seiner Tasche.

Bei ihrem Anblick zuckte Mrs Genevieve zusammen. »Du bewahrst sie in deinem *Pullover* auf? Wie kannst du nur so unverantwortlich sein! So eine seltene und wunderschöne Uhr, und du –«

Ruben zog den Schlüssel heraus. Der Raum wurde schwarz.

Er wartete auf ihren überraschten Aufschrei. Stattdessen hörte er ein klirrendes Geräusch, als wäre etwas auf den Teppich gefallen und zerbrochen – die Teetasse und die Untertasse, vermutete er –, dicht gefolgt von einem schweren, dumpfen Schlag, der nur von Mrs Genevieve selbst stammen konnte.

Hastig steckte Ruben den Schlüssel wieder in die Uhr.

Die Uhrmacherin war ohnmächtig geworden.

Zum Glück war Mrs Genevieve nach vorne gefallen und nicht nach hinten. Ihr Kopf hatte beim Fallen das Sofakissen gestreift, was ihr eine fiese Beule erspart hatte. Sie kam beinahe sofort wieder zu Bewusstsein, setzte sich mit Rubens Hilfe vorsichtig auf, und obwohl sie sagte, sie fühle sich, als hätte sie ein Zug überrollt, schien sie mehr oder weniger unversehrt zu sein. Nach einigen Schlucken Brandy, den Ruben auf ihre Anweisung hin aus einem Schrank geholt und in ein kleines Glas eingeschenkt hatte, hievte sie sich wackelig aufs Sofa, wo sie reglos in ihr Glas starrte, während Ruben (ebenfalls auf ihre Anweisung) das Chaos auf dem Boden beseitigte.

»Wie kann das sein?«, fragte sie nicht zum ersten Mal. »Wie soll ich so etwas glauben?«

»Man braucht eine Weile, um sich daran zu gewöhnen«, stimmte Ruben zu und wischte sich über die Stirn. Er hatte einige Mühe mit dem Besen und der Kehrschaufel. »Sie haben nicht zufällig einen Staubsauger? Es ist ziemlich schwierig, einen Teppich zu fegen.«

Mrs Genevieve schien seine Frage gar nicht gehört zu haben. »Wie kann das funktionieren?« Sie sah von ihrem Glas auf. »Was geschieht mit dir, wenn du verschwindest? Was spürst du?«

Ruben zuckte mit den Schultern. »Ich fühl mich wie immer. Na ja, ich bin *blind*, aber ich fühle mich wie immer.«

»Du wirst blind«, wiederholte Mrs Genevieve murmelnd. »Du wirst blind.«

»Das war ganz schön beängstigend am Anfang«, sagte Ruben. »Aber es scheint nichts Schlimmes zu passieren. Ich meine, meinen Augen scheint das nichts auszumachen. Was auch immer es ist – Magie oder so –, es tut mir nicht weh. Ich glaube, das ist einfach der Preis, den man zahlen muss.«

Die Uhrmacherin tauchte aus ihrer wie betäubt wirkenden Grübelei auf und stellte ihr Glas auf den kleinen Beistelltisch. Sie umklammerte ein Knie mit den Fingern und betrachtete Ruben nachdenklich. »Du benutzt das Wort *Magie*«, sagte sie langsam, »aber ich glaube, es erscheint uns nur deswegen wie Magie, weil wir nicht verstehen, wie es funktioniert. Also lass uns versuchen, es zu verstehen, ja?«

Ruben nickte und setzte sich auf einen Sessel ihr gegenüber. Ihm war gar nicht in den Sinn gekommen herauszufinden, wie die Uhr funktionierte. Er war viel zu sehr damit beschäftigt gewesen, was man mit der Uhr *tun* konnte.

»Des Rätsels Lösung muss in dem Metall liegen«, sinnierte Mrs Genevieve nach einer Weile. »Dieser brillante Uhrmacher war zweifellos auch ein Alchemist. Zu jener Zeit beschäftigten sich die meisten genialen Männer mit Alchemie. Kennst du das Wort *Alchemie*? Der Versuch, herkömmliche Metalle in Gold zu verwandeln? Vielleicht hat der Uhrmacher das Metall ganz zufällig hergestellt, und während seiner Versuche hat er entdeckt, was es für eine unglaubliche Fähigkeit besitzt.«

»Es klingt ganz schön merkwürdig, dass ein Metall eine spezielle Fähigkeit haben kann«, sagte Ruben.

»Merkwürdig?«, erwiderte Mrs Genevieve stirnrunzelnd. »Viele Metalle haben spezielle Fähigkeiten, Ruben. Einige sind giftig, andere radioaktiv. Denk doch nur mal an Magnete!« Sie schwieg für einen Moment und schürzte die Lippen. »Wie kontrolliert man diese Fähigkeit? Das ist die entscheidende Frage.«

»Soll ich es Ihnen noch mal zeigen?«, fragte Ruben und holte die Uhr aus der Tasche.

»O ja, bitte mach das«, erwiderte Mrs Genevieve und griff nach ihrer Brille. Sie beobachtete ihn hoch konzentriert. »Und erkläre mir jeden Schritt, den du machst. Als Erstes ziehst du die Uhr auf …«

Ruben erklärte ihr, dass er die Uhr nicht noch einmal aufziehen musste, da sie erst für ein paar Sekunden gelaufen war. »So kann man die fünfzehn Minuten ganz schön in die Länge ziehen – eine Minute hier, eine Minute dort, wenn Sie verstehen, was ich meine.« Mrs Genevieve nickte. »Und dann ziehen Sie den Schlüssel einfach bis zur Stellposition zurück. Sehen Sie, so.«

Ruben verschwand und Mrs Genevieve schnappte nach Luft.

Als er kurz darauf wieder erschien, hatte sie sich halb vom Sofa erhoben und starrte ihn mit aufgerissenem Mund an. Sie blinzelte und ließ sich langsam wieder aufs Sofa sinken. »Wie du schon sagtest, ich werde wohl eine Weile brauchen, um mich daran zu gewöhnen«, bemerkte sie mit schwacher Stimme. »Bitte lass mich mal kurz durchatmen.«

Nach einigen weiteren Vorführungen gewöhnte sich Mrs Genevieve langsam an die Situation – zumindest hörte sie auf, jedes Mal nach Luft zu schnappen. Und sie fing an, eine Theorie aufzustellen. »Du sagst, dass es dich müde macht?«

»Supermüde«, bestätigte Ruben. »Irgendwas an dem Unsichtbarsein macht einen völlig fertig.«

Mrs Genevieve schüttelte den Kopf. »Aber aus welchem Grund? Es sei denn ...« Sie schlug die Hände vor den Mund. »Natürlich! Wir haben die ganze Zeit über gedacht, dass die Zugfeder die Kraftquelle ist. Bei normalen Uhren ist das natürlich auch so. Aber dieses Objekt benötigt viel mehr Energie, als eine normale Feder produzieren kann. Dafür braucht es dich, Ruben. *Du* lieferst der Uhr die Energie!«

Ruben verzog ungläubig das Gesicht. »Ich?«

»Du sagst doch, dass deine Haut in Kontakt mit der Uhr sein muss, oder? Dadurch wirst nicht du magisch verwandelt, sondern es wird ein Spannungsfeld generiert – ein Spannungsfeld aus Unsichtbarkeit, das von der Uhr ausstrahlt. Ein Mensch besitzt eine enorme Energie, Ruben. Die Uhr verwendet dich als eine Art Batterie!«

Mrs Genevieve war sichtlich zufrieden mit ihrer Theorie, ganz im Gegensatz zu Ruben. Ihm kam es vor, als hätte sie ihm gesagt, er habe einen Parasiten – einen Bandwurm oder einen Blutegel. Angewidert legte er die Uhr auf den Teppich und wischte sich die

Hände an seinem Pulli ab. Offenbar musste er sich noch an weit mehr gewöhnen, als er gedacht hatte.

Mrs Genevieve tippte nachdenklich mit den Fingernägeln gegen ihre Zähne. »Das Aufziehen ist zu deinem eigenen Schutz«, sagte sie dann. »Genau.«

»Schutz?« Ruben verzog das Gesicht. Die Worte der Uhrmacherin beunruhigten ihn mehr und mehr.

»Ja, das glaube ich«, erwiderte sie. »Wenn die Uhr aufgezogen ist, der Schlüssel in der richtigen Position steckt und du das Metall mit deiner Haut berührst, dann ist eine Art Kreislauf geschlossen und die Uhr kann aktiv werden. Dann funktioniert sie. Aber wenn die Uhr nicht aufgezogen ist, dann ist der Kreislauf unterbrochen und die Uhr bekommt keine Energie mehr. Ja, ich glaube wirklich, dass ich recht habe. Die Quelle dieser Kraft ist ein Mysterium, aber das Konzept ist ganz einfach.« Nachdenklich betrachtete Mrs Genevieve die Uhr auf dem Teppich und begann wieder, mit den Fingern an ihre Zähne zu klopfen.

»Sie haben noch nicht erklärt, warum es zu meinem eigenen Schutz sein soll«, bemerkte Ruben. »Das Aufziehen, meine ich.«

Mrs Genevieve hob den Blick und sah ihn an. »Das ist doch ganz offensichtlich. Was würde zum Beispiel passieren, wenn du müde wirst und einschläfst, dabei aber immer noch die Uhr in der Hand hältst? Sie würde einfach weiterlaufen und du würdest ihr weiterhin als Batterie dienen.«

Rubens Gedanken schossen zu den Batterien in seiner Spielzeugkamera. Ein eisiger Schauer durchfuhr ihn. »Sie meinen, es würde mich vollständig aufbrauchen, bis ich …«

Mrs Genevieve sah ihn unbewegt an. »Ja, mein Kind. Bis du tot wärst.«

Ruben verschränkte die Arme vor der Brust und zog die Füße

unter den Sessel, weg von der Uhr. So eine beängstigende Möglichkeit wäre ihm niemals in den Sinn gekommen. Nach langem Schweigen, während dem sie beide nachdenklich die Uhr betrachteten, fragte er: »Warum werde ich blind, wenn ich die Uhr benutze? Glauben Sie, dass es mir schadet und ich das nur nicht weiß?«

»Vielleicht«, erwiderte Mrs Genevieve langsam, »aber ich halte es für eher unwahrscheinlich. Die Blindheit fügt dir keinen Schaden zu. Ich bin der Meinung, dass es eine ganz einfache Erklärung dafür gibt. Wenn das Metall der Uhr energiegeladen ist, erzeugt es ein Spannungsfeld, in dem das Licht gebogen wird. Wenn du dich innerhalb dieses Spannungsfeldes befindest – also dort, wo das Licht nicht an deine Augen herankommt –, dann kannst du natürlich auch nichts sehen, denn um sehen zu können, benötigt man Licht. Eigentlich ganz simpel, nicht wahr?«

»Ich denke schon«, erwiderte Ruben etwas unsicher. Bei Mrs Genevieve klang alles sehr wissenschaftlich, nur leider verstand er nicht alles, was sie sagte. Immerhin half ihm der grobe Überblick, den er nun von der Funktionsweise der Uhr hatte, seine Abneigung zu überwinden. Sie war nicht gruselig oder gar teuflisch; sie war lediglich ein unglaublich ausgeklügelter Apparat – und ein wunderschöner dazu. Vorsichtig hob er die Uhr auf und steckte sie wieder in die Tasche seines Pullis.

Mrs Genevieve genehmigte sich einen weiteren Schluck Brandy, stellte das Glas dann vorsichtig auf ihren Schoß und starrte gedankenverloren in Richtung Ladentür, als könne sie durch die Wand und hinaus in die Stadt sehen, in der sich so großes Unheil zusammenbraute. Ruben schöpfte Hoffnung. Vielleicht würde sie seinen Zwiespalt genauso schnell lösen, wie sie die Funktionsweise der Uhr herausgefunden hatte.

»Jetzt verstehe ich natürlich, warum es nicht so einfach ist, die Uhr abzugeben«, sagte sie schließlich. »Du hast Angst, dass andere das Geheimnis ebenfalls kennen. Und dass sie dieses Geheimnis mit niemandem teilen wollen. Deswegen befürchtest du, dass sie dir etwas antun könnten.«

Ruben nickte.

»Das kann ich nachvollziehen. Trotzdem glaube ich, dass du keine Probleme bekommen wirst, wenn du geschickt genug vorgehst. Bevor du die Uhr einem der Ladenbesitzer gibst, stellst du eine andere Zeit ein. Du gibst zu, dass du sie gefunden hast – vielleicht sagst du sogar die Wahrheit darüber, *wo* du sie gefunden hast – und dass dieser Blödsinn mit deinem Onkel gelogen war. Dann gehst du nach Hause und vergisst, was geschehen ist. Ich kann mir nicht vorstellen, dass irgendjemand vermutet, dass du das Geheimnis der Uhr herausgefunden hast – was, wie wir wissen, ja auch nicht so einfach ist. Ich sage es gerne noch einmal: Du bist nur ein Junge. In deren Augen stellst du keine Gefahr dar. Die Späher werden aufhören, nach dir zu suchen und dich in Ruhe lassen.«

Ruben dachte eine Weile über das Gehörte nach. Mrs Genevieve hatte vermutlich recht.

Und dennoch.

Er sah die Uhrmacherin zweifelnd an. »Also sind Sie wirklich der Meinung, dass ich die Uhr einfach dem Schatten aushändigen soll?«

Mrs Genevieve wollte einen weiteren Schluck Brandy trinken, stellte dann aber fest, dass ihr Glas bereits leer war. Ein verärgerter Ausdruck huschte über ihr Gesicht und sie stellte das Glas zurück auf den Beistelltisch. Ruben fiel auf, dass sie versuchte, Zeit zu schinden, um nach der richtigen Antwort zu suchen. Ihre Augen sahen tief bekümmert aus. Schließlich sagte sie: »In der Tat kann mit dieser Uhr eine Menge Unheil angerichtet werden.«

»Genau das denke ich auch«, stimmte Ruben zu. Selbst wenn er die Uhr gar nicht hätte behalten wollen, sie gar nicht gebraucht hätte, um seiner Mutter zu helfen – er könnte nicht mit dem Gedanken leben, sie in den Händen des Schattens zu wissen. Ausgerechnet des Schattens!

Mrs Genevieve seufzte. »Wie so oft wünschte ich, dass man einfach die Polizei anrufen könnte.«

»Jep«, pflichtete Ruben bei und damit war ihre Unterhaltung auch schon beendet. Sie wussten beide, dass die Polizei ihnen nicht helfen konnte. Genau genommen würde ein Gespräch mit der Polizei das Dilemma zu einem zügigen und unschönen Abschluss bringen. Jeder wusste, dass der Polizeichef und der Bürgermeister dem Botschafter regelmäßig Bericht erstatteten. Sie hielten zwar die Stadt in Gang, aber sie hatten nicht das Sagen, und keiner von beiden wollte demjenigen in die Quere kommen, der es hatte. Niemand wollte das.

»Hast du Familie, mein Junge?«, fragte Mrs Genevieve und betrachtete ihn eindringlich.

Seit ihrem ersten Treffen hatte Ruben auf diese Frage gewartet. Eigentlich hatte er vorgehabt, die Frage nicht zu beantworten und so wenig Informationen wie möglich über sich preiszugeben, doch jetzt stellte er fest, dass er ihr die Wahrheit sagen wollte. »Meine Mom«, sagte er schlicht. »Es gibt nur meine Mom und mich.«

Mrs Genevieve nickte und sah immer unglücklicher aus. Ängstlich, besorgt, aber auch merkwürdig traurig. »Ich glaube, das Beste für diese wunderschöne und doch so schreckliche Uhr wäre es, wenn man sie ins Meer werfen würde«, sagte sie leise.

Ruben sprang auf die Füße. »Das mache ich auf keinen Fall«, rief er mit immer schriller werdender Stimme. »Solange sie glauben, dass ich die Uhr habe, bin ich in Gefahr! Selbst wenn ich sie tatsächlich ins Meer werfen würde, sie würden mir nicht glauben!«

Sie sahen sich an. Mrs Genevieve saß so still da wie eine Statue, Ruben atmete heftig, als wäre er um sein Leben gerannt. Keiner von beiden sagte, was ihm durch den Kopf ging – dass es sogar noch weit schlimmer für Ruben ausgehen könnte. Denn wenn der Schatten vermutete, dass Ruben die Uhr absichtlich weggeworfen hatte, damit er sie nicht in die Finger bekam – diese schwer fassbare Trophäe, nach der er seit so vielen Jahren suchte –, würde er zweifellos Vergeltung üben.

Das geschieht mit kleinen Jungen, die dem Schatten in die Quere kommen. Und das geschieht mit ihren Familien.

Ruben wandte den Blick von Mrs Genevieve ab. Ihm gefiel nicht, wie sich seine eigene Angst in ihren Augen spiegelte. Es machte sie nur noch schlimmer. Er drehte sich um und ging zur Ladentür.

»Wo willst du hin?«, fragte Mrs Genevieve verwundert.

»Ich muss nach Hause«, erwiderte Ruben. Seine Hand lag bereits auf dem Türgriff. Er hatte Angst, nach draußen zu gehen, und doch konnte er nicht hier bleiben.

»Ruben!«, rief Mrs Genevieve mit schneidender Stimme.

Er zuckte zusammen und sah sich um. In ihren blauen Augen glänzten Tränen.

»Bitte sei vorsichtig«, sagte sie und sah ziemlich streng aus bei dem Versuch, sich keinerlei Gefühle anmerken zu lassen. »Noch vorsichtiger, als du ohnehin schon bist. Diese Späher – sie sind überall. Vier hier, vier dort, die Augen überall. Und alle suchen nach einem Jungen wie dir.«

Einen Augenblick lang schwieg Ruben. Sie hatte nichts gesagt, was er nicht ohnehin schon wusste, und doch war er ihr dankbar, auf eine Weise, die er nicht richtig in Worte fassen konnte. Schließlich sagte er: »Danke für Ihre Hilfe, Mrs Genevieve. Und – ähm – danke, dass Sie sich, na ja, dass Sie sich Sorgen machen.« Er nickte. Das hatte es ganz gut getroffen: »Danke, dass Sie sich Sorgen machen.« Denn erst jetzt wurde ihm bewusst, wie viel es ihm bedeutete, dass die Anzahl der Personen, die sich um ihn sorgten – von allen Menschen auf der ganzen Welt –, sich von einem auf zwei erhöht hatte. Irgendwie fühlte es sich nach viel mehr an.

Die Uhrmacherin hatte sich vom Sofa erhoben und betrachtete ihn mit hilflosem Blick. Sie sah aus, als könne sie selbst jemanden gebrauchen, der sie tröstete.

»Alles wird gut«, sagte Ruben. Und mit diesen Worten riss er die Tür auf und rannte hinaus.

DIE SUCHE NACH DEM LICHT

Nachdem er die Wohnungstür hinter sich abgeschlossen hatte, stolperte Ruben in sein Zimmer und ließ die Uhr auf sein Bett fallen. Er war vollkommen erschöpft, verschwitzt und fast ohnmächtig vor Hunger. Er hatte die Uhr zu lange und mit zu wenigen Erholungspausen benutzt, weil er ununterbrochen das Gefühl gehabt hatte, verfolgt zu werden.

Von nun an musste er besser vorausplanen, denn dieses Gefühl würde nicht mehr so leicht verschwinden. Er wand sich aus seinem Kapuzenpulli, als wäre es eine Zwangsjacke, und ließ ihn zu Boden fallen. Dann stand er eine Weile einfach da, keuchend vor Anstrengung.

Er sollte seiner Mutter alles erzählen. Er wusste, dass es die vernünftigste Lösung war. Er *wollte* es ihr sogar erzählen. Aber wie würde es dann weitergehen?

Ruben stakste in die Küche, nahm ein Fertiggericht aus dem Tiefkühlfach und stellte es in die Mikrowelle. Mit trübem Blick sah er zu, wie es auf dem Glasteller eine Runde nach der anderen drehte. Wenn er seiner Mom die Wahrheit sagte, würde sie ihn zwingen, die Uhr wegzugeben. Ihr Kind in Gefahr? Das kam gar nicht infrage. Doch ihm würde trotzdem Unheil drohen, da war er sich sicher, und ihr ebenfalls. Der Schatten würde sein Geheimnis um jeden Preis bewahren wollen. Der Schatten würde kein Risiko eingehen.

Ruben fummelte die Plastikabdeckung von dem Fertiggericht und sah zu, wie der Dampf entwich. *Fliehen*, dachte er. Das war die Lösung. New Umbra war zu einem Albtraum geworden. Die Späher suchten nach ihm. Der Mann am Telefon suchte nach ihm. Vermutlich suchte sogar der Schatten selbst nach ihm. Ja, seine Mutter und er mussten die Stadt verlassen. Aber wohin sollten sie gehen? Womit? Sie hatten kein Geld, keine Familie. Und wie sollte Ruben seine Mutter davon überzeugen, wenn er ihr nicht die Wahrheit sagte?

Er wusste keine Antworten. Er war sich nicht einmal sicher, ob er überhaupt alle Fragen kannte. Er fand es erstaunlich, dass er erst heute Vormittag nach einer Möglichkeit gesucht hatte, an Geld zu kommen, damit sie in New Umbra *bleiben* konnten. Jetzt musste er das genaue Gegenteil bewerkstelligen, was ihm unendlich viel schwieriger erschien.

Das Abendessen, eine fade Fleischpastete, war in der Mitte noch halb gefroren. Ruben aß sie trotzdem, zu hungrig und zu müde, um sich daran zu stören.

Danach saß er zusammengesunken am Küchentisch und dachte nach. Die Uhr hatte ihn in diesen Schlamassel gebracht, und jetzt musste sie ihn da wieder rausholen. Aber was übersah er? Wenn seine Mom recht hatte, wenn es immer einen anderen Weg gab, dann musste es etwas sein, das er noch nicht in Betracht gezogen hatte. Also, was war es?

Darüber hinaus gab es noch eine ganze Menge anderer Dinge, über die er sich den Kopf zerbrach. Woher zum Beispiel wussten andere von der Uhr? Wie hatten sie von ihr erfahren? Die Erkenntnis, dass der Schatten Dinge über die Uhr wusste, die ihm nicht bekannt waren, quälte ihn. Das Gleiche galt für den Mann am Telefon. Wenn Ruben die gleichen Informationen hätte wie sie, läge sein Weg vielleicht deutlicher vor ihm. Vielleicht könnte er die beiden irgendwie gegeneinander ausspielen – einen Aufruhr verursachen und dann endgültig verschwinden. Immerhin war *er* derjenige mit der Uhr. Er hatte die Macht; er benötigte nur mehr Informationen.

Genau da lag das Problem. Wie konnte er sich diese Informationen beschaffen? Wo sollte er überhaupt damit anfangen? Ruben stöhnte und legte den Kopf auf den Armen ab. Was hatte er übersehen?

Noch während ihm die Fragen im Kopf herumschwirrten, schlief er ein. Und als er eine halbe Stunde später wieder aufwachte, wusste er die Antwort.

Das war Ruben schon mal passiert; vielleicht passierte das jedem einmal. Im Schlaf kam er plötzlich auf eine Idee, die nach dem Aufwachen an der Oberfläche seines Bewusstseins trieb. *P. William Light.*

Der Name war der Schlüssel zu einem Rätsel, das er noch gar nicht versucht hatte zu lösen. Sicher, er hatte Stunden damit zugebracht, über den Vorbesitzer der Uhr nachzudenken, aber er hatte noch nie ernsthaft versucht, etwas über ihn herauszufinden. Und mit einem Mal wurde P. William Light zu einem Verbündeten, einem Freund aus der Vergangenheit. Vielleicht konnte er Ruben etwas über die Uhr erzählen oder ihm einen Ratschlag geben.

Ruben sprang vom Tisch auf. Wahrscheinlich klammerte er sich an einen Strohhalm, weil er vollkommen verzweifelt war. Aber was sollte er sonst machen?

Er ging zu seinem Schrank und wickelte das Holzkästchen aus. Einer der Antiquitätenhändler hatte ihm gesagt, dass es vermutlich um die hundert Jahre alt und handwerklich hervorragend verarbeitet war. Die maßgeschneiderte Anfertigung und der prachtvolle Inhalt wiesen darauf hin, dass der Besitzer wohlhabend und möglicherweise auch eine bedeutende Persönlichkeit gewesen war. Damals hatte Ruben dem Kästchen keine große Beachtung geschenkt. Doch jetzt tauchten die ersten Fragen auf.

Warum hatte P. William Light keine Adresse zu der Inschrift hinzugefügt? Wenn jemand die Uhr gefunden hätte, wie hätte er den Besitzer ausfindig machen sollen? Ruben suchte das Kästchen noch einmal gründlich ab für den Fall, dass er etwas übersehen hatte. Nichts. War Light damals so bedeutend gewesen, dass jeder ihn gekannt hatte? Falls ja, konnte Ruben vielleicht etwas über ihn herausfinden. Das wäre immerhin ein Anfang.

Er warf einen Blick auf den Wecker. Die Bibliothek schloss in einer Stunde.

Am Himmel hatten sich Gewitterwolken aufgetürmt. Donner grollte in der Ferne und einige dicke Regentropfen fielen bereits zu Boden. Doch das kümmerte Ruben nicht. Ein drohendes Gewitter war ein guter Vorwand, das Gesicht unter der Kapuze seines Pullis zu verbergen und den Gehweg entlangzueilen, ohne Aufmerksamkeit zu erregen.

Als Ruben in der Eingangshalle der Bibliothek am Telefon vorbeiging, lief ihm ein Schauer über den Rücken. War es wirklich erst ein paar Stunden her, dass er den Apparat in erwartungsvoller Zuversicht mit Münzen gefüttert hatte? Das war in seinem alten Leben gewesen. Dem Leben vor der Stimme in seinem Ohr.

Die Bibliothek war Ruben immer ziemlich schummrig vorgekommen, aber im Vergleich zu der bedrohlichen Dunkelheit draußen erschien sie ihm jetzt gleißend hell. Außerdem wirkte sie vollkommen verlassen. Er ging auf direktem Weg zu der Abteilung mit den Nachschlagewerken und begann, durch verschiedene Lexika zu blättern. Er fand einige Einträge von verschiedenen Männern mit dem Namen »William Light« – ein australischer Soldat, ein Rodeo-Star (Spitzname Billy), ein korrupter Politiker –, aber keiner von ihnen hatte einen weiteren Vornamen, der mit P begann. Er sah in einem biografischen Lexikon nach. Auch nichts. Er schlug das Buch mit einem dumpfen Knall wieder zu. Er würde wohl nicht darum herumkommen, den Bibliothekar zu fragen.

Ruben näherte sich vorsichtig dem Schreibtisch. Der Bibliothekar hasste Unterhaltungen. Sein schroffer Tonfall und die Art, wie er jeglichen Blickkontakt vermied, machten Ruben immer ganz nervös. Obendrein hatte Ruben ihn auch noch blamiert, als er letzte Woche plötzlich zwischen den Regalen aufgetaucht war. Er war sicher, dass es dem Mann gar nicht recht sein würde, ihm helfen zu müssen. Trotzdem sammelte Ruben allen Mut zusammen und brachte seine Bitte, so höflich er konnte, vor.

»P. William Light?«, wiederholte der Bibliothekar verdrießlich und sah über Rubens Kopf hinweg. Hinter der Brille tanzten seine Augen hin und her, als verfolgten sie ein herumfliegendes Insekt. »Wer soll das gewesen sein?«

»Das versuche ich ja gerade herauszufinden«, erklärte Ruben. »Ich glaube, dass er jemand Wichtiges gewesen sein könnte, vermutlich vor etwa einhundert Jahren.«

Der Bibliothekar blickte nach unten auf den Tisch. Seine Augenbrauen waren so buschig, dass sie über den Rand der Brille hingen, wodurch die Brille aussah, als hätte sie Wimpern. »Register«, sagte er plötzlich und erhob sich von seinem Stuhl.

Eine halbe Stunde später war der Schreibtisch übersät mit Heftmappen, Verzeichnissen und anderen Nachschlagewerken. Der Bibliothekar blätterte eines nach dem anderen durch, während Ruben ungeduldig von einem Fuß auf den anderen wippte. Der Mann hatte seit einer halben Stunde kein Wort gesprochen, was für eine erstaunlich angespannte Stimmung sorgte. Von Zeit zu Zeit sah Ruben sich um. Sie blieben die einzigen beiden Personen in der Bibliothek.

Der Bibliothekar fuhr mit dem Finger einen Eintrag nach dem anderen hinab, Reihe um Reihe, Seite um Seite. Nach den ersten paar Minuten hatte Ruben aufgehört, herausfinden zu wollen, welche Art von Registern er durchforstete. Keines hatte bisher ein Ergebnis zutage gefördert. Doch jetzt hielt der Mann inne, markierte eine Stelle mit dem Finger, hob den Kopf und sah in die Richtung von Rubens Arm. »Du suchst nach einer Person? Nicht nach einem Ort?«

Ruben zuckte zusammen. Die unerwartete und unwirsche Frage hallte durch die Bibliothek und war genauso nervenaufreibend wie die Stille.

»Richtig«, antwortete er rasch. »P. William Light.«

Der Bibliothekar grummelte, leckte sich über den Finger und blätterte die Seite um. Ruben wandte verzweifelt den Blick ab.

Schließlich klappte der Bibliothekar kopfschüttelnd den Hefter zu und murmelte etwas Unverständliches. Vielleicht hielt er diese Form der Kommunikation für ausreichend. Erst als er von seinem Tisch aufstand und begann, die Register wegzuräumen, begriff Ruben, dass er nichts gefunden hatte. Die Suche war vorbei. Die Enttäuschung lag ihm wie ein Stein im Magen. Nach einem Moment gelang es ihm, ein Dankeschön zu murmeln. Als der Bibliothekar nicht darauf reagierte, ging Ruben mürrisch davon. Noch nie hatte er jemanden getroffen, dem es derart widerstrebte, auch nur das Nötigste zu sprechen.

An der Eingangstür zögerte Ruben und blickte in den immer noch düsteren Himmel. Dichter Nieselregen lag in der Luft und ließ die Umrisse der Umgebung verschwimmen. Ihm war noch etwas eingefallen und der Gedanke ließ ihm keine Ruhe. Er drehte um und ging zurück zum Schreibtisch des Bibliothekars.

»Entschuldigen Sie«, sagte er. Der Mann wandte sich von einem Regal zu ihm um, den Arm voller Hefter, und sah erwartungsvoll auf Rubens Schulter. »Warum haben Sie mich gefragt, ob ich auch wirklich nach einer Person suche und nicht nach einem Ort?«

Der Bibliothekar räusperte sich.

»Weil es einen Ort namens Point William gibt – eine Kleinstadt, etwa 80 Kilometer die Küste hoch –, und der Leuchtturm dort heißt Point William Light. Es gibt einen Zeitungsartikel darüber. Wir haben ihn auf Mikrofiche.«

Er wandte sich wieder um und fuhr fort, die Hefter in die Regale zu sortieren.

Ruben blinzelte. P. William Light. *Point* William Light. *Eigentum von Point William Light.*

Minuten später hatte der Bibliothekar ihn auf seine Bitte hin an ein staubiges Mikrofiche-Lesegerät gesetzt und scrollte zu dem entsprechenden Artikel. Ruben starrte auf den Bildschirm. Point William war eine kleines, vollkommen normales Küstenstädtchen. Das einzig Erwähnenswerte schien der historische Leuchtturm zu sein, bekannt als Point William Light, der seit unzähligen Generationen von derselben Familie betrieben wurde. Die Lokalzeitung hatte den Artikel gedruckt, in dem es hauptsächlich um einen Streit über die Eigentumsverhältnisse ging.

Ruben hatte ungefähr eine Minute lang gelesen, als der Bibliothekar ankündigte, dass die Bibliothek nun schloss.

»Okay«, sagte Ruben und versuchte schnell, den Artikel zu Ende zu lesen.

Der Bibliothekar drückte auf einen Schalter und der Bildschirm wurde schwarz. »Wir schließen«, wiederholte er und ging zurück zu seinem Schreibtisch.

Ruben schob den Stuhl zurück, die Augen immer noch sinnlos auf den leeren Bildschirm geheftet. Doch das, was er hatte lesen können, reichte ihm, und seine Gedanken rasten. Eigentum von Point William Light. Seit Generationen dieselbe Familie. Falls er recht hatte – wenn das P tatsächlich für Point stand –, dann lebten die Nachfahren desjenigen, dem die Uhr einst gehört hatte, immer noch in Point William. Es waren die Leuchtturmwärter.

Ruben durchfuhr ein Schauder, ob vor Aufregung oder vor Unbehagen, vermochte er nicht zu sagen. Er hatte ein Rätsel gelöst, nur um vor einem neuen zu stehen. Was hatte die Uhr mit diesen Leuten zu tun? Konnten sie Anspruch auf die Uhr erheben? Was würden sie ihm erzählen? Gab es irgendeine Chance, dass sie ihm *helfen* konnten?

Und die wichtigste Frage überhaupt: Was würde er seiner Mutter sagen?

Denn ohne auch nur eine Sekunde darüber nachgedacht zu haben, wusste Ruben, dass er nach Point William fahren musste. Dort würde er Antworten finden. Eine Stimme in seinem Kopf – seine eigene Stimme, allerdings irgendwie klüger und selbstsicherer als er – hatte es ihm ganz deutlich gesagt.

Folge dem Licht.

EIN RICHTIGER SPION

Am Ende war es überraschend einfach.

»Ich freue mich, dass du das machen möchtest«, sagte seine Mom. Sie war erst seit höchstens zwanzig Sekunden zu Hause, als Ruben sie mit seiner Geschichte überfiel. »Das weißt du doch, oder? Ich bin nur ein bisschen überrascht. Du hast noch nie ein ganzes Wochenende bei Freunden verbracht. Miles Chang? Der Nette?«

Ruben zuckte mit den Schultern. »Ja, er ist heute im Bürgerzentrum zu mir gekommen. Er meinte, dass sein Dad mich Freitagmorgen abholen und Sonntagnachmittag zurückbringen kann.«

Er machte es ihr wirklich einfach: der nette Junge mit dem netten Lehrer als Dad; das Angebot, abgeholt zu werden, sodass sie sich keine Sorgen machen musste, wie er dorthin kam; die Chance für ihren Sohn, endlich einen Freund zu finden. Trotzdem kaute seine Mom eine ganze Weile auf ihrer Unterlippe herum, als wäre sie in einem großen inneren Konflikt, und Ruben musste so tun, als mache er sich keine ernsthaften Sorgen über den Ausgang der Debatte. Er hatte keinen Plan B.

»Was, wenn sie mit dir ins Kino gehen wollen?«, überlegte sie laut. »Oder wenn ihr was essen geht? Du brauchst Geld.«

Also *darum* ging es ihr. Um die Tatsache, dass sie ernsthaft pleite waren. »Ach, darum musst du dir keine Gedanken machen.« Ruben suchte verzweifelt nach Worten. »Das machen wir wahrscheinlich gar nicht. Ich meine, ganz sicher nicht. Und selbst wenn, ich habe ein paar Dollar –«

Seine Mom bedeutete ihm zu schweigen. »Nein, du behältst dein Geld. Ich habe ein bisschen, das ich dir geben kann. Ach, jetzt guck nicht so überrascht! Ich kann zwar die Miete nicht bezahlen, aber die erste Übernachtungsparty meines Sohnes ist noch drin.«

Ja, es war alles überraschend einfach. Ruben fühlte sich ungeheuer erleichtert. Und ungeheuer schuldig.

Nachdem sie sich Gute Nacht gesagt hatten, ging Ruben in sein Zimmer und zählte das Geld zusammen. Eigentlich müsste es für ein Zugticket reichen. Und falls nicht, tja, dann konnte er sich immer noch unsichtbar machen.

Als er das Geld zur Seite legte, fiel ihm auf, dass seine Hände zitterten. Er glaubte zu wissen, warum. Die Unterhaltung mit seiner Mom war die letzte große Hürde gewesen. Nachdem er sie nun genommen hatte, war es beschlossene Sache. Er würde gehen. Freitag um diese Zeit würde er vollkommen auf sich allein gestellt an einem fremden Ort sein. Er würde seiner Mom vorgaukeln müssen, dass er bei einem Freund übernachtete. Er würde sich mit wildfremden Leuten auseinandersetzen müssen. Und er würde versuchen, etwas unglaublich Wichtiges – und wahrscheinlich auch Gefährliches – herauszufinden, ohne dabei entdeckt zu werden.

Mit anderen Worten, er wurde zu einem richtigen Spion.

Am Freitagmorgen lag Ruben im Bett und hörte zu, wie seine Mutter in der Wohnung herumwuselte. Langsam wurde es Zeit aufzustehen. Er war schon seit einer Stunde wach, aber er wollte bis zur letzten Minute warten. Je weniger Zeit für Diskussionen blieb, desto besser.

Als seine Mutter gestern Abend von der Arbeit nach Hause gekommen war, hatte Ruben sich schlafend gestellt. Er hörte das Klackern ihrer Schuhe beim Abstreifen, hörte den Seufzer der Erleichterung, als sie ihre Tasche daneben fallen ließ. Dann kam sie leise in sein Zimmer, setzte sich auf die Bettkante und blieb dort eine Ewigkeit sitzen – zumindest kam es ihm so vor. Hoffte sie, dass er aufwachte und sich mit ihr unterhielt? Oder betrachtete sie ihn einfach nur und hing dabei sorgenvollen oder zärtlichen Gedanken nach? War sie einfach eine Mom?

Schließlich erhob sie sich wieder, zog die Bettdecke bis zu seinen Schultern hoch und küsste ihn sanft auf die Stirn. Ruben spürte einen Kloß im Hals und musste all seinen Willen aufbringen, um nicht die Augen zu öffnen und sie anzusprechen. Nachdem sie gegangen war, lag er noch lange Zeit wach und starrte in die Dunkelheit.

Es war Zeit. Seine Mom musste jetzt gehen oder sie würde zu spät zur Arbeit kommen. Ruben rollte sich aus dem Bett, schlurfte ins Wohnzimmer und tat so, als müsse er gähnen und sich die Augen reiben. Sie hatte sich gerade ihre Taschen über die Schulter geworfen. Doch nun legte sie sie wieder hin und nahm Ruben fest in die Arme.

»Ich wünsch dir ganz viel Spaß«, sagte sie und erinnerte ihn an sein Versprechen, jeden Abend anzurufen.

»Mach ich«, erwiderte Ruben. »Ich wünsch dir auch viel Spaß.«

Sie verdrehte die Augen. »Oh, ich werde mich köstlich amüsieren, da bin ich mir sicher.« Sie gab ihm einen Kuss und verließ die Wohnung.

Ruben verschloss die Tür hinter ihr und ging zu seinem Schrank. Für den Fall, dass seine Mom seinen Rucksack kontrollierte, hatte er das Holzkästchen noch nicht eingepackt. Jetzt nahm er das Bündel mit dem Kästchen aus dem Versteck, wickelte es in seinen Anorak und stopfte alles ganz nach unten in den Rucksack. Die Uhr und den Schlüssel würde er wie immer in der Tasche seines Pullis verstauen, um sie jederzeit benutzen zu können.

Ihm war ganz flau vor Aufregung, trotzdem zwang er sich, etwas zu frühstücken. Schließlich konnte es sein, dass er jedes Quäntchen Energie benötigte. Er stellte einen neuen Geschwindigkeitsrekord beim Duschen auf, da er sich unbehaglich fühlte, wenn er die Uhr nicht ununterbrochen bei sich hatte. Nach dem Abtrocknen kontrollierte er sofort, ob die Uhr vollständig aufgezogen war und genau auf zwölf Uhr stand. Er hatte eine beständige Angst davor entwickelt, der Stundenzeiger könnte aus der richtigen Position gestoßen werden, ohne dass er es merkte. Er hatte Albträume, in denen er sich in einer gefährlichen Situation befand und zu spät feststellte, dass die Uhrzeit nicht richtig eingestellt war.

Aber die Uhr war aufgezogen; der Stundenzeiger stand in der korrekten Position. Er war bereit.

Ruben zog sich an, schulterte den Rucksack und machte sich auf den Weg.

Gestern hatte er fast eine Stunde lang U-Bahn-Linien und Zugfahrpläne studiert und sich seine Route eingeprägt. Als er jedoch an der U-Bahn-Station der Lower Downs ankam, stellte er zu seiner Bestürzung fest, dass die Linie, die er nehmen musste, aufgrund von Reparaturarbeiten geschlossen war.

Der Morgen war ungewöhnlich kalt, aber während Ruben vor der verblassten Karte an der Wand der Station stand und von frühen Pendlern angerempelt wurde, die ihm offenbar seinen Rucksack verübelten, begann Ruben zu schwitzen. Er musste zur Grand Avenue Station, dem großen Bahnhof in der Stadtmitte, wo der Zug nach Point William abfuhr. Die Strecke, die er geplant hatte, war ziemlich unkompliziert gewesen, doch nun war er gezwungen, einen etwas umständlicheren Weg zu nehmen und zwei Mal umzusteigen – das erste Mal in der Brighton Street Station.

Ruben studierte aufmerksam den Streckenplan, in der Hoffnung, eine andere Route zu finden. Doch jede andere Verbindung führte ihn quer durch die halbe Stadt, was so lange dauern würde, dass er eventuell seinen Zug verpasste. Der nächste fuhr erst wieder am Abend, und an einem fremden Ort nach Einbruch der Dunkelheit anzukommen, war viel zu beängstigend, um überhaupt darüber nachzudenken. Und so prägte Ruben sich die neue Strecke ein, kaufte eine Fahrkarte und machte sich wachsam auf den Weg zum Bahnsteig.

Es herrschte Rush Hour. Die Pendler aus den Lower Downs standen Schulter an Schulter in ihrer Arbeitskleidung, trugen Secondhand-Aktentaschen und -Handtaschen und -Umhängetaschen, rochen nach billiger Seife, billigem Aftershave, billigen Cremes und Parfüms. Einige starrten verschlafen vor sich hin; ein oder zwei lasen. Ruben quetschte sich in die Menge, und als der Zug kam, quetschte er sich zusammen mit allen anderen durch die Türen.

Erst im Zug bemerkte er die Späher in seinem Waggon. Frontmann und die anderen, auf dem Weg zum Botschafter, wo sie die Umschläge ablieferten, Bericht erstatteten, ihren Lohn erhielten und zweifellos über den Jungen sprechen würden, den sie erfolglos in Middleton gesucht hatten. Sie standen in der Nähe der Türen und hielten sich an den Haltegriffen fest, die von der Decke hingen. Sie waren die einzigen Passagiere, die nicht zwischen anderen eingequetscht wurden – die Fahrgäste um sie herum machten ihnen Platz. Die vier Männer unterhielten sich zwar miteinander, aber selbst in der U-Bahn hörten sie nicht auf, ihre Umgebung zu beobachten. Ruben, der durch ein Gewirr aus Erwachsenenarmen lugte, würde schwer zu entdecken sein. Und trotzdem.

Er musste an der Brighton Street Station aussteigen. Was, wenn sie ihn sahen – ein Junge, der zu der Beschreibung des Jungen passte, den sie suchten, und der genau in dem Stadtteil ausstieg, in dem er vermutet wurde? Seine Finger schlossen sich um den Schlüssel der Uhr.

Fummel nicht daran herum!, ermahnte er sich. Wollte er aus Versehen inmitten all dieser Menschen verschwinden? Ein Junge, der sich einfach in Luft auflöste, würde eine Panik auslösen. Und mit Sicherheit die Aufmerksamkeit der Späher erregen. Außerdem – wohin sollte er fliehen? Der Waggon war so überfüllt, dass er sich kaum bewegen konnte.

Ruben versuchte schnell, sich einen anderen Plan zurechtzulegen. Doch keiner funktionierte. Er könnte an der Brighton Street vorbeifahren, aber das würde ihm nichts bringen – die nächsten Haltestellen gehörten ebenfalls zu Middleton. Die Station danach lag in Westmont, aber *das* war der Stadtteil, in dem die Villa des Botschafters stand, und er wagte es nicht, an derselben Haltestelle wie die Späher auszusteigen. Im Übrigen arbeiteten die meisten

Pendler in Middleton und würden bald aussteigen. Was, wenn er sich dann plötzlich mit den Spähern allein im Waggon befand?

Die nächste Station war bereits Brighton Street. Rubens Hände wanderten langsam an den Riemen seines Rucksacks hinauf, als würde er sie festziehen. Dann griff er langsam nach der Kapuze seines Pullis und zog sie sich über den Kopf. Langsam, ganz langsam, ließ er die Hände wieder sinken. Mit einer glitt er in die Tasche seines Pullis.

Die Bahn hielt und die Türen öffneten sich. Ruben senkte den Kopf und drehte ihn leicht von den Spähern weg. Er synchronisierte seine Schritte mit denen der Frau neben ihm und ließ sich von ihr vor den Blicken der Späher abschirmen. Doch sie ging nur zu einem freien Platz, und so disponierte er augenblicklich um und passte seinen Schritt dem nächstbesten Mann an, der sich zu den Türen vorarbeitete. Draußen auf dem Bahnsteig schlüpfte er hinter einen Pfeiler und wartete, ob er einen überraschten oder alarmierten Aufschrei hörte …

Nichts dergleichen erklang, und als der Zug aus dem Bahnhof fuhr, drückte er sich fest an den Pfeiler, um nicht gesehen zu werden. Die Pendler strömten die Treppen hinauf und hinterließen einen beinahe leeren Bahnsteig. Ruben atmete auf. Er hatte sich noch überhaupt nicht unsichtbar gemacht und fühlte sich bereits vollkommen ausgelaugt.

Er zog die Uhr aus der Tasche und überprüfte den Stundenzeiger. Immer noch auf zwölf Uhr. Er steckte sie wieder zurück und begann zu warten. Ihm war schrecklich unwohl zumute. Middleton war der letzte Ort, an dem er sein wollte. Er hatte sogar den Eindruck, dass ihn einige Leute auf dem Bahnsteig misstrauisch beobachteten. Vielleicht hatten die Späher bereits an ihre Türen geklopft und nach einem Jungen gefragt, dessen Beschreibung auf Ruben zutraf. Aber vielleicht bildete er sich ihre Seitenblicke auch nur ein. Vielleicht war es gar nicht nötig, sein Gesicht zu verbergen.

Er tat es trotzdem.

Zehn Minuten später registrierte er erleichtert den nach verbranntem Gummi und Schmierfett riechenden Windstoß, der einen heranfahrenden Zug ankündigte. Kurz darauf durchbrach das Licht der Scheinwerfer die Dunkelheit, gefolgt von dem Zug selbst, der quietschend in den Bahnhof einfuhr. Er war ziemlich voll und Ruben suchte die vorbeifahrenden Fenster nach dem perfekten Waggon ab. Als er eine Gruppe Jugendlicher sah, sprintete er dem Waggon hinterher und drängelte sich hinein.

Ihren identischen T-Shirts nach zu urteilen gehörten die Jugendlichen zu einer Kirchengruppe; begleitet wurden sie von zwei entnervt aussehenden Erwachsenen. Ruben stellte sich zwischen sie, als gehöre er dazu. Wie durch ein Wunder gab es sogar einen freien Platz. Ruben kämpfte für den Bruchteil einer Sekunde gegen seine Scham an, dann ließ er sich auf den Sitz fallen und starrte angestrengt zu Boden. Er spürte, dass ihn ein oder zwei der Kinder überrascht und verärgert ansahen. Doch sie vergaßen ihn schnell wieder und plapperten laut und ausgelassen durcheinander.

Der Zug ruckelte und fuhr an. Verstohlen sah Ruben auf die Uhr – immer noch korrekt eingestellt – und steckte sie wieder zurück. Er saß ziemlich unbequem auf dem Rand des Sitzes; sein Rucksack nahm den meisten Platz ein, aber der Waggon war zu voll, um ihn abzusetzen. Er lehnte sich dagegen und versuchte, es sich so bequem wie möglich zu machen. Der Zug würde an mehreren Stationen haltmachen und dabei Westmont und einige andere Stadtteile durchqueren, bevor er aussteigen musste. Die

Kinder um ihn herum waren unausstehlich, ärgerten sich gegenseitig, wetteiferten um Aufmerksamkeit und waren schon mehrmals von ihren verzweifelt wirkenden Gruppenleitern zur Ruhe ermahnt worden. Ruben hingegen war dankbar für den Tumult; für ihn war es die perfekte Tarnung. Er ließ den Blick in dem Waggon umherschweifen.

Hinter der Kirchengruppe drängten sich die Berufspendler (es war immer noch Rush Hour), ein oder zwei Familien und ein Teenager mit einem abgewetzten Kopfhörer auf den Ohren. Rubens Blick schweifte zum anderen Ende des Waggons: noch mehr Pendler sowie einige andere Passagiere, deren Fahrziel er nicht von ihrem Aussehen oder Verhalten ablesen konnte. Zwischen ihnen, in der hintersten Ecke des Waggons, mit einer Tasche und einigen Papieren auf dem Schoß, saß ein seltsam grimmig dreinblickender Mann mit gebeugten Schultern. Sein lauernder Blick und seine angespannte Haltung ließen ihn wie eine Katze wirken, die gerade eine Maus entdeckt hatte.

Einen Augenblick lang fragte Ruben sich, was der Mann so eindringlich anstarrte. Im nächsten Moment stockte ihm der Atem, denn ihm war klar geworden, dass er selbst im Fokus des Blickes stand.

Er hätte sich gerne geirrt, aber es gab keinen Zweifel.

Ruben war die Maus.

DER STARRENDE FREMDE

Ruben zuckte zusammen wie nach einem elektrischen Schlag und wandte schnell den Blick ab. Doch das Bild hatte sich in sein Gehirn gebrannt. Der Mann saß mit einem Bleistift in der Hand in der Ecke, die Tasche auf dem Schoß, ein Bündel Papiere obendrauf. Ein flüchtiger Beobachter konnte denken, dass der Mann lediglich tief in Gedanken versunken war und quer durch den Waggon blickte, ohne irgendetwas wahrzunehmen. Aber er starrte nicht einfach ins Leere. Er starrte Ruben an.

Ach, so ein Quatsch, sagte sich Ruben. Sein Herz raste. *Beruhige dich. Du leidest an Verfolgungswahn.* Heimlich wagte er erneut einen Blick.

Der Mann starrte ihn immer noch an. Und das war definitiv der richtige Ausdruck dafür: *starren*. Kein beiläufiger oder abwesender Blick, sondern ein Blick von durchdringender Intensität. Ihre Augen trafen sich und Ruben sah wieder weg. Er hatte plötzlich einen scharfen, säuerlichen Geschmack im Mund.

Du hast die Uhr rausgeholt, dachte er. *Er hat gesehen, wie du allein in die U-Bahn gestiegen bist, und er hat gesehen, wie du auf die Uhr geschaut hast.* Ruben schluckte mühsam. Er musste ruhig bleiben, einen klaren Kopf bewahren. Er war vorsichtig gewesen – hatte sich über die offene Uhr gebeugt und sie mit einer

Hand abgeschirmt. Es musste beinahe unmöglich für den Mann gewesen sein, die Uhr aus der Entfernung zu sehen. Warum starrte er Ruben dann an? Und wer war er überhaupt?

Ruben tat so, als wäre er die Ruhe selbst. Sollte der Mann denken, dass er einen Fehler gemacht hatte; sollte er denken, dass der Junge mit dem Rucksack nur ein Mitglied der Kirchengruppe war, bloß irgendein Kind, das nichts zu verbergen hatte. Er ließ seinen Blick ganz beiläufig in die Richtung des Mannes schweifen, sah ihn dabei zwar nicht direkt an, aber lang genug, um seine Erscheinung in sich aufzunehmen. Der Mann trug einen sehr alten dunkelblauen Anzug, der an den gebeugten Schultern spannte und ihm generell zu eng zu sein schien, während der Knoten in der braunen Fliege zu groß wirkte – wie ein Brötchen, das von seinem Kinn an Ort und Stelle gehalten wurde. Seine graubraunen Haare sahen selbst aus der Entfernung fettig aus – wahrscheinlich hatte er zu viel Pomade benutzt – und waren über eine große, kahle Stelle in der Kopfmitte gekämmt worden. Seine grauen, eulenhaften Augenbrauen verliehen dem Mann ein bösartiges Aussehen. Aber vielleicht wirkte er auch nur so wegen seines starren Blickes, den Ruben nach wie vor nicht zu bemerken vorgab.

Der Zug fuhr in einen Bahnhof ein. Fahrgäste drängten zu den Türen, einige Sitzplätze wurden frei. Der Mann stand auf, presste seine Habseligkeiten unbeholfen an sich und ging zu einem Sitzplatz in der Mitte des Waggons. Nun saß er deutlich näher bei Ruben, der sich durch und durch unwohl fühlte.

Vielleicht war der Mann auch einfach nur etwas merkwürdig. Es gab unzählige merkwürdige Leute in dieser Stadt. Ruben fragte sich, was das für ein Papierbündel auf seiner Tasche war. Es sah aus wie eine Karte, vollgekritzelt mit Notizen. Ja, es war ein Stadtplan von New Umbra. Vielleicht war der Mann ein Tourist –

wenn auch ein sehr seltsamer. Vielleicht erinnerte Ruben ihn an einen Jungen, den er kannte, einen Neffen oder Enkel. Vielleicht dachte er, Ruben *wäre* ein Junge, den er kannte, und wartete nur darauf, dass Ruben ihn bemerkte und Hallo sagte.

Ruben versuchte sich diese Dinge einzureden, jedoch ohne Erfolg.

Der Zug hielt in weiteren Bahnhöfen. Fahrgäste stiegen aus oder ein. Manchmal schirmten einige Mitfahrende Ruben vor dem Blick des Mannes ab; manchmal konnte er das unbeirrte Starren des Mannes förmlich spüren. Ruben war so nervös, dass er mehrmals beinahe auf die Uhr gesehen hätte. Dabei musste er genau das Gegenteil tun – sich ganz normal verhalten und die Uhr unter gar keinen Umständen herausholen.

Ruben war in Gedanken so mit dem unheimlichen Fremden beschäftigt und versuchte derart konzentriert so zu tun, als bemerke er den Blick des Mannes nicht, dass er beinahe seine Haltestelle verpasst hätte. Er hatte nicht mehr mitverfolgt, an welchen Stationen sie bereits gehalten hatten, und die Lautsprecherdurchsagen des Zugführers waren wie üblich vollkommen unverständlich. Als die Kinder um ihn herum plötzlich begannen, sich zum Aussteigen bereit zu machen, sah Ruben erschrocken auf, suchte nach dem Namen der Haltestelle – und spürte, wie ihn eine Woge der Erleichterung durchströmte. Er musste ebenfalls hier raus. Er konnte sich weiterhin in der Kirchengruppe verbergen.

Als sich die Türen öffneten, drängte er sich zwischen die anderen Kinder. Er ignorierte ihre skeptischen und verärgerten Blicke und blieb auch dann noch bei ihnen, als die Gruppenleiter sie über den Bahnsteig und die Treppen hinauftrieben. Er hoffte, dass sie genau wie er in eine andere Linie umsteigen mussten, aber es wurde schnell deutlich, dass sie auf den Ausgang zusteuerten. Ruben war gezwungen, sich von ihnen zu trennen. Er sah sich in der überfüllten Station um. Der Fremde war nirgendwo zu sehen. Vielleicht war er gar nicht ausgestiegen.

Ruben hängte sich an ein junges Pärchen mit drei Kindern, die in Richtung seines Gleises gingen. Eines der Kinder hatte einen Luftballon in der Hand. Ruben folgte ihnen so dicht, dass er den Luftballon immer wieder ins Gesicht bekam. Die Kinder bemerkten ihn und sahen ihn neugierig an, aber ihre Eltern waren zu sehr damit beschäftigt, dass sich alle an den Händen hielten und in dem Gedränge niemand verloren ging. Ja, sie wollten tatsächlich in den gleichen Zug wie er. Ruben würde ihnen keinen Zentimeter von der Seite weichen und so tun, als wäre er ein älterer Bruder.

Während sie auf dem vollen Bahnsteig auf den Zug warteten, beruhigte sich sein Puls langsam wieder. Er hatte den Fremden immer noch nicht gesehen, und je länger er darüber nachdachte, desto stärker zweifelte er auch daran, dass er noch auftauchen würde. Wahrscheinlich war der Mann einfach nur sonderbar gewesen und Ruben einfach nur paranoid.

Der Zug fuhr ein und Ruben folgte seiner Adoptivfamilie ins Innere. Auch dieser Zug war überfüllt, aber zwei Männer überließen ihre Plätze der Mutter und ihrem jüngsten Kind, das zu weinen begonnen hatte. Ruben blieb dicht bei dem Vater und den anderen beiden Kindern und hielt sich an derselben Stange fest wie sie. Schon wieder hatte er den Luftballon im Gesicht. Langsam glaubte er, dass das Kind das mit Absicht machte. Es waren nur ein paar Stationen bis zur Grand Avenue Station. So lange konnte er das verkraften.

Am letzten Halt vor Grand Avenue stieg die Familie zusammen mit einigen anderen Fahrgästen aus. Der Ballon schwebte davon. Langsam – sehr langsam, denn der Waggon war immer noch voll und sein Rucksack schränkte seine Bewegungsfreiheit ziemlich ein – wandte Ruben sich um und hielt nach einer anderen Familie Ausschau. Die meisten Fahrgäste um ihn herum waren verschlafen aussehende Erwachsene ohne Kinder, außerdem ein alter Mann und seine ebenfalls alte Frau, die je einen winzigen Hund auf dem Arm hielten, sowie ein Bauarbeitertrupp in staubigen Overalls. Ruben drehte sich in die andere Richtung und reckte den Hals.

In der hintersten Ecke saß ein Mann in einem sehr alten, schlecht sitzenden blauen Anzug.

Ruben keuchte und sah weg, als ob der Mann dadurch verschwinden würde. Es konnte immer noch Zufall sein. Das konnte es wirklich. Die Grand Avenue Station war der größte Bahnhof der Stadt. Eine Menge Leute waren jeden Morgen dorthin unterwegs. Eine Menge Leute mussten dazu umsteigen, genau wie Ruben. Und dieser seltsame Mann vermutlich ebenfalls. Es war reiner Zufall, dass er im selben Waggon saß.

Der Zug fuhr in den Bahnhof ein. Die Türen öffneten sich. Ruben beobachtete den Mann aus den Augenwinkeln, während er mit einem Dutzend anderer Passagiere auf den Bahnsteig trat. Der Mann verließ den Waggon durch die andere Tür. Ruben erstarrte. Menschen drängten sich leise fluchend an ihm vorbei. Einige stiegen aus, andere ein. Ruben hatte den Mann in der Menge verloren, aber er ging kein Risiko ein. Er sprang zurück in den Zug und hielt sich an der nächstgelegenen Stange fest.

Noch während sich die Türen schlossen, umklammerte eine blasse Hand mit gelblichen, abgekauten Fingernägeln die Stange ein paar Zentimeter über seiner eigenen. Ruben sah auf und blickte in die Augen des Fremden. Der Mann musste direkt hinter ihm gewesen sein. Seine starr dreinblickenden braunen Augen waren blutunterlaufen. Er hatte eine mittelgroße Statur, aber seine hängenden Schultern ließen ihn kleiner wirken. Nichtsdestotrotz überragte er Ruben deutlich.

»Was für ein Zufall«, raunte der Mann. Sein Atem roch stark nach Pfefferminz. »Ich sehe dich immer in den gleichen Zügen. Bist du auch an der falschen Haltestelle ausgestiegen? Seltsam, nicht wahr? Wie schnell man in diesem Gedränge den Überblick verliert.« Seine Mundwinkel zuckten, als versuche er zu lächeln, schaffte es aber nicht. Man merkte ihm an, dass er sich zurückhielt, offenbar in dem Versuch, nicht zu bedrohlich zu wirken. Seine Stimme kam Ruben merkwürdig bekannt vor, als hätte er sie schon einmal im Radio gehört.

Rubens Zunge fühlte sich trocken und irgendwie fremd an in seinem Mund. Seine Kopfhaut prickelte. Er musste hier weg, aber er hatte keine Ahnung, wie er das bewerkstelligen sollte. Er versuchte, die Stange zwischen sich und den Fremden zu bringen, aber der Waggon war zu voll, um sich groß bewegen zu können.

»Du hast dich doch nicht verlaufen, oder?«, fragte der Mann und zog seine Augenbrauen zu einer besorgten Miene zusammen, eine einfache Veränderung des Gesichtsausdrucks, die ihn trotz allem fast attraktiv wirken ließ. Vielleicht war er tatsächlich mal gutaussehend gewesen. »Brauchst du Hilfe?«

Ruben schüttelte den Kopf und vermied es, den Mann anzusehen. Seine Gedanken rasten und suchten in jedem Winkel seines Gehirns nach einer Lösung. Er war sich vage bewusst, dass einige der umstehenden Erwachsenen ihnen verstohlene Blicke zuwarfen, nachdem sie die Worte des Fremden gehört hatten. Und mit einem Mal schöpfte er wieder Hoffnung, als ihm klar wurde, dass genau das die Antwort war: andere Erwachsene.

Der Zug fuhr in den nächsten Bahnhof ein. Ruben griff nach dem Arm einer Frau neben ihm. »Bitte!«, rief er und sah hoch in ihr verdutztes Gesicht. »Dieser Mann verfolgt mich! Er verfolgt mich schon den ganzen Morgen! Bitte helfen Sie mir!«

Eine Sekunde lang wirkte die Frau verärgert, weil er ihren Arm festhielt. Doch als ihr klar wurde, was Ruben gesagt hatte, blickte sie den Fremden finster an. Dessen blutunterlaufene Augen weiteten sich. Andere Fahrgäste wandten sich ihnen jetzt ebenfalls zu. Mit einem Mal brach ein großes Durcheinander los. Ruben sah, wie sich ein Mann aus dem Bauarbeitertrupp einen Weg durch die Menge bahnte.

»Was hat er gesagt?«

»Der Junge sagt, dass dieser Typ ihn verfolgt!«

»Welcher Junge? Welcher Typ?«

Die Türen öffneten sich und Ruben schrie: »Halten Sie ihn auf! Bitte halten Sie ihn auf! Helfen Sie mir!« Er duckte sich, drängte sich nach vorne und quetschte sich durch den aufkeimenden Tumult auf den Bahnsteig hinaus. Als er sich umwandte, sah er, wie die Erwachsenen zusehends hektischer wurden, sich anstießen, gegenseitig festhielten und immer lauter durcheinanderriefen. Der Fremde war irgendwo zwischen ihnen verschwunden.

Ruben lief weiter, lauschte aber den aufgeregten Stimmen hinter sich.

»Ich hab ihn!«

»Hat der Junge die Wahrheit gesagt? Hey, Junge!«

»Was zum …? Wo ist er hin?«

Weitere Rufe folgten Ruben bis zu den Treppen.

Überallhin, nur nicht hier, dachte er. Bloß weg von hier.

Er rannte so schnell wie möglich die Treppen hinauf, war allerdings etwas unbeholfen mit dem schweren Rucksack auf dem Rücken und einer Hand in der Pullitasche, mit der er die Uhr umklammert hielt. Draußen auf der belebten Straße fragte er einen Hotdog-Verkäufer nach dem Weg zur Grand Avenue Station. Dann jagte er in die angegebene Richtung, obwohl er bereits vollkommen außer Atem war.

Alle paar Schritte warf Ruben einen Blick über die Schulter. Kein Zeichen von dem Fremden. Nach einigen Straßenzügen verlangsamte er das Tempo zu einem schnellen Gehen. Er keuchte und hatte Seitenstechen. Endlich erreichte er den Bahnhof.

Normalerweise hätte sich Ruben, der noch nie außerhalb der Stadt gewesen war, eine ruhige Ecke gesucht und von dort aus Anzeigetafeln studiert und die anderen Reisenden beobachtet, bis er herausgefunden hatte, was zu tun war. Aber ein Blick auf die große Bahnhofsuhr, die von der Galerie herabhing, sagte ihm, dass er keine Zeit zu verlieren hatte. Er sprach eine junge Frau an, die gerade einen Fahrplan studierte, und sie erklärte ihm, zu welchem Fahrkartenschalter er gehen musste. Dort hatte sich eine lange Schlange gebildet.

Aufgewühlt und verwirrt stellte Ruben sich hinten an und wartete nervös. Es gab viel zu viele Dinge gleichzeitig zu beachten: Er musste die Uhrzeit im Auge behalten, damit er den Zug nicht verpasste; er musste die Eingänge zur Straße im Auge behalten, falls der Fremde doch noch auftauchte; und er musste die anderen Wartenden im Auge behalten, damit sich niemand vordrängelte. Endlich stand er vor dem Schalter und bezahlte sein Ticket; rannte los zum Gleis, auf dem der Zug bereits wartete; glitt just in dem Moment auf einen freien Sitzplatz, als der Zug auch schon losfuhr.

Der alte Mann auf dem Platz gegenüber warf ihm einen verschlafenen Blick zu und schloss dann wieder die Augen. Ruben nahm erleichtert seinen Rucksack ab und ließ ihn auf den Boden zwischen seine Füße plumpsen. Keuchend und furchtbar durstig sah er aus dem Fenster, während der Zug den Bahnhof verließ, ein kurzes Stück durch einen Tunnel zurücklegte und schließlich ins Tageslicht fuhr. Er ratterte die Schienen entlang durch einen Stadtteil, den Ruben noch nie gesehen hatte, und steuerte Richtung Küste. Rubens Gedanken wirbelten wild durcheinander und flogen in unterschiedliche Richtungen wie von einem Baum aufgescheuchte Vögel.

Erst nachdem er wieder zu Atem gekommen war und seine Fahrkarte vorgezeigt hatte, kamen die Vögel zur Ruhe und setzten sich auf die Äste. Der Zug fuhr nun durch einen anderen Stadtteil und würde auch diesen bald hinter sich lassen. Ruben wusste, dass er – für den Moment jedenfalls – in Sicherheit war. In Sicherheit vor den Spähern, in Sicherheit vor dem Fremden.

Langsam wurde ihm klar, warum ihm die Stimme des Fremden so vertraut vorgekommen war. Er hatte es schon die ganze Zeit geahnt: Es war die Stimme aus dem Münztelefon der Bibliothek. Er war sich sicher. Und nachdem er nun den Besitzer der Stimme getroffen hatte, wusste er nicht mehr, was er denken sollte. Der Mann mit dem altmodischen Anzug und den hängenden Schultern wirkte überhaupt nicht mächtig, und doch erschien er gleichzeitig gefährlich – viel gefährlicher als die Späher.

Ruben besaß etwas, das der Mann unbedingt haben wollte, und jetzt wusste der Mann, wie er aussah.

Ruben schauderte und starrte aus dem Fenster, in der Hoffnung, einen Blick auf das Meer zu erhaschen. Er musste es einfach sehen, musste sicher sein, dass er die Stadt wirklich hinter sich gelassen hatte. Kurz darauf entdeckte er es tatsächlich – ein helles, glitzerndes blaues Band, strahlend und verheißungsvoll.

Ruben spürte, wie er sich entspannte. Ihm fiel auf, wie sehr er auf eine Chance gehofft hatte, über ein paar Dinge nachzudenken, ohne die ganze Zeit Angst haben zu müssen, erkannt zu werden. Kein Wunder, dass er Feuer und Flamme gewesen war, nach Point William zu fahren. Ja, er brauchte Antworten, aber er wollte auch fort aus New Umbra.

Er starrte weiterhin auf das Meer in der Ferne, auf dieses weite, funkelnde Blau. Seine Mom packte gerade auf dem Markt in Riverside Fische in Eis. Sie hasste den Job, aber noch mehr hasste sie es, dass sie ihn verloren hatte. Sie machte sich Sorgen und es würde alles nur noch schlimmer werden. Ruben hatte fest vor, die Sache in den Griff zu bekommen. Er würde zu ihr zurückkehren, und das nächste Mal, wenn er New Umbra verließ, würde es für immer sein.

Er war gerade dabei, seine Flucht auszuprobieren.

TEIL 2

DAS VERMÄCHTNIS DER MEYERS

EIN RÄTSEL UND EIN TRICK

Lange bevor der Schaffner als nächsten Bahnhof Point William ankündigte, hatte Ruben seinen ziemlich verschwafelten und ängstlichen Brief an Mrs Genevieve beendet – nur, um ihn kurz darauf zusammenzuknüllen und einen neuen zu schreiben, einen kürzeren, ruhigeren, der die Verbesserung seiner Aussichten wiedergab. Die lange Zugfahrt hatte seine unruhigen und düsteren Gedanken vertrieben. Mit jedem kleinen Bahnhof, an dem sie haltmachten, mit jedem flüchtigen Blick auf das funkelnde Meer in der Ferne verspürte er mehr Zuversicht und Hoffnung.

Ruben las den Brief ein letztes Mal durch. Er informierte die Uhrmacherin darin über das Ziel und den Zweck seiner Reise und bat sie, seine Mutter zu kontaktieren, falls er nicht nach New Umbra zurückkehrte. Er rechnete fest, so schrieb er, mit einer kurzen, sicheren Reise und einer baldigen Rückkehr. Aber Unfälle passierten, und angesichts der Tatsache, dass seine Mutter glaubte, er wäre bei einem Freund, obwohl er sich in Wahrheit in einem Städtchen 80 Kilometer nördlich befand, hielt er es für wichtig, dass jemand, dem er vertraute, die Wahrheit über seinen Aufenthaltsort kannte. Falls Mrs Genevieve zu dem Zeitpunkt des Erhalts dieses Briefes noch nichts von ihm gehört hatte, würde sie dann bitte seine Mom unter folgender Nummer anrufen?

Er dankte ihr im Voraus, dankte ihr nochmals für alles, was sie bereits für ihn getan hatte, und versprach, sie zu besuchen, sobald dies gefahrlos möglich war.

Zufrieden versiegelte Ruben den Brief in dem frankierten und adressierten Umschlag, den er zu Hause vorbereitet hatte. Wenn er ihn heute zur Post brachte, würde er Montag oder spätestens Dienstag in New Umbra eintreffen. Ruben hoffte inständig, dass der Brief sich als unnötig herausstellen würde, dass er Sonntagabend mit ausreichend Antworten im Gepäck wieder zu Hause war. Das sollte doch möglich sein, oder? Er stand auf und streifte seinen Rucksack über. Während er mit einer Hand den Brief festhielt, steckte er die andere schnell wieder in die Tasche seines Pullis und umschloss die Uhr. Augenblicklich spürte er, wie ihn ein beruhigendes Gefühl durchströmte. Ja, alles war möglich.

Am Bahnhof von Point William trat Ruben in einen wunderbar sonnigen Vormittag hinaus. Er sog die frische, salzig schmeckende Luft ein, sah sich auf dem Bahnsteig um und entdeckte einen Schaukasten, in dem ein Stadtplan von Point William hing. Der Plan stellte sich als ziemlich übersichtlich heraus. Er befand sich nur wenige Minuten vom Marktplatz entfernt, wenige Minuten von der Küste, wenige Minuten von so ziemlich allem. Nachdem er das Bahnhofsgebäude umrundet hatte, hielt er die Hand an die Augen, um sie vor der Sonne abzuschirmen, und blickte zum Meer. Da war sie, hoch aufragend über den Dächern der Stadt – die dunkelgrüne Laternenkuppel des Leuchtturms.

Ruben warf den Brief in den Briefkasten am Bahnhofsgebäude, sah noch einmal prüfend auf die Uhr und ging los.

Point William war ein Städtchen wie aus dem Bilderbuch. Die Einwohner kamen in den Genuss von bezaubernden grünen Parks; breiten Gehwegen, die von dekorativen Laternen beleuchtet und von alten Bäumen beschattet wurden; hübschen Promenaden mit Blick auf die Bucht – und, von beinahe überall in der Stadt, einer Aussicht auf den malerischen Leuchtturm. Dreißig Meter hoch und aus schimmerndem, weiß getünchtem Stein erbaut, stand er in Rufweite vom Festland auf einer länglichen, mit Gras bewachsenen Insel, die gerade groß genug war, um das Haus des Leuchtturmwärters, ein kleines Ölhaus und den Leuchtturm selbst zu beherbergen.

An einem Landungssteg auf der Insel war ein blaues Ruderboot festgemacht, das momentan kaum eine Vertäuung benötigte, denn das Wasser hatte sich beinahe vollständig zurückgezogen. Das kleine Boot trieb in wenigen Zentimetern Tiefe und würde schon bald auf dem Watt aufsetzen.

Ruben sah zu der Insel hinaus und fragte sich, wie er weiter vorgehen sollte. Ihm war gar nicht in den Sinn gekommen, dass es ein Problem werden könnte, den Leuchtturm zu Fuß zu erreichen. Er setzte sich im Schneidersitz an den Rand eines Bootsanlegers und dachte nach. Plötzlich verließ eine Gestalt das zweigeschossige weiße Schindelhaus des Leuchtturmwärters und ging – oder besser tänzelte – über das Gras in Richtung Ölhaus, einem gedrungenen Gebäude aus Stein, das zum Teil von alten, knorrigen Bäumen verdeckt wurde. Die Gestalt schien ein junges Mädchen mit einem leuchtend roten Hut zu sein. Sie sah kurz in Rubens Richtung, bemerkte ihn aber offenbar nicht. Geduckt verschwand sie im Inneren des Ölhauses.

Ruben wartete, um zu sehen, ob sie wieder zurückkam. Möwen tauchten immer mal wieder in seinem Blickfeld auf und stießen ihre klagenden Schreie aus. Einige hatten begonnen, in das rasch zurücktretende Wasser zwischen dem Bootssteg und der Insel hinabzustoßen und ein paar Leckerbissen zu fangen. Auf der Insel selbst regte sich jedoch nichts. Ruben rappelte sich auf und steuerte schnellen Schrittes in Richtung des belebten Marktplatzes, den er auf dem Hinweg vom Bahnhof wie selbstverständlich gemieden hatte.

Direkt im ersten Geschäft, einem altmodischen Gemischtwarenladen, in dem reger Betrieb herrschte, fand er, wonach er suchte. Der freundliche Besitzer, ein korpulenter, rot gelockter Mann mittleren Alters, grüßte ihn mit neugierigem Blick – zweifellos kannte er alle Kinder des Städtchens und fragte sich, wer dieser Junge wohl sein mochte –, aber glücklicherweise stellte er keine Fragen, und schon bald war Ruben wieder zurück am Bootssteg.

Es befanden sich mehrere Bootsanleger entlang der Küste, und weiter nördlich erstreckte sich eine lange Strandpromenade mit Imbissbuden, einem Souvenirladen, einem Fachgeschäft für Angelbedarf und dem ein oder anderen Fischrestaurant. Auf der Promenade spielten Kinder, und auf den Straßen zwischen seinem Bootssteg und dem Marktplatz waren ein paar Fußgänger unterwegs. Aber niemand befand sich nah genug, um zu sehen, was Ruben vorhatte. Er setzte sich auf die verwitterten Holzplanken, zog sich die Turnschuhe aus und schlüpfte dann in die kniehohen Gummistiefel, die er im Gemischtwarenladen gekauft hatte. Die Turnschuhe stopfte er in seinen Rucksack.

Ruben kletterte an einer Leiter hinab in den übel riechenden schwarzen Schlamm, der von dem zurückweichenden Wasser freigelegt wurde. Er sank bis zur Mitte seiner Schienbeine ein. Alles klar, dachte er. Das kriegst du hin. Mit einiger Mühe ging er ein paar Schritte rückwärts durch den klebrigen, zähen Schlamm und zog sich in den Schatten unter dem Steg zurück. Er nahm die Uhr heraus, stellte sicher, dass sie vollständig aufgezogen war, und starrte über das Watt hinüber zur Insel. Es war immer noch niemand zu sehen, aber falls er zu früh wieder sichtbar wurde, würde jeder, der aus dem Fenster des Haupthauses oder des Leuchtturms schaute, ihn sofort entdecken.

Er musste es in fünfzehn Minuten über diese Schlammfläche schaffen. Ruben konzentrierte sich auf den kleinen Bootsanleger der Insel. Das war sein Ziel. Er musste versuchen, den Schatten darunter zu erreichen, bevor seine Zeit abgelaufen war.

»Du schaffst das«, feuerte er sich an, dieses Mal leise flüsternd. Mit geübtem Griff zog er am Schlüssel, verschwand, und machte sich blindlings auf den Weg durch das Watt.

Nach nur zwei Schritten rutschte einer seiner Füße halb aus dem Stiefel, wodurch er beinahe mit dem Gesicht voran in den Schlamm gefallen wäre. Schlimmer noch, in dem Versuch, sich aufrecht zu halten, hätte er beinahe die Uhr losgelassen, die in den Schlick gefallen und vermutlich auf Nimmerwiedersehen darin verschwunden wäre. Der Gedanke bestürzte ihn so sehr, dass er einige Zeit brauchte, um sich wieder zu beruhigen. Er steckte die Hand, mit der er die Uhr umklammert hielt, in die Tasche seines Pullis; und mit nur einer freien Hand, um das Gleichgewicht zu halten, stapfte er weiter.

Die Überquerung war viel schwieriger, als er gedacht hatte. Am härtesten entpuppte sich der Versuch, die Füße in den Stiefeln zu halten, die sich stur jedem Schritt widersetzten. Er war kurz davor, zum Steg umzukehren, sich Stiefel und Socken auszuziehen, die Hose hochzukrempeln und barfuß weiterzugehen. Aber all das würde Zeit brauchen und es gab keine Garantie, dass nicht plötzlich irgendjemand auftauchen und seine Chance auf eine ungesehene Überquerung zunichtemachen würde. Abgesehen davon – konnte er wissen, ob nicht irgendwelche Glasscherben oder rostige Konservendosen in dem Schlick begraben lagen? Also mühte Ruben sich weiter mit den Stiefeln ab.

Sein Schuhwerk war nicht das einzige Problem. Er wurde von Mücken oder anderen winzigen Insekten heimgesucht, die sich eindeutig nicht von seiner Unsichtbarkeit täuschen ließen. Es gab auch nichts, was er gegen sie unternehmen konnte. Sie mit den Händen fortzuscheuchen war erfolglos – sie kamen sofort zurück –, und so musste er sie ertragen. Alle paar Schritte atmete er heftig aus, um sie zumindest von seinen Nasenlöchern fernzuhalten.

Ruben stapfte stur vor sich hin. Seine Stiefel machten laute, schmatzende Geräusche. Aber seine angestrengten Schritte hatten nur einen kleinen Anteil an der Geräuschkulisse des Watts – da waren auch die ständigen Schreie von Möwen und anderen Vögeln; das gelegentliche Zappeln eines gestrandeten Fisches; das Davontrappeln kleiner Krebse, die von seinen Tritten aufgescheucht wurden. Die Geräusche der Tierwelt um ihn herum irritierten ihn so sehr, dass er sich nicht richtig konzentrieren konnte, und als die fünfzehn Minuten fast um waren und er immer noch keinen festen Boden unter den Füßen spürte, machte Ruben sich Sorgen, dass er vom Kurs abgekommen war und an irgendeinem unvorhergesehenen Punkt wieder sichtbar werden würde, irgendwo unter freiem Himmel, wo jeder ihn sehen konnte.

Plötzlich – es war vielleicht noch eine Minute Unsichtbarkeit übrig – spürte er, wie der Boden unter ihm steil anstieg und fest und felsig wurde. Er hatte die Insel erreicht. Er benutzte die Ausläufer des Watts als Orientierung, bewegte sich rasch Richtung Norden und prallte schon bald gegen das gestrandete Ruderboot. Noch während er darum herumtastete, war die Zeit abgelaufen.

Jäh wurde er wieder sichtbar, genau in dem Moment, als er das sichere Versteck zwischen den Pfählen unter dem Steg erreicht hatte. Niemand war zu sehen. Nach kurzem Suchen fand Ruben einen einigermaßen trockenen Felsabschnitt, zwar nicht genau unter dem Steg, aber noch in dessen Schatten. Mit zwei freien Händen machte er seinem aufgestauten Ärger Luft und wedelte einige Sekunden lang wütend die Mücken davon, bevor er sich erschöpft in den Sand fallen ließ. Die Mücken kehrten zurück, aber in deutlich geringerer Zahl, und in der Zwischenzeit hatte er sich wieder unter Kontrolle. Er zog seine stinkenden, schmierigen Stiefel aus, holte eine Wasserflasche aus dem Rucksack und trank sie in einem Zug leer.

Nachdem er nun aus dem Schlamm heraus war, nahm Ruben den Geruch von Essen wahr, der sich mit der salzigen Meeresluft mischte. Etwas Herzhaftes, Köstliches – er fing immer nur einen flüchtigen Hauch auf, aber das reichte aus, um seinen Magen knurren zu lassen. Er schlang einen Müsliriegel hinunter und war sofort wieder durstig. Zumindest war er so weit wieder hergestellt, dass er sich der vor ihm liegenden Aufgabe widmen konnte. Er zog die Turnschuhe an, versteckte die Stiefel unter dem Bootssteg und duckte sich in den Schatten, um die Uhr erneut aufzuziehen.

Schon bald würde er sich zu erkennen geben. Um Antworten zu erhalten, musste er Fragen stellen – er wusste, dass er nicht einfach nur herumschleichen konnte. Aber zuerst wollte sich Ruben noch eine Weile umsehen. Er wollte wissen, mit welchen Leuten er es zu tun haben würde.

Nach wie vor regte sich nichts auf der Insel. Nachdem die Flut nun vollständig zurückgegangen war, erkannte er, dass der zum Meer hin gelegene Teil der Insel von einem Wirrwarr aus großen Gesteinsbrocken gesäumt war, die aussahen, als könne man fantastisch darauf herumklettern. Die höheren trockneten bereits in der Sonne, ihr Dunkelgrau wurde von Minute zu Minute heller; die niedrigeren waren mit einer Kruste aus Seepocken und Schnecken überzogen. Er sah zum Haupthaus hinüber, das am Fuße des hoch aufragenden Leuchtturms stand. Die Sonne spiegelte sich in den Fenstern.

Das kleine steinerne Ölhaus hingegen, das vielleicht zwanzig Schritte von Rubens Position entfernt stand, hatte überhaupt keine Fenster. Die verkrüppelten Bäume, die dicht um das Häuschen herumwuchsen, würden eine gute Deckung bieten, dachte er – einige Äste hingen bis auf den Boden und bildeten so einen Vorhang aus grünen Blättern. Er verschwand und huschte den mit Gras bewachsenen Hang hinauf, bis seine ausgestreckte Hand einen der Äste zu fassen bekam. Er duckte sich darunter und erschien wieder. Im gleichen Augenblick hörte er, wie das Mädchen das Ölhaus verließ und dabei Selbstgespräche führte. Er spähte vorsichtig um die Ecke und sah, wie sie zurück zum Haupthaus ging.

Ruben nahm sich nicht einmal die Zeit, auf weitere Geräusche zu horchen. Das Ölhaus war leer, sonst hätte das Mädchen nicht mit sich selbst gesprochen. Das war seine Chance, sich darin umzusehen. Er verschwand, umrundete die Ecke und tastete sich durch die offen stehende Tür ins Innere.

Wie sich herausstellte, gab es in dem Ölhaus nicht viel zu entdecken. Ruben kam sich ziemlich dämlich vor – er hatte auf etwas Spannendes gehofft, auch wenn er nicht zu sagen vermochte, worauf genau. An den Wänden hingen Werkzeuge und Regale mit Vorräten, und in der hinteren Ecke stand ein rostiges Ölfass, auf dem eine selbst gemachte Puppe saß. Eine weitere Puppe lag auf einer Decke auf dem Boden. Offensichtlich hatte das Mädchen hier drin gespielt. Das einzige Möbelstück war eine schwere Holzbank, auf der in einem Ring aus Kondenswasser ein fast volles Glas Limonade stand.

Rubens Blick verharrte auf dem Limonadenglas, zum einen, weil er so durstig war, zum anderen, weil ihm langsam etwas dämmerte. Sie würde zurückkommen! Noch während er den Gedanken formulierte, hörte er in der Ferne eine Fliegengittertür zuschlagen.

Ruben erstarrte – auf diese Möglichkeit war er nicht vorbereitet gewesen –, doch dann überwog sein Instinkt, sich zu verstecken. Er rannte zu dem Ölfass, das ihm beinahe bis zu den Schultern reichte, und wuchtete sich hoch. Seine Knie und Zehen stießen geräuschvoll gegen das Holz. Er verzog das Gesicht und hoffte, dass das Mädchen keine allzu guten Ohren hatte. Er hielt die Puppe fest, damit sie nicht herunterfiel, und quetschte sich in die schmale Ecke hinter dem Fass. Sein Rucksack schabte über die steinerne Wand.

Er hörte, wie das Mädchen eine Entschuldigung rief – offenbar wegen der knallenden Fliegengittertür. Er hatte nur noch ein paar Sekunden. Er griff nach oben, um die Puppe wieder in ihre ursprüngliche Position zu setzen.

Es war eine Stoffpuppe, und doch hatte sich jemand große Mühe damit gegeben, hatte dem ernsten Gesicht mit Nadel und Faden sorgfältig Leben eingehaucht und sie mit handgenähten Kleidern ausgestattet. Es schien eine Frau zu sein, die einen Männerhut, einen knielangen Reiseumhang und hohe Stiefel trug. Am Ledergürtel der Puppe war zudem ein Holster angebracht, und auf die rechte Hand der Puppe war – sehr detailgetreu – eine Pistole aufgestickt.

Was um alles in der Welt war denn das für eine Puppe?, fragte er sich, während er sich aus dem Rucksack wand und sich daraufsetzte. In der Ecke war gerade genug Platz, um sich hinzukauern, mit dem Rücken an der Wand und den Knien am Ölfass. Schnell überprüfte er die Einstellungen der Uhr. Er würde sie nur benutzen, wenn es gar nicht anders ging. Er musste seine Kräfte aufsparen.

Das Mädchen betrat summend das Ölhaus. Ruben hörte das Klackern des Eises in ihrem Limonadenglas; das Summen stoppte, als sie einen Schluck trank. Er war so durstig, dass der Gedanke an die kalte Limonade ihn fast zur Verzweiflung brachte. Beinahe hätte er sich zu erkennen gegeben, nur für ein Getränk. Aber plötzlich hinter einem Ölfass hervorzuspringen war nicht unbedingt die beste Art, sich jemandem vorzustellen. Er würde noch warten müssen.

Das Mädchen fing an, mit verstellten Stimmen zu sprechen. Offensichtlich tauchte sie direkt wieder in ihr Puppenspiel ein.

»Wie bist du hier heraufgekommen, Penelope?«, fragte sie heiser. Eine männliche Stimme.

»Ich bin geklettert, du Dummkopf! Was denkst du denn?« Eine Frauenstimme. Unbeschwert, aber fest.

»Aber wie? Wie bist du überhaupt über das Wasser gekommen?«

»Ich bin geschwommen!«

»Du bist den ganzen Weg hierher geschwommen?«

»Natürlich!«

Und so ging es noch eine Weile weiter. Die Puppen, die ganz offensichtlich Bruder und Schwester waren, unterhielten sich, während das Mädchen mit dem Bruder in der Hand durch das Ölhaus stapfte. Nach einer Minute lief sie plötzlich in Richtung

Ölfass – er hörte das Klackern ihrer Schuhe –, und sie war so schnell, dass er zusammenzuckte und den Schlüssel aus der Uhr zog, weil er befürchtete, sie hätte ihn entdeckt. Sie stand am Ölfass, bewegte ihre Puppe darauf herum und sagte etwas, dass Ruben aufgrund des Rauschens in seinen Ohren nicht verstand.

Sie sprach noch immer mit verstellter Stimme. Das bedeutete, dass sie ihn nicht gesehen hatte. Ruben atmete erleichtert auf. Nachdem sie sich ein Stück vom Fass entfernt hatte, wurde er wieder sichtbar.

Die Szene, die das Mädchen mit ihrer Puppe aufführte, klang ziemlich dramatisch, doch Ruben konzentrierte sich nicht auf die Geschichte – er konzentrierte sich auf das Mädchen. Sie schien sehr temperamentvoll zu sein, und die Kommentare, die sich die Puppen gegenseitig zuwarfen, fand er ziemlich originell. Mehr als einmal hätte er beinahe angefangen zu kichern. Er mochte das Mädchen und fühlte sich direkt etwas mutiger. Wenn er mit jemandem aus der Leuchtturmwärter-Familie reden musste, dann war ein sympathisches Kind einem unbekannten Erwachsenen allemal vorzuziehen.

Er musste nur noch herausfinden, wie er sich am besten zu erkennen gab und was er sagen sollte. Vorausgesetzt natürlich, dass er jemals wieder hinter diesem Ölfass hervorkam.

Ruben grübelte immer noch darüber nach, als der Ton in dem Puppenspiel plötzlich an Dramatik zulegte und das Mädchen eine Art Singsang anstimmte:

> Bei Ebbe kaum zu sehen,
> Bei Flut vollends verschwunden.
> Vom Meer aus muss man gehen,
> Den Eingang zu erkunden.

Komm niemals ohne Eisen
Und halt' das Licht stets tief.
Linksrum gehen die Weisen,
Rechtsrum geht es schnell schief.

Bei Ebbe sollst du gehen,
Bei Flut bist du in Not.
Das X muss unter dem Y stehen,
Beeil dich, sonst wartet der Tod.

Es war ein merkwürdiges Gedicht, so viel war sicher. Ruben überlegte, ob das Mädchen es in einem Buch gelesen hatte. Er lauschte aufmerksam, was die Puppen dazu zu sagen hatten, und bekam den Eindruck, dass der Bruder und die Schwester sich das Gedicht ausgedacht hatten, als sie noch klein waren – offensichtlich als Gedankenstütze, um sich etwas leichter merken zu können. Auf Geheiß der Schwester musste der Bruder es wiederholen, und dieses Mal hörte Ruben noch aufmerksamer zu. Es klang wie ein echtes Piratenrätsel; der Teil mit dem X erinnerte ihn an eine Schatzkarte.

In der Ferne knallte erneut die Fliegengittertür. Ruben hörte das missbilligende Rufen einer Frau, aber es kam keine Antwort von dem Schuldigen, der die Tür hatte zuschlagen lassen. Das Mädchen verstummte. Von Gras gedämpfte Schritte näherten sich der Tür zum Ölhaus.

»Wie geht's, Rotschopf«, ertönte die träge, halb nuschelnde Stimme eines jungen Mannes. Seine Begrüßung war zwar als Frage formuliert, klang aber eher wie eine Aussage, und müde und resigniert noch dazu. Die Worte wurden in einer Art Seufzer ausgehaucht.

»Mom hasst es, wenn die Türe knallt«, sagte das Mädchen.

»Und warum hast du es dann gemacht?«

»*Ich* hab's nicht *absichtlich* gemacht!«, protestierte das Mädchen.

»Und wer sagt, dass *ich* es gemacht habe?«

»Du hättest dich entschuldigen können.« Der junge Mann antwortete nicht darauf und das Mädchen ließ die Sache auf sich beruhen. »Hmm …« Sie schien zu überlegen, was sie sagen sollte. »Arbeitest du heute Abend wieder im Jachthafen?«

»Wohl kaum. Ich hab noch keinen Anruf bekommen. Die sind wohl noch in der Planung.«

»Und was machen wir jetzt? Soll ich auf deinem Rücken sitzen, während du Liegestütze machst? Du könntest versuchen, einen neuen Rekord aufzustellen.«

»Vielleicht später«, entgegnete der junge Mann, der offensichtlich der Bruder des Mädchens war. Seine Stimme war von der Tür gekommen (Ruben hatte sich vorgestellt, wie er an den Türpfosten gelehnt dastand), doch jetzt schloss er die Tür hinter sich und durchquerte den Raum in Richtung des Ölfasses. Ruben machte sich unsichtbar. Es gab ein schlurfendes Geräusch, dann einen dumpfen Schlag, und erneut befürchtete Ruben, den Herzschlag bis zum Hals, dass er entdeckt worden war. Aber der junge Mann hatte sich lediglich auf das Ölfass gestemmt, um sich daraufzusetzen.

»Da hinten ist eine Bank«, sagte das Mädchen.

»Ach, das soll eine Bank sein? Ich habe mich schon gewundert.«

»Du machst nie, was die Leute von dir erwarten«, sagte das Mädchen.

»Nein, das überlasse ich dir. Zehn Jahre alt und schon die Meyer-hafteste von allen Meyers.« Er rutschte ein wenig auf dem

Fass herum. »Im Übrigen hast du doch erwartet, dass ich zu dir komme, oder nicht?«

Jetzt war es an dem Mädchen zu schweigen. Nach einer Pause sagte ihr Bruder: »Erzählst du mir, was auf dieser Übernachtungsparty passiert ist? Es war deine erste, oder?«

Wieder entstand eine Pause, und dann: »Nur das Übliche.«

»Sie haben dich geärgert.«

»Nicht alle«, entgegnete das Mädchen. Sie sprach jetzt so leise, dass Ruben sie kaum verstehen konnte. »Ist nicht so schlimm. Manche sind halt einfach gemein.« Sie schniefte, erst einmal, dann noch mal, und Ruben begriff, dass sie weinte.

Der junge Mann sprang vom Ölfass und ging zu ihr hinüber. Er sagte so leise etwas zu ihr, dass Ruben die Worte nicht verstand. Nach einem kurzen Moment murmelte das Mädchen eine Antwort, woraufhin ihr Bruder schnaubte und sagte: »Siehst du? Genau davon rede ich. Neunmalklug.« Eiswürfel klackerten, gefolgt von einem übertriebenen Schlürfen. »Ah! Das ist mal eine gute Limonade. Ich glaube, die trinke ich leer ... Was? Nein? Oh, was für ein Blick! Sehr böse. Offenbar hast du geübt.«

Wieder murmelte das Mädchen etwas, was den Mann zum Kichern brachte. Der Wortwechsel ging noch eine Weile so weiter, bis Ruben auch das Mädchen lachen hörte.

»Das gefällt mir schon besser«, sagte ihr Bruder. »Also gut. Ich lass dich mal wieder mit der alten Penelope allein. Wo ist sie diesmal reingeraten?«

»Schlamassel«, erwiderte das Mädchen, »worin denn sonst?«

»Hervorragend. Ich hoffe, sie macht weiter so.«

Die Tür wurde geöffnet und die Schritte des jungen Mannes entfernten sich. Doch das Mädchen spielte nicht weiter mit den Puppen, sondern stand auf und ging zur Tür. Ruben vermutete, dass sie ihren Bruder beobachtete. Er versuchte, sie durch bloße Willenskraft dazu zu bringen, ihm nachzugehen. Er war inzwischen so ausgedörrt, dass er an nichts anderes denken konnte als an seinen Durst.

Und tatsächlich hörte er nach ein paar quälend langen Sekunden, wie das Mädchen seufzte und hinausging. Er wartete, dann reckte er sich vorsichtig und spähte über das Fass. Er war allein – das entfernte Knarren der Fliegengittertür bestätigte es – und das Limonadenglas stand immer noch auf der Bank. In seiner Hast, hinter dem Ölfass hervorzukommen, fiel Ruben beinahe kopfüber zu Boden. Das Glas war so gut wie leer, und das bisschen Flüssigkeit, das sich noch darin befand, bestand weniger aus Limonade als aus Eiswasser, aber das war Ruben egal. Er schlang es hinunter und zerbiss dann die letzten Eiswürfel, bis sein Mund vor Kälte schmerzte.

Er war sicher, dass das Mädchen zurückkommen würde. Sie hatte zwar die Puppen mitgenommen, aber die Decke und das Limonadenglas dagelassen. Ruben zog die Uhr auf und überlegte, wie er sich zu erkennen geben sollte. Wenn er es falsch anstellte, könnte es sein, dass das Mädchen wegrannte und seinen Bruder holte, und der Gedanke, mit Erwachsenen zu reden, erfüllte ihn mit Schrecken.

Er trat an die Tür, um nach dem Mädchen Ausschau zu halten. Wenn irgendjemand anders käme, würde er verschwinden. Er beobachtete das Haupthaus und überlegte, was er sagen könnte.

Hi, ich heiße Ruben. Weißt du zufällig irgendwas über eine Uhr, die Menschen unsichtbar machen kann? Und kannst du mir auch sagen, woher der Schatten davon weiß? Und weißt du zufällig, wer noch davon wissen könnte? Ich muss wissen, womit ich es zu tun habe, damit ich herausfinden kann, wie ich meine Mom aus der

Stadt schmuggeln kann, die voll ist mit diesen Typen, die Späher genannt werden und die nach mir suchen. Nein, ich kann es meiner Mom nicht einfach sagen. Sie würde mich zwingen, die Uhr wegzugeben, aber dann wären wir immer noch in Gefahr, da bin ich mir sicher. Es ist ziemlich kompliziert ...

Ruben stöhnte und rieb sich die Stirn. Das würde nicht einfach werden. Besonders, weil er nicht die Wahrheit sagen konnte. Zumindest nicht die ganze. Die Uhr musste vorerst sein Geheimnis bleiben. Was würde er also erzählen?

Er suchte immer noch nach einer Antwort, als die Fliegengittertür geöffnet wurde und das Mädchen ins Sonnenlicht hinaushüpfte. Gerade rechtzeitig fiel ihr die Tür wieder ein und sie streckte schnell einen Fuß nach hinten aus, um sie aufzuhalten, bevor sie zuknallte. Dann hüpfte sie weiter – offensichtlich hielt sie sich nicht lange mit schlechter Laune auf. Als sie näher kam, erkannte Ruben, dass sie gar keinen roten Hut aufhatte, sondern eine wahre Pracht an drahtigen, leuchtend roten Locken, die von ihrem Kopf abstanden wie nach einem Vulkanausbruch und mit jedem ihrer Schritte auf und nieder wippten. Sie trug Sandalen und ein leichtes blaues Sommerkleid und hielt eine der Puppen in jeder Hand.

Ruben wich von der Tür zurück. Wie er es auch anstellte, sie würde sich vermutlich so oder so erschrecken. Erwartungsgemäß kreischte sie auf, als sie durch die Tür hüpfte und ihn mitten im Raum stehen sah. Sie ließ die Puppen fallen, schlug die Hände vor den Mund und machte einen Satz zurück.

»Tut mir leid!«, rief er und hielt entschuldigend die Hände hoch. »Tut mir leid. Ich wollte dich nicht erschrecken.«

Das Mädchen starrte ihn einen Moment lang mit großen Augen an. Dann brach sie in das hellste Lachen aus, das Ruben je gehört hatte. Sie klopfte sich mit den Händen gegen die Brust und krümmte sich vor Lachen. Als sie sich wieder aufrichtete, standen ihr Tränen in den Augen. »Tja, hast du aber«, sagte sie und fächerte sich sehr ulkig Luft in die Augen.

»Wow! Du hast mich zu Tode erschreckt! Wer bist du?« Ihre Augen (die so grün waren wie Gras) sahen sich suchend im Ölhaus um, als könne sie hier eine Antwort finden. »Und wie bist du überhaupt hierhergekommen?«

Ihre Augen richteten sich wieder auf ihn. Nachdem sie ihren ersten Schrecken überwunden hatte, schien sie einfach nur verblüfft zu sein. Ihr rundes Gesicht war vollständig von Sommersprossen bedeckt und ihre oberen beiden Schneidezähne standen ein klitzekleines bisschen vor, wenn sie lächelte. Sie sah ganz anders aus, als Ruben erwartet hatte, aber nachdem er sie nun gesehen hatte, fand er, dass ihre Erscheinung perfekt zu ihrer Stimme passte. Er hätte nicht erklären können, warum.

»Kannst du auch noch was anderes sagen?«, fragte sie ihn. »Oder war es das schon?«

»Tut mir leid«, begann Ruben, woraufhin das Mädchen ihm einen schiefen Blick zuwarf. »Ich meine, ja, natürlich kann ich das.« Er spürte, wie seine Schüchternheit zurückkehrte, und kämpfte dagegen an. »Ich bin in der Gegend, weil ich jemanden besuche. Ich wollte wissen, ob ich mir mal den Leuchtturm ansehen kann.«

»Hast du mal nach oben geschaut?«, fragte das Mädchen und deutete mit dem Daumen über ihre Schulter in Richtung Turm. »Es ist das große weiße Ding mit der grünen Kuppel.« Sie bemerkte Rubens unsicheren Gesichtsausdruck und sagte schnell: »Ach, ich mach doch bloß Spaß! Entschuldige, ich wollte nicht unhöflich sein.«

Sie nahm die Puppen in eine Hand und streckte die andere aus. »Ich bin Penny Meyer.«

Ruben nannte ihr seinen Vornamen und sie gaben sich die Hand. Ihm fiel auf, dass sie ihre Puppen wie beiläufig hinter dem Rücken versteckte. Das fand er witzig. Sie musste doch wissen, dass er sie gesehen hatte. Vielleicht hoffte sie, er würde die Puppen vergessen. Oder zumindest nicht so unhöflich sein würde, sie zu erwähnen. Er hätte ihr gern gesagt, dass sie sich keine Sorgen zu machen brauchte – wenn er noch nicht zu alt war, um Spion zu spielen, dann war sie auch nicht zu alt, um mit Puppen zu spielen. Natürlich konnte er ihr das nicht sagen. Er spürte, wie seine Zunge erstarrte, und schwieg wieder.

»Lass uns noch mal von vorn anfangen«, sagte Penny und setzte sich auf die Bank. »Du hast mir noch nicht gesagt, wie du hierhergekommen bist. Es ist Ebbe!« Ihre Augen huschten zu seinen Schuhen (um sie nach Schlamm abzusuchen, vermutete Ruben) und zurück zu seinem Gesicht. »Bist du ein Zauberer oder so was?«

»Kein Besen. Nur Stiefel. Ich habe sie unten beim Bootsanleger gelassen.«

»Aha!«, sagte Penny, als verstehe sie, sah aber immer noch verwirrt aus.

»Gummistiefel«, erklärte Ruben. »Ich bin mit ihnen durch den Schlamm gestapft.«

»Ja, ja, ich weiß schon. Ich frage mich nur, warum dich niemand hat kommen sehen.«

Ruben spürte, wie seine Wangen heiß wurden. Er zuckte mit den Schultern. »Es war niemand draußen.«

»Vielleicht nicht«, erwiderte Penny, »aber Luke ist oben im Wachraum und …« Sie runzelte die Stirn und schüttelte dann den Kopf. »Ach, was soll's! Jetzt bist du hier und ich nehme dich beim Wort, dass du nicht geflogen bist. Also, wen besuchst du? Ich kenne so ziemlich jeden in Point William, und niemand hat einen Ruben erwähnt, der ihn besuchen kommt. Ein Junge mit einem so außergewöhnlichen Namen? Daran würde ich mich bestimmt erinnern. Nicht, dass es ein schlechter Name wäre! Ich mag ihn.« Und als müsse sie beweisen, dass sie es ernst meinte, wiederholte sie noch einmal: »Ruben.« Sie nickte zustimmend. »Also, wen besuchst du?«

Ruben beschloss, das Risiko einzugehen. »Dich.«

»Mich?«, erwiderte Penny und zuckte zurück, als würde sie einer Ohrfeige ausweichen wollen. Sie musterte ihn eindringlich. »Und du machst keine Witze?«

Ruben schluckte und begegnete ihrem Blick. »Nein, ich bin wirklich gekommen, um dich zu sehen. Oder zumindest irgendjemanden hier – irgendjemanden vom Leuchtturm Point William. Aber du bist es, mit der ich gern darüber reden würde. Ich habe etwas gefunden ... etwas sehr Altes und Ungewöhnliches. Und ich habe etwas darüber herausgefunden, das mich hierher geführt hat, zu dir. Ich weiß, das klingt seltsam, aber es stimmt. Ich bin in einer ziemlich ernsten Situation, und ich muss wissen, ob du mir sagen kannst ...« Er verstummte, zum einen, weil er nicht genau wusste, wie er weiterreden sollte, aber vor allem, weil Pennys Augen mit jedem Wort größer und größer geworden waren.

Es entstand eine kurze Stille, als bräuchten Rubens Worte eine Weile, um zu ihr durchzudringen. Doch dann schrie Penny plötzlich auf. Sie sprang auf die Füße, schleuderte ihre Puppen in eine Ecke und verschränkte mit einem Ausdruck grenzenlosen Erstaunens die Hände ineinander. Mit offenem Mund und weit aufgerissenen Augen starrte sie Ruben an und bewegte ihre Lippen ein oder zwei Mal, bevor sie es endlich fertigbrachte, etwas zu sagen. Und was sie sagte, ließ wiederum Ruben staunen:

»Also bin *ich* es«, sagte Penny ehrfurchtsvoll. »Ich. Und *du*. Du bist derjenige, der zu uns kommt. Nach so vielen Jahren! Nach mehr als einem *Jahrhundert*, Ruben!« Sie ergriff ihn bei den Schultern und blickte ihn entgeistert an. »Nach all dieser Zeit – sind es *wir*.«

PENELOPES GESCHICHTE

Einige Sekunden lang starrten sie sich an. Ruben hatte so eine dramatische Reaktion nicht erwartet. Noch während er angestrengt überlegte, was er antworten sollte, erlöste Penny ihn unvermittelt, indem sie zur Tür herumwirbelte und rief: »Ich muss es den anderen sagen!«

Ruben sprang nach vorn. »Nein, bitte nicht!«, zischte er und griff nach ihrer Hand. Sie blieb stehen und drehte sich überrascht um. »Nur du sollst wissen, dass ich hier bin. Niemand sonst.«, sagte er mit beschwörendem Blick. »Vorerst zumindest. Nur du, okay?«

Und so blieb Penny im Ölhaus und willigte schließlich – nach einigem Flehen von Rubens Seite – ein, ihm zu erzählen, was hier vor sich ging. Oder besser, sie fing an, es ihm zu erzählen; dann änderte sie ihre Meinung. Dann änderte sie sie wieder. Und wieder.

Sie zögerte deswegen, gestand sie ihm (nachdem Ruben irgendwann so aussah, als würde er vor Verzweiflung sterben), weil die Geschichte, die sie ihm erzählen würde, das bestgehütete Geheimnis der Familie war.

Ihr und ihren Brüdern war es strengstens verboten, es irgendjemandem außerhalb der Familie zu verraten. Tatsächlich, sagte sie, war die Geschichte noch nie irgendjemandem außerhalb der Familie erzählt worden. Noch nie. Niemandem.

Doch obwohl Penny sich ziemlich anstellte, zierte sie sich nicht *vollkommen*. In Wahrheit konnte sie es kaum erwarten, ihm die Geschichte zu erzählen, und zögerte nur wegen der Familienregeln. Schließlich überzeugte sie sich, dass Ruben nicht einfach irgendjemand war – er war der Schlüssel zu allem, war sozusagen ein *Teil* des Geheimnisses selbst. Außerdem stellte er wohl kaum eine Bedrohung dar. Er war nur ein Junge, und ein vertrauenswürdiger obendrein.

»Du *bist* doch vertrauenswürdig, oder?«, fragte Penny.

Ruben versicherte ihr, es zu sein – mit etwas mehr Überzeugung, als er tatsächlich verspürte.

»Also gut«, erwiderte sie. »Ich erzähle es dir. Aber du musst schwören, dass du es ohne meine Erlaubnis keiner Menschenseele weitererzählst.«

Ruben tat wie geheißen.

Und so erzählte ihm Penny schließlich Penelopes Geschichte.

Der Leuchtturm von Point William war laut Penny fast genauso alt wie das Land selbst. Und von Anfang an gehörten die Leuchtturmwärter von Point William zur Familie Meyer. Der Schutz der Schiffe bei dunklem und schlechtem Wetter war eine äußerst wichtige Aufgabe, die niemals unbesetzt bleiben oder einem unzuverlässigen Wärter übertragen werden durfte. Am Leuchtturm von Point William war so etwas Undenkbares niemals vorgekommen, denn es gab immer einen Meyer, der bereit war, diese Aufgabe zu erfüllen.

Jede Generation der Meyers betrachtete es als eine heilige Pflicht, das Licht zu hüten, und sie erfüllten diese Pflicht zuverlässig und unermüdlich. *Auch wenn der Gouverneur paddelt und der Präsident planscht*, lautete ein regionales Sprichwort, *wird ein Meyer immer schwimmen.*

Die Meyers galten als eine Institution von soliden, ehrenhaften Leuten mit gesundem Urteilsvermögen, die niemals vom rechten Wege abkamen. Tatsächlich waren sie so hoch angesehen, dass, als eines Tages eine unberechenbare, unkonventionelle, rücksichtslose und tollkühne Meyer auftauchte, niemand in Point William oder sonst irgendwo wusste, was er mit ihr anfangen sollte.

(*Ihr?*, dachte Ruben. Und dann, mit einem Prickeln der Erkenntnis: *Penelope!*)

War es nicht unvermeidlich gewesen? Generationen von Kindern, an die Insel und an die heilige Pflicht gebunden, Schiffe zu beobachten? Schiffe mit exotischer Fracht aus fernen Ländern; beladen mit unbekannten Gewürzen, so scharf und in solchen Mengen, dass sie sogar über das Meer hinweg in der Nase kitzelten; Schiffe voller seltsamer Tiere, deren Gackern und Knurren bis zu den ans Land gefesselten Kindern hinüberschallte und ihnen eine Gänsehaut über den Rücken jagte. Vor allem aber Schiffe, deren Besatzungen und Passagiere eine Reise unternahmen, die an einem unbekannten Ort ihren Anfang genommen hatte und an einem unbekannten Ort enden würde, auf diesem Ozean oder auf einem anderen. All diese Kinder, all diese Schiffe, all diese Jahre! War es da wirklich verwunderlich, dass sich zumindest ein Kind danach sehnte, die Welt zu entdecken?

Solch ein Kind war Penelope Meyer. Um es rundheraus zu sagen, wie sie es selbst getan hätte: Penelope war eine Abenteurerin. Im Alter von zwölf Jahren brachte sie ihrem jüngeren Bruder Jack alle möglichen Dinge bei, zum Beispiel Honig aus Bienenstöcken zu stehlen und Kuchen von Fensterbrettern, im strömenden Regen ein Lagerfeuer zu machen und so komplizierte Knoten zu knüpfen, dass niemand außer ihr sie wieder aufbekam. Mit dreizehn baute sie ihr erstes eigenes Floß. Als es sich als seeuntauglich erwies und anderthalb Kilometer von der Küste entfernt sank, schwamm sie zurück, wrang ihre Klamotten aus und verkündete, ein besseres bauen zu wollen.

»Ich weiß, welchen Fehler ich gemacht habe«, sagte sie zu Jack, als er sie anflehte, es nicht noch einmal zu versuchen (denn Jack vergötterte seine Schwester und zog vor, dass sie am Leben blieb). »Ich mache denselben Fehler nicht noch mal!«

Und das tat sie auch nicht – weder damals noch jemals danach. Mutig genug, um Risiken einzugehen, klug genug, um aus ihren Fehlern zu lernen, wuchs Penelope Meyer zu einer jungen Frau heran, die Hosen trug anstatt Röcke, auf Pferden ritt und auf Booten segelte (die beide meist ohne das Wissen ihrer Besitzer ausgeliehen wurden) und mindestens genauso bereitwillig schien, sich mit einem Mann zu prügeln, wie vor ihm einen Knicks zu machen. Ihre Eltern liebten sie, konnten aber nichts mit ihr anfangen. Ihr Bruder war nicht in der Lage, sie im Zaum zu halten, auch wenn er ihre Wunden versorgte und ihren Geschichten lauschte. Und als sie mit siebzehn auf einem Schiff mit Ziel Gibraltar anheuerte (Jack fand ihren Brief zwei Tage später), reagierte niemand in Point William ernsthaft überrascht.

In den folgenden Jahren bekam Jack Briefe aus so vielen verschiedenen Häfen in so vielen verschiedenen Ländern, dass er Schwierigkeiten hatte, den Überblick zu behalten. Die Karte, die er an die Wand seines Zimmers hängte, quoll nahezu über vor Stecknadeln.

Zwei Jahre nachdem sie nach Gibraltar aufgebrochen war,

kehrte Penelope nach Point William zurück, um ihre Familie zu besuchen. Sie segelte auf einem Klipper in den Hafen, sonnengebräunt, hochgewachsen und schlank, mit wehenden roten Haaren, die unter einer Tellermütze hervorquollen. Als Geschenk hatte sie ihrer Mutter einen wunderschönen seidenen Kimono mitgebracht und ihrem Vater ein ausgestopftes Beuteltier. Ihre Eltern nahmen die Geschenke mit den angemessenen Ausrufen der Verwunderung entgegen, obwohl es ihnen zweifellos wichtiger war, dass ihre Tochter ihnen versicherte, über ausreichend Geld zu verfügen, eine Menge Freunde zu haben, die alle beinahe so loyal waren wie Jack, und sich niemals ernsthaft in Gefahr zu begeben.

Sobald sie und Jack allein waren, zeigte sie ihm jedoch, wo eine Schlange sie direkt über dem Knie gebissen hatte (»schmerzhaft, aber nicht tödlich«, versicherte sie ihm, als er erblasste), und ihm als Andenken eine zerkratzte und verformte Gewehrkugel gab, die ganz offensichtlich aus einer Waffe abgefeuert und dann – aus was (oder wem?) auch immer – wieder herausgeholt worden war. Jack nahm das Geschenk feierlich entgegen, bat sie jedoch inständig, ihm nicht die Geschichte zu der Kugel zu erzählen, es sei denn, sie würde ihn auffangen, wenn er ohnmächtig zu Boden fiel.

Penelope stimmte lachend zu, unter diesen Umständen die Geschichte wohl lieber für sich zu behalten.

Die Abstände zwischen Penelopes Besuchen auf Point William wurden mit jedem Abschied länger. Nach dem ersten Besuch kehrte sie nach drei Jahren zurück; nach dem nächsten waren es schon fünf. Jedes Mal hatte sie mehr Geschenke, mehr Geschichten, mehr Narben im Gepäck. Und jedes Mal, wenn er seine geliebte Schwester wieder verabschieden musste, fragte sich Jack, ob es das letzte Mal sein würde, dass er ihr sorgloses Lächeln und Winken sah. Aus ihren Briefen, aber mehr noch aus ihren Erzählungen, wenn sie unter sich waren, wusste er, dass es an ein Wunder grenzte, dass sie überhaupt noch lebte.

Und tatsächlich kam eine Zeit, in der Penelopes Besuche nur noch schöne Erinnerungen waren. Sie schrieb Jack noch viele Jahre, doch mit einem Mal wurden ihre Briefe geheimnisvoll und seltsam. Sie hatte sich, wie Jack wusste, mit einem Gelehrten und Abenteurer zusammengetan, der durch sein großes Wissen und ehrgeiziges Wesen einige seltene Entdeckungen gemacht hatte und als Folge davon beständig reicher geworden war. (»Er besitzt Bücher, Jack, wie du es dir kaum vorstellen kannst, und Manuskripte und Schriftrollen älter als Berge. Er weiß Dinge, die niemand anderes weiß und jemals wissen wird. Ich vertraue ihm kein bisschen, aus Gründen, mit denen ich dich nicht belasten möchte, aber ich bewundere seinen Scharfsinn und seinen Wagemut und habe die Hoffnung, dass er mir all meine Träume erfüllen wird. Ich bin sicher, dass es funktioniert, solange ich nur meinen Verstand beisammenhalte – und meine Hand am Holster.«)

Es war nicht der erste Brief, in dem sie von geheimnisvollen Bekanntschaften oder Partnern schrieb, aber es war der letzte. Jack erhielt in jenem Jahr noch einige weitere Briefe, aber sie verwiesen nicht mehr auf irgendetwas oder irgendjemand Speziellen, und Jack hatte den unschönen Eindruck, dass Penelope ihm nur noch schrieb, um ihn wissen zu lassen, dass sie noch lebte. Später, als die Briefe ganz aufhörten, fragte sich Jack, ob sie vielleicht auch geschrieben hatte, um sich jemandem näher zu fühlen, den sie geliebt und dem sie vertraut hatte, egal wie weit entfernt derjenige auch sein mochte.

Die Zeit verging, wie die Zeit es eben tut. Viele Jahre lang war

Jack zu sehr mit Gedanken an Penelope und an seine alten Eltern beschäftigt, um viel über sich selbst nachzudenken. Erst als er schon mittleren Alters war und allein auf der Insel lebte, lächelte das Glück auf Jack Meyer nieder. Die Tochter des Dorfarztes, eine strahlende junge Frau, die von jedem Mann im Dorf bewundert wurde, verliebte sich – ausgerechnet! – in den Leuchtturmwärter und bestand darauf, dass er sie heiratete.

Jack, ebenfalls verzaubert von der wundervollen April Jones, behauptete nichtsdestotrotz, dass er zu alt für sie sei und dass sie es eines Tages bereuen würde, ihn geheiratet zu haben. Doch April argumentierte vehement dagegen, und so war Jack gezwungen, nachzugeben und glücklich zu werden.

Ganz Point William atmete erleichtert auf. Alle hatten sich gefragt, was geschehen würde, wenn Jack Meyer alt wurde und starb. Schließlich war es undenkbar, dass jemand anderes als ein Meyer je das Licht hütete. Das Glück lächelte also nicht nur auf Jack nieder, sondern auf das ganze Städtchen.

Schon bald bekamen Jack und April einen kleinen Jungen, und das Jahr nach der Geburt des Babys war das glücklichste, das Jack seit seiner Kindheit gehabt hatte. Pfeifend ging er seinen Verpflichtungen nach; vom Festland und den Decks der vorbeifahrenden Schiffe aus sah man oft, wie er das Baby in den Armen wiegte oder es lachend durch die Luft wirbelte. Natürlich schwärmte er auch für April, die erwartungsgemäß ebenso für ihn schwärmte.

Und so kam es, dass Jack, als er spät an einem Herbstabend auf der Suche nach seiner Brille sein dunkles Arbeitszimmer betrat und das Fenster offen vorfand, so zufrieden und sorgenfrei war wie noch nie zuvor in seinem Leben – und wie er es nie wieder sein würde.

Vor sich hin pfeifend (leise, denn das Baby schlief im Nebenzimmer), verdutzt, aber nicht beunruhigt, stellte Jack seine Lampe auf den Schreibtisch, lehnte sich aus dem Fenster, schloss erst die Fensterläden und dann das Fenster selbst. Erst als er sich wieder zum Raum umwandte, wurde ihm bewusst, dass er nicht allein war.

In der Ecke hinter der Tür stand ein Mann.

Jack hatte sich so daran gewöhnt, auf das Baby Rücksicht zu nehmen, dass selbst sein alarmierter Ausruf nicht lauter als ein Flüstern war. Der Mann trug einen langen Reiseumhang und einen uralt aussehenden Hut, der sein Gesicht in Schatten hüllte.

»Hallo, Jack«, sagte der Mann mit so vertraut klingender Stimme, dass Jacks Angst von einer Sekunde auf die andere in Fassungslosigkeit umschlug. Als der Mann seinen Hut abnahm, kamen sowohl sein Gesicht als auch eine Fülle lockiger roter, mit weißen Strähnen durchzogener Haare zum Vorschein, und Jack erkannte, dass das Gesicht, das ihn anlächelte, mitnichten das eines Mannes war.

PENELOPES GESCHICHTE, TEIL 2

»Guck nicht so überrascht«, sagte seine Schwester. »Es waren doch nur zwanzig Jahre.« Sie überwand die Entfernung zwischen ihnen mit drei forschen Schritten und schlang ihre Arme um Jack.

Er brauchte einen Augenblick, um sich von dem Schock zu erholen. »Penelope!«, flüsterte er schließlich. »Du lebst!«

Penelope löste sich aus der Umarmung und klopfte ihm ein paar Mal kräftig auf die Schulter.

»Natürlich lebe ich, Jack«, erwiderte sie und sah beleidigt aus. »Du weißt genau, dass ich dir Bescheid gesagt hätte, wenn es nicht so wäre.«

Dann lachte sie und küsste ihn auf die Wange.

Sie sahen sich eine Weile lang schweigend an. Penelope, bemerkte ihr Bruder, hielt sich so aufrecht wie immer, aber der helle Teint ihrer Jugend war verschwunden. Ihre Haut war fleckig und von Falten durchzogen, wie ein mit Kaffeeflecken übersätes Pergament, das man zerknüllt und dann wieder glatt gestrichen hatte. Sie hatte dunkle Ringe unter den müden Augen und eines ihrer Ohrläppchen war auffallend entstellt, wahrscheinlich von einer Begegnung mit einem Reißzahn oder einer Klinge. Es umgab sie eine Ernsthaftigkeit, eine Schwere, die er von früher nicht kannte. Sie sah so stark aus wie eh und je, aber sie wirkte auch … Was war es?, fragte sich Jack.

Gehetzt. Rastlos. Da seine Schwester nicht merken sollte, was in ihm vorging, senkte Jack den Blick und stellte fest, dass ihre kniehohen Stiefel mit schwarzem Schlamm verschmiert waren.

»Ich habe gewartet, bis Ebbe ist«, sagte Penelope, was keinen Sinn ergab. Jack war sich nicht sicher, ob er sie richtig verstanden hatte. »Ich habe versucht, das meiste von dem Schlamm abzukratzen. Schließlich will ich es mir nicht mit deiner Frau verscherzen.«

Jack zuckte zusammen und sah auf. »Meine Frau! April! Guter Gott, du hast sie ja noch gar nicht kennengelernt!« Er gluckste. »Sie behauptet immer, dass ich sie nicht überraschen kann, egal, wie viel Mühe ich mir gebe. Aber ich glaube, dieses Mal gelingt es mir. Sie ist vorhin zu Bett gegangen. Ich hol sie und dann kannst du uns alles erzählen. Ich würde ja gern Jack junior aus seiner Wiege holen – aber nein, wir werfen nur einen kurzen Blick auf ihn, und morgen kannst du … Penelope, was ist los?«

Der Gesichtsausdruck seiner Schwester hatte sich verfinstert. »Ihr habt ein Kind?«

»Natürlich. Unseren Sohn Jack. Er ist schon über ein Jahr alt. Warum, was ist los?«

Penelope schüttelte den Kopf. »Das ändert die Dinge«, murmelte sie. »Ich hätte nicht herkommen sollen. Ich wäre es auch beinahe nicht. Aber ich wollte dich sehen, und … ach, Jack, du bist der einzige Mensch, dem ich vertraue. Der Einzige auf der ganzen Welt.«

Jack wurde augenblicklich ernst und starrte seine Schwester an. »Ich hole April«, sagte er. »Dann kannst du alles erklären.«

»Ich kann nicht alles erklären –«

»Dann erklärst du so viel wie möglich.« Kurz darauf kehrte Jack mit seiner jungen Frau zurück, die Penelope umarmte, als sei sie ihre eigene geliebte Schwester.

»Fühl dich wie zu Hause«, sagte April nach der Begrüßung. »Jack, du musst ihr Mantel und Hut abnehmen und ihr eine Decke bringen ...«

Schon bald saßen sie mit Teetassen in der Hand um den Kamin im Wohnzimmer. Penelope hatte einen Teller mit heißen Bohnen und Brot vor sich stehen – mehr, so sagte sie, bekäme sie heute Abend nicht hinunter. Sie hatte die Stiefel ausgezogen; Mantel und Hut waren aufgehängt; eine Decke lag über ihren Beinen. Sie hätte das perfekte Bild friedlicher Häuslichkeit abgegeben, hätte nicht der glänzende Revolver auf dem Tisch neben ihrem Stuhl gelegen. Die Pistole war zum Vorschein gekommen, als sie Jack ihren Mantel gegeben hatte, und mit einer Entschuldigung an April (deren Augen sich beim Anblick der Waffe geweitet hatten) hatte sie sie aus dem Holster genommen, um es sich bequem machen zu können.

»Du musst dich nicht entschuldigen«, sagte April, die sich schnell wieder gefangen hatte. Und obwohl Jacks Blick den ganzen Abend über immer wieder auf die Waffe fiel, sah April kein einziges Mal in ihre Richtung, als würde sie genauso selbstverständlich zur Einrichtung gehören wie ein Spitzendeckchen.

Während Penelope ihr einfaches Mahl zu sich nahm, lauschte sie Jacks und Aprils Erzählung von allem, was sich seit ihrem letzten Besuch in Point William vor so vielen Jahren ereignet hatte. Nachdem sie fertig gegessen hatte, gab sie den beiden mit einer Geste zu verstehen, sitzen zu bleiben, stand dann auf und steckte die Waffe zurück in das Holster. Schweigend beobachteten Jack und April, wie Penelope ans Fenster trat, den Vorhang wenige Zentimeter zur Seite zog, hinausspähte und ihn dann wieder zufallen ließ. Aus einer tiefen Tasche ihrer locker sitzenden Hose zog sie etwas, das weder Jack noch April erkennen konnten, da sie es geschickt mit ihrem Körper verdeckte. Nach einem flüchtigen Blick steckte sie den Gegenstand wieder in die Tasche. Jack hatte den Eindruck, dass sie auf eine Uhr gesehen hatte, konnte sich jedoch nicht erklären, warum sie das derart heimlich machte. Vielleicht hätte er gar nicht mehr über den Vorfall nachgedacht, hätte sie die merkwürdige Geste nicht noch mehrmals am Abend wiederholt.

»Ich weiß nicht, ob du dich erinnerst, Jack«, sagte sie und kehrte zurück ans Feuer, »oder ob du überhaupt einen meiner letzten Briefe bekommen hast. Ich habe mich mit einem Mann namens Bartholomew zusammengetan … Ja? Du erinnerst dich an ihn? Ich glaube, ich habe nur zwei Mal über ihn geschrieben, bevor ich mich eines Besseren besann und seinen Namen nicht mehr in einem Schriftstück erwähnte. Wenn er davon erfahren hätte, hätte er mich umgebracht. Ein sehr gefährlicher Typ, dieser Bartholomew. Sehr gefährlich. Der einzige Mann, den ich jemals wirklich gefürchtet habe. Als ich ihn das erste Mal traf, wusste ich bereits nach fünf Minuten, dass er intelligenter war als jeder, den ich kannte, mich eingeschlossen. Und ich halte sehr viel von mir, wie du sicher weißt, Jack. Trotzdem glaubte ich, dass ich mit Bartholomew zurechtkommen würde, wenn ich nur vorsichtig wäre.«

»Du hast gehofft, dass er dir all deine Träume erfüllen würde«, sagte Jack, der Aprils Hand fest in der seinen hielt.

»Und das hat er auch. Doch die Träume entpuppten sich schnell als Albträume. Jahrelang war ich von Verrat umgeben, von boshaften Menschen, die hinter jeder Ecke lauerten, in jedem Schatten, hinter jeder Tür. Menschen, die dasselbe wollten wie Bartholomew – und die, als er es endlich in seinen Besitz gebracht hatte, vor nichts haltgemacht hätten, um es selbst in die Hände zu bekommen. Am Ende erwies er sich als schlauer als sie alle zusammen. Als er schließlich beschloss, *mich* zu töten, wusste ich zwar genau, was er vorhatte, sah aber trotzdem keinen Weg, es zu verhindern. Und eins sag ich euch: *Das* Gefühl ist richtig *fies*.«

»Du wusstest, dass er dich umbringen wollte?«, raunte April, die sich kaum traute, die Worte auszusprechen.

»Ja. Ich wusste schon seit sehr, sehr langer Zeit, dass dieser Tag kommen würde – der Tag, an dem ich ihm nicht mehr von Nutzen sein und er meine Existenz als Bedrohung empfinden würde. Ich kannte zu viele seiner Geheimnisse und er würde nicht riskieren, dass ich sie irgendjemandem weitererzählte.«

»Warum hast du nicht versucht zu fliehen?«, fragte Jack. »Bevor dieser Tag gekommen war?«

Penelope schüttelte den Kopf. »Die Lage war zu unsicher – die Gefahren drohten aus den unterschiedlichsten Richtungen. Ganz egal, wie beängstigend Bartholomew auch war, sein Schatten erwies sich nach wie vor als das sicherste Versteck. Oh, glaubt mir, ich habe von Anfang an nach der richtigen Möglichkeit gesucht zu entkommen – aber diese Möglichkeit ergab sich nie. Dann war es zu spät, und ich wusste, dass mein Ende besiegelt war.«

Penelope stand dicht am behaglichen Feuer, die Hände hinter dem Rücken verschränkt. In Gedanken befand sie sich jedoch Tausende Kilometer entfernt. Jack und April konnten es in ihren Augen erkennen.

»Was hat dich gerettet?«, fragte April schließlich.

Langsam wurden Penelopes Augen wieder klar. Sie sah die beiden an, lächelte halbherzig und winkte ab. »Glück. Pures Glück.

In der Nacht, bevor er seine letzte Falle zuschnappen lassen wollte, um an das kostbare Ding zu kommen, nach dem er so viele Jahre gesucht hatte, wurde Bartholomew von einer giftigen Spinne gebissen. Er fiel ins Delirium und lag bald zitternd und hilflos auf dem Boden. Ich dachte, dass der Biss ihn umbringen würde. Ich hätte es in jenem Moment tun können, und ich muss zu meiner Schande gestehen, dass ich der Versuchung beinahe erlegen wäre. Stattdessen nahm ich mir von ihm, was ich für meine Flucht benötigte, dann überließ ich ihn seinem Schicksal und machte mich aus dem Staub.«

»Aber er hat überlebt«, sagte Jack. »Bartholomew.« Er sprach den Namen voller Verachtung aus.

Penelope nickte. »Ich habe es geschafft, seinen Feinden zu entkommen, die ebenfalls hinter dem her waren, was ich ihm gestohlen hatte. Später fand ich jedoch heraus, dass Bartholomew noch lebte und mir auf den Fersen war. Was ich euch nun sage, wird euch nicht gefallen, aber es ist wichtig: Die ganzen Jahre über hat er mich verfolgt, bis in den letzten Winkel der Welt, und er tut es auch jetzt noch.«

April schnappte nach Luft. Jack sprang auf die Füße. »Was?«, rief er. »Auch hierher?« Mit einem wütenden Blick auf seine Schwester rannte er zur Tür und überprüfte den Riegel. Er wollte gerade den Raum durchqueren, um auch die Hintertür zu überprüfen, als Penelope ihn abfing.

»Nicht hier, Jack, nicht heute Abend, das schwöre ich!«, sagte sie und hielt ihn mit festem Griff zurück. »Das musst du mir glauben. Ich weiß, dass er heute Abend in New Umbra ist, und er kann unmöglich wissen, dass ich hierhergekommen bin.« Sie schaute flehend zu April. »Ihr müsst mir vergeben. Ich wusste nicht, dass ihr ein Kind habt! Ich habe jede nur denkbare Vorsichtsmaßnahme getroffen, aber wenn ich gewusst hätte, dass ihr ein Baby habt, hätte ich es nicht gewagt hierherzukommen.«

»Warum hast du aus dem Fenster gesehen?«, wollte Jack wissen. »Wenn du so sicher bist, dass dir dieses Monster nicht gefolgt ist, warum hast du dann solche Angst?«

»Gewohnheit, Bruder«, erwiderte Penelope, die immer noch seine Arme umklammerte. »Ständige Wachsamkeit hat mich am Leben gehalten, aber sie ist zugleich ein Fluch. Ich bin unentwegt misstrauisch. Ich bin unentwegt … und immerzu … misstrauisch.« Die letzten Worte sprach sie langsam und mit schwerer Zunge, und als sie seine Arme losließ, zitterten ihre Hände merklich. Jack fragte sich kurz, ob sie nicht eigentlich *abgekämpft* gesagt hatte. Denn in diesem Augenblick sah seine Schwester aus wie der erschöpfteste Mensch, den er je gesehen hatte.

»Woher weißt du, dass Bartholomew in New Umbra ist?«, fragte er.

»Ich weiß es einfach, Jack. Ich habe dir noch nicht alles erzählt. Bartholomew verfolgt nicht nur mich.« Sie blickte ihm direkt in die Augen, damit er die Wahrheit in ihren Worten erkannte. »Ich verfolge auch *ihn*.«

Jack blinzelte verwirrt. »Das verstehe ich nicht.«

»Natürlich nicht, denn was ich dir erzähle, klingt total verrückt. Mein Leben dreht sich nicht mehr um mich, Jack. Es dreht sich darum, einer Boshaftigkeit Einhalt zu gebieten, die in dieser Welt Jahrhunderte überdauert hat. Ich bin in der Lage dazu, und bis zu meinem letzten Atemzug werde ich alles dafür tun, damit mir das auch gelingt.«

»Warum bist du hierhergekommen, Penelope?«, fragte April, und als sie sich ihr zuwandten, bemerkten sie überrascht, dass sie das Baby im Arm hielt. Sie war bei der ersten Erwähnung von

Gefahr zur Wiege geeilt und drückte ihren Sohn nun zärtlich an sich, während er ungestört weiterschlief.

»Ich bin gekommen«, erwiderte Penelope zögernd, »weil es mir eventuell *nicht* gelingt, bevor ich sterbe. Ich bin gekommen, weil ich beeinflussen wollte, was danach geschieht.«

In der darauffolgenden Stille tauschten Jack und April stumme Blicke aus. Der Ärger, den sie gegenüber Penelope verspürt hatten, löste sich auf und hinterließ einen Zustand angespannter Sorge sowie den verzweifelten Wunsch zu verstehen.

»Ich mache uns neuen Tee«, sagte April schließlich und reichte Jack das Baby. »Dann kannst du uns den Rest erzählen.«

Doch obwohl Penelope ihnen noch mehr erzählte, blieb am Ende vieles unbeantwortet. Es sei zu ihrer eigenen Sicherheit, behauptete Penelope. Niemand würde von ihrem Besuch auf der Insel erfahren – sie hatte sich noch nie so viel Mühe gegeben, ihre Schritte zu verbergen und ihre Spuren zu verwischen –, aber es könnte herauskommen, dass sie Verbindungen zu Jack und April hatte. Falls Bartholomew jemals auftauchte, würde ihre Unwissenheit Jack und seine Familie schützen.

»Aber woher weiß er, dass wir keine Ahnung haben?«, fragte Jack. »Muss er nicht davon ausgehen, dass wir nichts sagen, weil wir deine Geheimnisse bewahren wollen?«

»Es sind seine eigenen Geheimnisse, um die er sich Sorgen macht«, erwiderte Penelope. »Und zwar die Geheimnisse, die ich ebenfalls kenne. Er wird schnell feststellen, dass ihr diese Geheimnisse nicht kennt. Und er wird ebenfalls feststellen, dass ihr ihm nicht helfen könnt, mich zu finden. Bartholomew hat Möglichkeiten, Dinge herauszufinden, die ihr euch in euren kühnsten Träumen nicht vorstellen könnt. Es tut mir leid, ich will euch keine Angst machen. Im Gegenteil, ich versichere euch, dass es ihm nichts nützt, euch Schaden zuzufügen. Schmerz hinterlässt seine eigene Spur, und er weiß so gut wie ich, welch gefährliches Spiel wir beide spielen. Nein, solange ich euch über gewisse Dinge im Dunkeln lasse, seid ihr sicher. Ich muss euch jedoch um etwas bitten«, fuhr Penelope fort. »Jack, du hast nie jemandem von unserem geheimen Ort erzählt, oder?«

»Ein geheimer Ort?«, wiederholte April und wandte sich vom Stubenwagen um, den Jack für das Baby in den Raum geschoben hatte. Sie sah Jack und Penelope fragend an, die sich vor dem Kaminfeuer gegenüberstanden. »Welcher geheime Ort?«

Penelope lächelte. »Ich hoffe, du bist nicht böse auf meinen Bruder, weil er Geheimnisse vor dir hat. Als wir Kinder waren, mussten wir unseren Eltern versprechen, keiner Menschenseele von diesem Ort zu erzählen, weil er gefährlich ist und sie Angst hatten, dass jemand zu Schaden kommen könnte. Ich wette, Jack würde es dir gern erzählen, aber nachdem er dieses Versprechen schon sein ganzes Leben lang gehalten hat, wird es ihm schwerfallen, es dir gegenüber zu brechen.«

Jacks Gesicht lief rot an. Ihm war merklich unwohl. »Sie kennt mich einfach zu gut«, murmelte er zu April.

»Jack Meyer!«, rief seine Frau und stemmte die Hände in die Hüften. »Ich hätte mir niemals träumen lassen, dass du Geheimnisse vor mir hast. Gibt es noch mehr?« Ihr Ton war scharf, aber sie machte keinen ernsthaft verärgerten Eindruck. Tatsächlich schien sie beinahe beeindruckt zu sein.

Jack sah erleichtert aus. »Sonst nichts, April. Ehrenwort.«

»So, das wäre also geklärt«, sagte Penelope. »Wir wissen alle, dass Jack der aufrichtigste Mensch der Welt ist. Und weil ihm bestimmt immer noch unwohl dabei ist, das Versprechen zu brechen, erzähle ich dir, um welchen Ort es sich handelt, April. Hier in der Nähe gibt es ein paar alte Schmuggler- oder Piratentunnel, die beinahe vollständig unter Wasser stehen, wenn Flut ist – das macht sie so gefährlich. Sie existieren schon seit einer Ewigkeit.«

»Wir hatten eine besondere Art, uns zu merken, wo der Eingang ist«, fügte Jack hinzu. »Eine Art Gedicht, das unser Großvater uns beigebracht hat. Wir wissen nicht, ob er es sich selbst ausgedacht hat oder ob es schon seit Generationen weitergegeben wird. Vielleicht hat es sich auch einer der Piraten ausgedacht. Das habe ich mir als kleiner Junge zumindest immer gern vorgestellt. Papa hat uns einmal mit in die Tunnel genommen, nur um sie uns zu zeigen, dann hat er uns verboten, sie jemals wieder zu betreten. Und wir mussten natürlich versprechen, niemandem etwas davon zu erzählen. Er behauptete, in den Tunneln spukten Kinder, die dort ertrunken wären. ›Diese Tunnel sind voller Geister‹, sagte er. ›Machen wir sie nicht noch voller‹.«

»Ich bezweifle, dass überhaupt jemand darin ertrunken ist«, sagte Penelope. »Das hat er sich wahrscheinlich nur ausgedacht, um uns Angst einzujagen.«

April schüttelte verwundert den Kopf. »Also bist du niemals wieder in die Tunnel gegangen und hast auch niemals wieder ein Wort darüber verloren? Ihr Meyers – grundanständig, selbst als Kinder.«

»Nun ja«, sagte Jack. »Penelope und ich haben ununterbrochen darüber gesprochen, allerdings nur, wenn wir unter uns waren. Aber wir sind tatsächlich niemals wieder hineingegangen.«

Penelope schnaubte leise. »*Du* bist niemals wieder hineingegangen, Jack. Hast du wirklich geglaubt, ich hätte mich daran gehalten?«

Jack starrte sie mit offenem Mund an, dann breitete sich ein Grinsen auf seinem Gesicht aus. »Ehrlich, ich habe keine

Ahnung, warum ich so überrascht bin. Natürlich bist du hineingegangen. Wahrscheinlich Dutzende Male.«

»Eher Hunderte«, entgegnete Penelope. »Meist, um zu sehen, ob ich damit durchkomme. Um zur Sache zurückzukommen – glaubst du, dass du den Eingang wiederfinden würdest, wenn du müsstest, Jack?«

»Natürlich! Das vergesse ich niemals!«

»Gut. Denn vorhin habe ich etwas ungeheuer Wichtiges dort versteckt – aber du darfst es niemals herausholen.«

»Das verstehe ich nicht«, sagte Jack. »Warum erzählst du uns dann davon?«

»Ich werde euch schon bald wieder verlassen und nach New Umbra fahren«, erklärte Penelope. »Dort werde ich dafür sorgen, dass, falls mir etwas zustößt und falls die richtige Sorte Mensch in den Besitz von … nein, lass es mich anders formulieren. Falls Bartholomew mich überlistet, in New Umbra oder sonst wo, braucht ihr euch keine Gedanken darüber zu machen, dass er jemals hierherkommt – das muss er nicht mehr, denn dann wird er haben, wonach es ihn verlangt. Natürlich habe ich nicht vor, das geschehen zu lassen. Vorher sterbe ich zehn Mal hintereinander!

Trotzdem, vielleicht kommt eines Tages jemand auf euch zu und möchte euch etwas zurückgeben. Falls dies geschieht, dann wird es aller Wahrscheinlichkeit nach jemand sein, den ihr ins Vertrauen ziehen könnt. Aber das müsst ihr für euch selbst entscheiden. Die Meyers hatten schon immer ein hervorragendes Urteilsvermögen. Nur, wenn die Person vollkommen vertrauenswürdig und ehrlich erscheint – nur, wenn ihr euch absolut sicher seid, dass ihr nicht von einem Spion kontaktiert wurdet –, nur dann solltet ihr es riskieren, den geheimen Ort aufzusuchen. Was ich dort versteckt habe, wird euch helfen zu tun, was getan werden muss.

Falls ihr jedoch Zweifel habt an den guten Absichten der Person – falls zum Beispiel eine Belohnung verlangt wird oder die Person Informationen als Gegenleistung für die Rückgabe des Fundstücks verlangt –, dann müsst ihr so tun, als wüsstet ihr von nichts. Bietet keine Hilfe an und holt unter keinen Umständen das hervor, was ich versteckt habe, denn ihr müsst davon ausgehen, dass ihr das niemals unbeobachtet tut. Lasst meine Geheimnisse ruhen. Wenn sie ans Licht kommen, würde euch das unter Umständen in Gefahr bringen und dem Bösen zu noch größerer Macht verhelfen.«

Nachdem Penelope ihre verstörende Rede beendet hatte, fragte April bestürzt: »Aber was ist mit dir? Wie können wir dir helfen?«

Penelope schüttete den Bodensatz ihres Tees ins Feuer. Es zischte und eine dicke Rauchwolke stieg auf. »Falls jemand zu euch kommt«, sagte sie, »ist mir nicht mehr zu helfen. Dann bin ich höchstwahrscheinlich tot – bitte entschuldigt meine Offenherzigkeit –, vielleicht aber auch nur zu alt oder schlicht nicht mehr imstande, die Aufgabe zu vollenden, die ich mir auferlegt habe. Ich bin nach wie vor auf der Suche nach jemandem, dem ich diese Aufgabe zutraue, aber ich habe ihn noch nicht gefunden. Wenn es so weit ist, werde ich es bemerken – auch ich bin eine ziemlich gute Menschenkennerin. Doch selbst, wenn ich jemanden ausgewählt habe, werde ich verschwinden müssen. Zu eurem und meinem Besten kann ich nach heute Abend nicht mehr hierher zurückkehren. Ihr werdet nie wieder von mir hören.«

»Ach, Penelope«, rief April und Jack sah seine Schwester gequält an.

»Es tut mir leid«, sagte Penelope leise. »Es gibt keinen anderen Weg.« Dann hellte sich ihr Gesichtsausdruck auf. »Aber das gilt ja nur für den Fall, dass ich versage – was ich natürlich nicht beabsichtige! Falls mir mein Vorhaben gelingt, könnt ihr sicher sein, dass ich den ersten Zug nach Point William nehme. Und dann bestehe ich auf einer Party.«

Jack lachte. Mit Tränen in den Augen umarmte er seine Schwester und drückte sie fest an sich. »So jemanden wie dich hat die Welt noch nicht gesehen, Penelope. Das weißt du, oder?«

»Das hoffe ich doch!«, erwiderte Penelope ebenfalls lachend und mit fröhlich funkelnden Augen. »Und ich nehme mal an, das wird sie auch so schnell nicht wieder!«

Schon bald darauf schlüpfte Penelope in die Nacht hinaus. Jack hatte sie angefleht, noch ein wenig zu bleiben, aber Penelope bestand darauf. Bevor sie ging, äußerte sie die Vermutung, dass er ihre Worte im Licht des nächsten Tages anzweifeln würde.

»Aber es gibt niemanden, der einen Menschen besser einschätzen kann als du«, sagte sie. »Und *du* weißt, dass ich die Wahrheit sage, nicht wahr? Du kannst es spüren.«

»Ja«, erwiderte Jack. »Ja, ich spüre es.«

»Dann erinnere dich an diesen Moment und zweifle niemals an meinen Worten. Zweifle niemals an der Wahrheit.«

Es gab noch eine letzte Sache, um die Penelope Jack in dieser Nacht bat, und es war die bedeutendste von allen. Sie nahm seine Hand in die ihre, die mit mehr Schwielen und Narben übersät war als die eines alten Fischermannes, und sah ihm in die Augen. »Bitte glaube mir, Bruder: Die Schwierigkeiten, in denen ich stecke, übertreffen alles, was du dir in deinen schlimmsten Träumen vorstellen kannst. Sie resultieren aus einer jahrhundertelangen Geschichte voller Boshaftigkeit und Leid, die wir beenden können. Aber wir müssen Vorkehrungen treffen. Für den Fall, dass ich versage – dass ich sterbe oder verschwinde –, und für den Fall, dass …« Hier verstummte sie mit leicht zitternder Stimme. Jack erstarrte, weil er mit einem Mal verstand.

Mit einem Blick auf April murmelte er: »Für den Fall, dass *ich* sterbe, dass *mir* etwas zustößt …«

Penelope nickte ernst. »Unsere Vereinbarung, die wir heute Nacht getroffen haben, muss weiterbestehen, auch über unseren Tod hinaus. Ich werde alles in meiner Macht Stehende tun, um eine andere Person zu finden, die in der Lage ist, dem Bösen ein Ende zu bereiten. Aber falls diese Person hierherkommt, nachdem du und ich gestorben sind …«

»Dann muss es einen weiteren Meyer geben, der bereit dazu ist, die Vereinbarung zu erfüllen«, vervollständigte Jack den Satz.

»Genau«, bestätigte Penelope. »Und ein vertrauenswürdiger obendrein.«

Sie sahen sich lange an. Es war der wichtigste Augenblick, den sie je miteinander geteilt hatten.

»Du kannst dich auf mich verlassen«, sagte Jack.

»Ich weiß«, erwiderte Penelope und verschwand in der Dunkelheit.

DAS GEHEIMNIS DER MEYERS

Nachdem Penny geendet hatte, saß Ruben noch eine Weile reglos da, bis ihm bewusst wurde, dass sie ihn ansah und offenbar auf eine Reaktion wartete. Er blinzelte übertrieben, als würde er gerade aufwachen. Denn obwohl seine Augen die ganze Zeit über offen gewesen waren und er in Pennys Richtung geblickt hatte, hatte er sie nicht wahrgenommen. Selbst jetzt noch weigerten sich die Figuren ihrer Erzählung, die Bühne in seinem Kopf zu räumen und ihn ins Hier und Jetzt zu entlassen, sodass es sich für einen Moment so anfühlte, als seien Penny und Ruben Geister in jenem Kaminzimmer vor langer Zeit. Doch dann wechselte die Szene und plötzlich waren es Penelope und Jack, die sich als Geister im Ölhaus befanden, bis auch sie verblassten und Penny und Ruben wieder allein waren.

»Du«, sagte Ruben mit schwerer Zunge, »bist eine fantastische Erzählerin.«

Penny verschränkte die Hände ineinander und strahlte übers ganze Gesicht. »Glaubst du wirklich?«

»Ich habe vollkommen vergessen, wo ich bin. Wie hast du das gemacht?«

Penny lachte. »Oh, die Meyers sind ziemlich geübt darin, Geschichten zu erzählen! Das mussten wir sein. Nichts davon durfte aufgeschrieben werden, aber es war wichtig, sich an alles zu erinnern – die Geschichte wird von Generation zu Generation weitergegeben und wieder und wieder erzählt. Wir alle lernen sie, sobald wir alt genug sind, dass uns das Geheimnis anvertraut werden kann. Ich habe sie erst letztes Jahr zum ersten Mal gehört. Toll, nicht wahr?«

»Das ist noch untertrieben«, erwiderte Ruben. »Ich weiß gar nicht, was ich sagen soll. Wie kannst du dir bloß all diese Details merken?«

»Na ja, natürlich erzähle ich die Geschichte auf meine eigene Weise und bastle ein bisschen an den Dialogen und an Kleinigkeiten herum. Das macht jeder. Aber die wichtigsten Passagen sind immer genau gleich geblieben. Seit jener Nacht bedeutet es noch etwas anderes, ein Meyer zu sein: Man ist nicht nur vertrauenswürdig, was ja schon immer der Fall war, sondern kann auch hervorragend Geschichten erzählen.« Penny fuhr sich mit der Zunge über die Lippen. »Ist noch was in dem Glas drin? Mein Mund fühlt sich an, als wäre er voller Federn.«

Während Penny das letzte bisschen Eiswasser in ihren Mund tropfen ließ, ermahnte Ruben sich zur Vorsicht. Sein Verstand hatte bereits begonnen, Zusammenhänge zu erkennen, und er befürchtete, vor lauter Aufregung zu viel preiszugeben. Dieser Satz von Penelope – *dass er mir all meine Träume erfüllen wird* –, gefolgt von der Enthüllung, dass Penelope etwas »äußerst Wichtiges« in den Schmugglertunneln versteckt hatte; und dann noch das Piratenrätsel, das er Penny hatte singen hören – in Rubens Augen konnte es für diese Dinge nur eine einzige, äußerst aufregende Erklärung geben.

Einen Schatz.

Ganz offensichtlich war die Uhr einst in Penelopes Besitz gewesen (Ruben zweifelte nicht im Geringsten daran, dass es die Uhr war, auf die Penelope in jener Nacht immer wieder einen verstohlenen Blick geworfen hatte), und sie hatte sie benutzt, um ein Vermögen anzuhäufen, das ihr im Kampf gegen Bartholomew helfen würde – oder, im Falle ihres Ablebens, Jack beziehungsweise demjenigen, der die Uhr nach Point William zurückbrachte. Jemand wie Ruben. Er verspürte einen Hauch von schlechtem Gewissen bei dem Wort *vertrauenswürdig*. Hatte Penelope den Schatz nicht für genau so jemanden wie ihn hinterlassen? Bartholomew existierte schon lange nicht mehr. Jetzt zählte nur, dass seine Mom ihn brauchte, und um ihr zu helfen, benötigte er Geld.

Ruben beobachtete, wie Penny das Glas abstellte. Ihre grünen Augen blitzten vor Erregung, und wieder verspürte er einen Anflug von Schuldbewusstsein. Er beschloss, nicht den ganzen Schatz mitzunehmen. Er würde nur so viel einstecken, wie er brauchte, und den Rest für die Meyers zurücklassen. Es würde ihnen wahrscheinlich gar nicht auffallen. Sie würden so oder so reich sein.

Penny lächelte ihn gespannt an. Offenbar wartete sie auf weitere Fragen. Ruben versuchte, sich zu konzentrieren. Er war zwar im Besitz der Uhr, aber gleichzeitig schien er auch der Einzige zu sein, der im Dunkeln tappte. »Deine Familie hat diese Geschichte also über Generationen hinweg weitergegeben«, sagte er. »Seit wann denn genau? Wann ist das Ganze passiert?«

Penny beugte sich vor. »Das Baby, Jack junior? Er war mein Ur-Ur-Ur-Großvater. Jack und April haben ihm die Geschichte erzählt, als er etwa in meinem Alter war, und Jahre später haben sie es dann *seinem* Sohn erzählt – ihrem Enkelsohn –, und so weiter. April lebte tatsächlich lange genug, um sie ihrem Ur-Ur-Enkel zu erzählen! Ist das nicht irre? Sie war fast hundert Jahre alt und konnte nicht mehr laufen, aber mein Großvater hat mir erzählt, dass sie immer noch einen rasiermesserscharfen Verstand hatte.«

»Dein Großvater kannte April«, sagte Ruben, der versuchte, eine Vorstellung von so vielen Generationen zu bekommen.

»Er war ungefähr so alt wie ich, als sie starb«, erwiderte Penny. »Mit Grandpa hatten wir nicht so viel Glück. Er ist letztes Jahr gestorben, nur ein paar Wochen, nachdem er mir die Geschichte erzählt hat. Es ist seit jeher Tradition, dass der älteste noch lebende Meyer dir die Geschichte zum ersten Mal erzählt. Auf diese Weise ist man selbst nach so vielen Generationen nur ein oder zwei Leute entfernt von jener Nacht mit April und Jack und Penelope.«

»Das ist einfach unglaublich«, sagte Ruben und fügte dann hinzu: »Tut mir leid mit deinem Grandpa.«

Penny sah zu Boden. »Danke«, murmelte sie. »Wir vermissen ihn alle.«

Ruben, der sich weder an seine Großeltern noch an seinen Vater erinnern konnte, wusste nicht, was er sonst sagen sollte. Unangenehmes Schweigen breitete sich aus. Ruben platzte fast vor Fragen – doch für die wichtigste musste er ein wenig Geschick an den Tag legen.

»Also«, sagte Penny schließlich, »wir müssen meiner Familie unbedingt sagen, dass du hier bist. Aber meinst du, du könntest mir zuerst erzählen, was du gefunden hast?« Sie war nun wieder deutlich munterer; offensichtlich heiterte sie der Gedanke auf, dass sie es als Erste erfahren würde.

»Sicher«, sagte Ruben und tat so, als wolle er aufstehen. Dann zögerte er. »Oh, aber bevor ich es vergesse – du hast etwas in der Geschichte ausgelassen, und ich kann nicht mehr aufhören, darüber nachzudenken. Auf welche besondere Weise haben sich

Jack und Penelope den Zugang zu dem geheimen Ort gemerkt? Es hat mich überrascht, dass April nicht nachgefragt hat.«

Penny starrte ihn an, das Lächeln wie eingefroren, nur der Ausdruck in ihren Augen hatte sich verändert. »Dir ... dir ist das aufgefallen? Tja, natürlich ist es das. Wer würde das nicht gerne wissen?« Sie räusperte sich. »Die Wahrheit ist, Ruben, dass ich diesen Teil absichtlich ausgelassen habe. Ich habe geschworen, dieses Geheimnis nicht preiszugeben.«

»Aber du hast mir doch alles andere auch erzählt!«

»Das meiste schon, denke ich, ja.« Penny vergrub das Gesicht in den Händen, als hätte sie Angst, ihn anzusehen.

»Also warum erzählst du mir dann nicht auch den Rest?«, drängte Ruben. »Was macht das schon groß aus?«

Penny spähte zwischen ihren Fingern hindurch. »Du verstehst doch sicher den Unterschied zwischen einer alten Geschichte und dem genauen Standort eines geheimen Verstecks, oder?«

»Tja, wenn du mir in dieser Hinsicht nicht vertraust«, sagte Ruben verdrießlich, »dann bin ich mir nicht so sicher, ob ich dir zeigen will, was ich gefunden habe.« Als er jedoch Pennys verletzten Gesichtsausdruck sah, gab er nach. Dann musste er den Zugang zu den Schmugglertunneln eben selbst finden. »Tut mir leid, du hast recht. Du hast dir einen Blick auf das Ding verdient. Aber kann ich zuerst etwas zu trinken haben? Ich bin halb verdurstet.«

Während Penny davonstürmte, um mehr Limonade zu holen, nahm Ruben das Bündel aus dem Rucksack und überlegte. Er würde sich schon bald mit den Erwachsenen unterhalten müssen, und sein Magen rebellierte allein bei dem Gedanken daran. Ein kleines bisschen hatte er gehofft, dass er das würde vermeiden können.

Ruben trat zur Tür und lugte hinaus. Er war sicher, dass Penny ihm die Wahrheit über ihre Familie erzählt hatte und dass sie vertrauenswürdig war. Vielleicht würde die Familie ihm sogar helfen und den Schatz freiwillig mit ihm teilen. Aber was, wenn sie das nicht taten? Und schlimmer noch, was, wenn sie ihm die Uhr wegnahmen? Vielleicht dachten sie, dass sie ein Anrecht darauf besaßen, da sie eine Weile lang Penelope gehört hatte. Ruben glaubte jedoch nicht, dass die Meyers in irgendeiner Weise ein größeres Anrecht darauf hatten als er. Überhaupt, wie war denn Penelope in den Besitz der Uhr gekommen? Rechtmäßig? Er bezweifelte, dass die üblichen Besitzrechte auf so etwas wie die Uhr angewandt werden konnten. Wer auch immer sie besaß, war der Besitzer, fertig. Jetzt war Ruben der Besitzer, und er hatte vor, es auch zu bleiben.

Penny kehrte mit einem halb vollen Krug Limonade zurück, und die beiden schenkten sich abwechselnd ein, tranken gierig und seufzten schließlich zufrieden auf. Nachdem sein Durst endlich gelöscht war, öffnete Ruben das Bündel. Feierlich stellte er das Holzkästchen auf die Decke. »Bitte schön«, sagte er, »deswegen bin ich hier.«

Penny öffnete das Kästchen. Sie betrachtete ehrfürchtig die Inschrift und schüttelte dann verwundert den Kopf. »So hat sie es also angestellt.«

»Offensichtlich wollte sie auf Nummer sicher gehen und hat den Ort genannt und nicht die Person«, meinte Ruben. »Falls diese ganze Sache Jack und sie überdauert, wie du schon sagtest. Sie hat wirklich lange vorausgedacht.«

»Jack war genauso«, erwiderte Penny, ohne das Holzkästchen aus den Augen zu lassen. »Er wusste nicht, welchen Plan sie verfolgte, aber er tat, was er konnte, um ihr zu helfen. Seit jener

Nacht hat es immer einen Jack Meyer in Point William Light gegeben.« Sie fuhr mit dem Finger über die Inschrift. »Seit Generationen wird jeder erstgeborene Sohn Jack genannt.«

»Und jede erstgeborene Tochter heißt Penelope«, ergänzte Ruben verblüfft. Er hatte gerade Pennys vollen Namen erraten und kam sich unglaublich dumm vor, dass er nicht schon vorher darauf gekommen war.

Sie lächelte. »Genau. Denn was wäre, wenn in dem Kästchen so etwas gestanden hätte wie *Dieses Kästchen gehört Penelope Meyer, Point William?* Jack wusste nicht, welche Art von Anweisungen oder Hinweisen Penelope hinterlassen würde, also tat er das Einzige, das ihm einfiel, um ihr zu helfen.«

»Ich habe eine Weile gebraucht, um herauszufinden, was die Inschrift bedeutet«, gab Ruben zu. »Ich dachte, P. William Light wäre eine Person.«

»Ha!«, rief Penny. »Auf die Idee wäre ich nie gekommen. Aber wahrscheinlich ist das nicht so selbstverständlich, wenn man nicht von hier ist, oder? Zu Penelopes Zeit war der Leuchtturm sehr bekannt – er war ziemlich wichtig damals. Darf ich es mal in die Hand nehmen?« Ruben nickte, woraufhin Penny das Kästchen hochhob und es von allen Seiten betrachtete. »Früher gab es auch viel weniger Dörfer hier in der Gegend«, fuhr sie fort. »Zwischen Point William und New Umbra existierte praktisch nichts außer Feldern und kleinen Siedlungen. Penelope konnte nicht ahnen, wie sehr dieser Ort mit der Zeit an Bedeutung verlieren würde.«

Sie sah Ruben fragend an. »Ist das alles?« Sie versuchte, sich ihre Enttäuschung nicht anmerken zu lassen. »Nur dieses leere Kästchen?«

»Ich weiß, was darin war«, erwiderte Ruben ausweichend. »Ich hatte gehofft, dass mein Besuch hier mir helfen würde, einige Dinge herauszufinden ...« Er verstummte unter Pennys eindringlichem Blick.

Sie hatte die Augen zu Schlitzen zusammengezogen und las in seinem Gesicht. Kurz darauf verzog sie den Mund und wandte den Blick ab. »Nur dass du es weißt«, sagte sie nach einer Weile, »das wird hier nicht gerne gesehen.«

»Was?«

»Lügen.« Penny sah ihm nun direkt in die Augen. »Du kannst einen Meyer nicht täuschen, Ruben. Das liegt in der Familie. Jack war der beste Menschenkenner, den Penelope je gekannt hat, erinnerst du dich? Tja, er hat dafür gesorgt, dass sein Sohn es genauso gut beherrschte wie er, und seine Tochter ebenso. Seit einem Jahrhundert wird jedem Meyer beigebracht, wie man Menschen liest, wie man Menschen so wahrnimmt, wie sie wirklich sind. Für uns ist das genauso wichtig, wie zu erlernen, wie man mit Messer und Gabel isst. Es ist eine Selbstverständlichkeit.«

Ruben lief dunkelrot an. »Wirklich?«, sagte er, während er nach Worten suchte.

»Wirklich«, erwiderte Penny nüchtern und zuckte dann mit den Schultern. »Wahrscheinlich könnten wir ein Vermögen beim Poker machen – wenn wir spielen würden, was wir natürlich nicht tun –, weil wir immer erkennen, wenn jemand blufft. Das sagt zumindest mein Bruder Luke.«

»Luke?«, fragte Ruben in dem Versuch, das Thema zu wechseln. »Nicht Jack?«

»Jack ist mein ältester Bruder. Dann kommt Luke, und dann ich.« Penny sah Ruben erneut aufmerksam an und sagte dann: »Okay, ich sehe schon, dass du mir nichts mehr erzählen wirst, also lass uns keine Zeit verschwenden.« Sie sprang auf, das Kästchen immer noch in den Händen.

»Warte, was hast du vor?«, sagte Ruben und kam hastig auf die Füße.

Penny war bereits an der Tür. »Es wird Zeit, dass wir den anderen davon erzählen«, erwiderte sie und rannte hinaus, bevor er sie aufhalten konnte.

Jetzt half alles nichts mehr. Ruben brauchte einen Augenblick, um all seinen Mut zusammenzunehmen. Er überprüfte kurz die Uhr, steckte sie wieder ein und folgte Penny. Sie wartete vor dem Haus und hielt die Fliegengittertür für ihn auf.

»Nach dir«, sagte sie. »Ich will sichergehen, dass sie nicht zuschlägt.«

(Ruben musste sich zurückhalten, um nicht »Ich weiß« zu sagen.)

Im Inneren des Haupthauses wurde Ruben beinahe überwältigt von dem herrlichen Duft, den der Wind ihm schon zuvor zugetragen hatte. Sein Magen knurrte so laut, dass Penny eine Augenbraue hochzog und sagte: »Offensichtlich müssen wir dir was zu essen besorgen. Auf dem Ofen steht ein Topf mit Cullen Skink. Ich hol dir gleich was davon.«

»Was ist Cullen Skink?«, fragte Ruben, während er sich nervös umsah. Sie standen in einem großen Raum mit einem Esstisch an einem Ende und einem Kamin und einer Sitzgruppe am anderen. *Der* Kamin, fiel ihm auf – derjenige aus Pennys Erzählung. Tatsächlich sah der Raum fast genauso aus, wie er ihn sich vorgestellt hatte, nur heller, luftiger, mit offenen Fenstern und blumenbedruckten Vorhängen, die von einer frischen Meeresbrise aufgebauscht wurden. Während er versuchte, seine Nervosität in den Griff zu bekommen, nahm er alles um sich herum sehr genau wahr – den sauber gewischten Boden, die ordentlich abgestaubten Bücherregale, die mit Bildern, Karten und Zeichnungen geschmückten Wände.

»Cullen Skink?«, sagte Penny derweil. »Das ist das Leckerste, was du dir vorstellen kannst! Es ist eine Art Fischeintopf. Aus Schottland. Penelope« – sie senkte die Stimme, und ihre Augen huschten zu einer offenen Tür – »Penelope erwähnte in einem ihrer Briefe, wie sehr sie das Gericht mag, daher hat Jack gelernt, wie man es zubereitet. Die Frau eines schottischen Kapitäns hat es ihm gezeigt. Wir haben ein Rezeptbuch mit Gerichten aus der ganzen Welt, Gerichte, die Penelope erwähnt und die Jack daraufhin zu kochen gelernt hat. Für ihn war es eine Möglichkeit, sich ihr näher zu fühlen, trotz der großen Entfernung. Und seither ist es für alle Meyers eine Möglichkeit, sich Jack und Penelope näher zu fühlen, trotz der vielen Jahre.«

»Du haust mich echt um«, sagte Ruben.

Penny lachte. »Komm schon«, erwiderte sie und zog ihn am Arm hinter sich her.

Sie führte ihn einen Flur entlang, an einer Treppe und einigen offenen Türen vorbei – einem Schlafzimmer, einem Arbeitszimmer (*dem* Arbeitszimmer, dachte Ruben), noch mehr Schlafzimmern. Ruben prägte sich die Anordnung der Möbel ein, zählte seine Schritte und versuchte, sich alles so gut wie möglich zu merken. Es würde sicherlich nicht einfach sein, sich hier unsichtbar fortzubewegen, aber vielleicht würde es notwendig werden.

»Ich weiß immer, wo ich Mom nach dem Mittagessen finde«, sagte Penny. »Sie schleicht sich mit einem Buch davon. Sie ist Lehrerin, deswegen kommt sie nur in den Sommerferien zum Lesen – sie liebt es über alles.« Sie gelangten zu einem gemütlichen kleinen Erker mit einem Fenster, das aufs Meer hinausging. Und tatsächlich saß dort eine schlanke Frau in einem himmelblauen Sommerkleid und war so vertieft in ein Buch, dass sie sie gar nicht zu bemerken schien. Penny räusperte sich übertrieben. »Mom!«

Mrs Meyer zuckte zusammen und sah auf. Bei Rubens Anblick lächelte sie und verzog die Augenbrauen zu einem leicht verdutzten Ausdruck. »Oh, hallo! Wer ist das? Und – du meine Güte, Penny, du platzt ja fast vor Aufregung. Deine Augen blitzen richtig! Was ist los?«

»Das ist Ruben«, sagte Penny. Ruben hob schüchtern eine Hand zum Gruß. »Und du wirst niemals glauben, warum er hier ist.«

Mrs Meyer steckte ein Lesezeichen in ihr Buch und legte es zur Seite. Dann faltete sie die Hände im Schoß und nickte freundlich. »Ich bin gespannt. Schieß los. Bist du gekommen, um ihr einen Heiratsantrag zu machen, Ruben? Ich finde zwar, dass du noch ein wenig jung dafür bist, aber wahrscheinlich –«

»Das hat Tante Penelope gehört!«, platzte Penny heraus und hielt das Kästchen in die Höhe. »Ruben ist der eine, Mom. Er ist der *eine*.«

»Ich verstehe nicht ...« Mrs Meyer hielt immer noch lächelnd den Kopf zur Seite geneigt, als versuche sie, den Witz zu verstehen. »Was meinst du, Penny? Welcher *eine*? Der eine was?« Doch noch während sie sprach, veränderte sich ihr Gesichtsausdruck, wurde ernst – oder, um genau zu sein, ziemlich streng. »Penelope Meyer!«, rief sie in geschocktem und missbilligendem Ton. Sie sah zu Ruben, dann wieder zu ihrer Tochter. »Willst du mir etwa sagen, dass du diesem Jungen erzählt hast ... und einfach nur, um mich auf den Arm zu nehmen? Ich bin fassungslos. Ich bin ...«

Sie schüttelte den Kopf und starrte ihre Tochter sichtlich erschüttert und mit offenem Mund an. »Ich bin über alle Maßen –«

Penny trat einen Schritt auf ihre Mutter zu und öffnete das Kästchen. »Lies die Inschrift, Mom.«

Mrs Meyer brauchte einen Moment, um sich von Pennys ernsthaftem Gesicht loszureißen. Dann brauchte sie einen weiteren Moment, um die Inschrift in sich aufzunehmen. Plötzlich sprang sie auf, schnappte das Kästchen aus den Händen ihrer Tochter und hielt es sich dicht vor die Augen. Sie starrte so eindringlich darauf, als versuche sie, durch das Kästchen hindurchzusehen.

»Du meine Güte«, sagte sie schließlich und ihr Blick wanderte zu Ruben, der nickte. Dann sah sie wieder auf die Inschrift. »Du meine Güte«, wiederholte sie. »Endlich ist es so weit.«

Bis Ruben seine zweite Portion Cullen Skink aufgegessen hatte, hatte Pennys Mutter sämtliche Meyers in Point William angerufen. Offenbar gab es einige, die auf der Leuchtturminsel aufgewachsen waren und daher die Geschichte von Penelope und Jack kannten, inzwischen aber im Ort wohnten – Meyers, die beschlossen hatten, zwar nicht das Licht zu hüten, aber das Geheimnis. Dazu kamen die Frauen und Männer, die einen Meyer geheiratet hatten und in das Meyer'sche Familiengeheimnis eingeweiht worden waren. Mrs Meyers erster Anruf hatte Pennys Vater gegolten, der offenbar in Point William arbeitete. Zusammen genommen würden also bald mehr als ein halbes Dutzend Erwachsene durch das Watt zur Insel stapfen, denn natürlich hielt niemand es aus, bis zur nächsten Flut zu warten.

Nachdem alle informiert worden waren, wandte sich Mrs Meyer an Penny. »Ich werde deine Brüder nach drüben schicken, um den Großtanten zu helfen. Ich sag Jack Bescheid. Kannst du Luke holen? Die Gegensprechanlage ist mal wieder kaputt.« Sie drückte die Schulter ihrer Tochter, warf Ruben ein unsicheres Lächeln zu (sie wusste noch nicht, was sie von dem Jungen halten sollte, der wie aus dem Nichts ganz allein auf der Insel aufgetaucht war) und ging hinaus.

Penny wandte sich an Ruben. »Willst du mitkommen? Luke ist oben im Turm.«

Ruben nickte und kratzte schnell den letzten Rest Suppe auf seinem Teller zusammen.

»Ich hoffe, du magst Treppen«, sagte Penny.

»Sie machen mir nichts aus«, erwiderte Ruben nicht ahnend, dass er schon sehr bald anderer Ansicht sein würde.

Sie verließen das Haus durch die Hintertür, überquerten einen Grasstreifen und betraten den Leuchtturm durch eine derart schwere Metalltür, dass Penny beide Hände benötigte, um sie aufzuziehen. Direkt dahinter begann der Aufstieg. Die gusseisernen Stufen wanden sich spiralförmig höher und höher in das Innere des steinernen Zylinders. Nach jeder zwanzigsten Stufe befand sich eine schmale Metallplattform. Und obwohl Ruben, der durch die offene Mitte der Spirale nach oben sah, erkennen konnte, wo die Treppe aufhörte, dauerte es nicht lang, bis er das Gefühl hatte, die Stufen führten den ganzen Weg hinauf bis in den Himmel. Sosehr er es auch liebte, zu klettern, er hatte den Bauch voll mit Eintopf und die Stufen waren ungewöhnlich steil. Sein Gesicht brannte, und zu seiner Verlegenheit wurde sein Atem hörbar schneller.

Penny hingegen stieg die Stufen derart leichtfüßig vor ihm hinauf, als könne ihr die Schwerkraft nichts anhaben. »Du gewöhnst dich daran«, sagte sie mitfühlend. »Ich gehe diese Stufen ungefähr einhundert Mal am Tag rauf und runter. Dad hat eine Gegensprechanlage installiert, aber sie hat ständig einen Kurzschluss, wegen der Feuchtigkeit und den Mäusen, und selbst wenn sie funktioniert, kann man kaum verstehen, was der andere sagt. Es ist viel einfacher, Nachrichten persönlich zu überbringen.«

»Wenn du das sagst«, keuchte Ruben. »Warum hat« – keuchte er weiter – »dein Dad einen Job im Ort? Ist er denn nicht« – keuch – »der Leuchtturmwärter?«

»Nun ja, offiziell schon, aber um ehrlich zu sein, ist es gar kein richtiger Job mehr. Ungefähr zu der Zeit, zu der ich geboren worden bin, wurden alle Leuchttürme automatisiert. Unserer ist es jetzt auch, es gab ein ziemliches Hickhack mit der Küstenwache und der Lokalverwaltung und meiner Familie – ein riesiger Streit darüber, wem der Leuchtturm rein rechtlich gehört und wer dafür zuständig sein sollte, ihn instand zu halten.«

Penny stieg nun rückwärts die Treppen hoch, damit sie Ruben ansehen konnte, während sie erzählte. Er hatte den Eindruck, dass sie ihm zuliebe etwas langsamer ging als zuvor. Immer noch verlegen, aber trotzdem sehr dankbar, machte er eine schwache Handbewegung und ein gurgelndes Geräusch, um ihr zu bedeuten, dass sie fortfahren solle.

»Die Auseinandersetzung gibt es, seit ich denken kann«, sagte Penny. »Einige Leute aus dem Ort finden es nicht fair, dass immer nur Meyers hier leben dürfen – ich schätze, weil die Regierung den Bau des Hauses bezahlt hat und ihr auch das Land gehört, oder sie glaubt es zumindest, außerdem bezahlt sie traditionell das Gehalt des Leuchtturmwärters, und das hätte sich mit der Automatisierung ändern sollen ...«

Penny warf verärgert ihre Haare über die Schulter. »Ich weiß auch nicht so genau – es ist alles sehr verwirrend. Aber *du* verstehst es, oder? Natürlich konnten wir die Insel nicht einfach verlassen! Wie denn auch? Wir mussten doch hierbleiben wegen Penelope und Jack! Und wir konnten keiner Menschenseele davon erzählen. Daher haben sich die Meyers ein paar Feinde gemacht, weil sie dafür gekämpft haben, auf der Insel bleiben zu dürfen. Doch es waren nur echt fiese Leute, die so einen Aufstand gemacht haben, zumindest niemand, mit dem man gerne befreundet gewesen wäre.«

Ruben nickte keuchend, um zu zeigen, dass er verstanden hatte. Das musste der Grund für die Hänseleien gewesen sein, die Penny während der Übernachtungsparty über sich ergehen lassen musste.

»Am Ende haben wir eine Art Vergleich getroffen«, fuhr Penny fort, »aber die ganze Angelegenheit war furchtbar unangenehm, wie du dir vielleicht vorstellen kannst. Sie haben sogar einen Artikel in der Zeitung darüber gebracht, der überhaupt nicht nett war.«

Der Artikel, den er auf Mikrofiche gelesen hatte, begriff Ruben. Oder versucht hatte zu lesen.

»Mehrere Male hätten Mom und Dad fast aufgegeben und wären weggezogen. Und glaub mir, bevor ich von dem Geheimnis wusste, wollte ich auch wegziehen! Ich wollte ein normales Leben haben, so wie die anderen Kinder im Ort.«

Ruben, der mit den Händen auf den Knien eine Pause einlegte, nickte erneut. »Kann ich mir denken«, keuchte er, »ich hätte mich genauso gefühlt.«

»Der alte Jack hat jedoch ein heiliges Versprechen geleistet«, sagte Penny mit andächtiger Stimme. »Und die Meyers haben es immer gehalten. Kannst du dir vorstellen, derjenige zu sein, der es bricht? Was für eine schreckliche Vorstellung! Oh, es gab eine

Menge Diskussionen zu dem Thema in den letzten Jahren, aber am Ende stimmten immer alle zu, dass Jack und Penelope versucht haben, etwas sehr Wichtiges zu tun, und dass wir es ihnen schuldig sind zu helfen. Nun ja, *fast* jeder stimmte zu – mein Bruder Jack hasst dieses ganze Theater. Aber so ist er eben. Kannst du wieder weitergehen? Oder soll ich schnell alleine hochlaufen, während du dich ausruhst? Ich muss mich ein bisschen beeilen.«

»Entschuldige«, sagte Ruben und richtete sich wieder auf. Er war neugierig auf diesen rebellischen Bruder von Penny, aber er hatte weder den Atem noch die Zeit, sich nach ihm zu erkundigen. »Ja, ich kann weiter.«

Eine weitere Umdrehung der spiralförmigen Kurve brachte sie an eine offene Tür. Vor ihnen lag ein kleiner Raum, die Wände übersät mit Karten und Gerätschaften, vor den Fenstern nur Himmel und ein kleiner Streifen Meer. »Das ist der Wachraum«, sagte Penny und eilte hinein. »Aber es sieht so aus, als sei Luke oben in der Kuppel.« Sie kraxelte die eisernen Sprossen einer Leiter hinauf, die durch eine Öffnung in der Decke nach oben führte.

Ruben folgte ihr hinauf in eine glänzende Welt aus Sonnenlicht und Glas. Die Kuppel bestand zum größten Teil aus Fenstern und ihr Inneres wurde fast ausschließlich von einem riesigen Lampenapparat eingenommen – ein beeindruckendes System aus Prismen und Linsen, ganz anders als die riesige Glühbirne, die Ruben sich vorgestellt hatte. Überall, wo er hinsah, tanzte und funkelte Licht; es war, als befände er sich im Inneren eines Diamanten.

»Es hat sich eine Menge getan seit den Tagen des Petroleums«, sagte Penny, die seinen überraschten Gesichtsausdruck bemerkt hatte.

Luke erschien auf der anderen Seite der Lampe – ein gutaussehender rothaariger Teenager, so schweißnass, als wäre er gerade in seinen Klamotten schwimmen gegangen. »Warum so aufgeregt?«, fragte er, als er Pennys Gesichtsausdruck bemerkte. Dann sah er fragend zu Ruben. »Und wo kommt *der* her?«

In einem aufgeregten Redeschwall berichtete Penny Luke, was gerade vor sich ging. Der Gesichtsausdruck ihres Bruders war zunächst skeptisch, änderte sich dann jedoch in Entzücken. Als er verstand, dass er unten gebraucht wurde, verlor er keine Zeit mit weiteren Nachfragen, sondern lachte nur und sagte: »Tja, was sagt man dazu! Es ist also endlich so weit? Cool!«

Er schüttelte Rubens Hand und zwinkerte ihm zu, zerzauste dann Pennys ohnehin schon wirres Haar und kraxelte die Leiter runter. »Zieh die Vorhänge zu, ja, Pen?«, rief er hinauf, bevor er immer noch lachend die Treppen hinuntereilte.

Penny drehte eine Runde in der Laternenkuppel und zog dabei Stoffgardinen vor die Fenster. »Er hat die Scheiben sauber gemacht«, erklärte sie. »Normalerweise sind die Vorhänge am Tag immer zu; sonst wird es so heiß hier drin, dass es die Prismen beschädigen kann.«

Das war keine Überraschung für Ruben, der vor Hitze fast umkam in seinem Pulli. Trotz der Temperaturen war Penny beinahe unerträglich gründlich und stellte sicher, dass sie ihre Aufgabe korrekt erfüllte. Als sie endlich wieder nach unten in den Wachraum stiegen, war Ruben kurz davor, ohnmächtig zu werden.

»Komm, lass uns raus auf die Galerie gehen«, schlug Penny vor und öffnete eine Tür, die nach draußen führte. Ruben folgte ihr auf einen mit einem Geländer umfassten Laufsteg, der einmal um den Turm herumführte. Es war herrlich kühl auf der Galerie und die Aussicht war spektakulär: auf der einen Seite das Meer, das sich bis zum Horizont erstreckte, auf der anderen Seite Point William, das von hier oben mit den gleichmäßig angeordneten Straßen und den winzigen Häusern wie eine dreidimensionale Landkarte wirkte.

Der Wind wirbelte Pennys Haare in alle möglichen Richtungen, sodass sie von Weitem wie eine mannshohe Fackel aussehen musste. Sie holte eine Seglermütze von irgendwoher und stopfte zumindest einen Teil ihrer Haare darunter. »Sieh mal!«, schrie sie, um den Wind zu übertönen. »Da sind mein Vater und mein Onkel!« Sie zeigte auf zwei winzige Gestalten, die nebeneinander über den Marktplatz eilten. Ruben erkannte zwischen den anderen Fußgängern zwei rothaarige Männer, die aussahen wie zwei wandelnde Streichhölzer.

Einige Mitglieder der Familie Meyer hatten sich bereits am Bootssteg auf dem Festland versammelt. Durch das Watt stapfte Pennys Bruder Luke auf sie zu, langsamer und in großem Abstand gefolgt von einem anderen jungen Mann in Jeans und T-Shirt. Das musste Jack sein.

Nach ein paar Minuten fiel Ruben auf, dass Penny aufgehört hatte, ihre Familie zu beobachten. Stattdessen starrte sie aufmerksam eine Weile lang in eine Richtung, dann in eine andere, und dann wieder in eine andere, bis er sie schließlich fragte, wonach sie Ausschau hielt.

Penny sah ihn an. »Bist du sicher, dass dir niemand hierher gefolgt ist?«

»Ziemlich sicher«, erwiderte Ruben und verlagerte sein Gewicht unbehaglich von einem Fuß auf den anderen. Er hatte aufgepasst, dass ihm niemand gefolgt war, oder nicht? Der bloße Gedanke an die Möglichkeit machte ihn nervös.

»Wir sind heutzutage nicht mehr so wachsam wie früher«, sagte Penny, die wieder in Richtung Point William blickte. »Aber wir achten immer darauf, ob uns irgendetwas Ungewöhnliches auffällt. *Irgendjemand* Ungewöhnliches, sollte ich wohl besser sagen.«

»Jemand wie Bartholomew«, sagte Ruben.

Penny wandte sich um und sah ihn an. »Es ist seltsam. Ich weiß, dass er schon lange tot ist, genau wie Penelope. Aber es ist definitiv Bartholomew, an den ich denke, wenn ich dran bin mit Wacheschieben. Der Gedanke hält mich ganz schön auf Trab, das kann ich dir sagen. Wenn *ich* hier oben gewesen wäre, als du über das Watt gekommen bist, dann … ach, das ist nicht fair. Luke passt auch gut auf. Jeder braucht hin und wieder mal eine Pause, und er hatte oben im Laternenhaus zu tun.«

Ruben vermutete, dass Penny nicht nur versuchte, fair zu sein. Sie wollte auch sich selbst davon überzeugen, dass er nur zufällig unbemerkt auf die Insel gekommen war. Sie wollte nicht glauben, dass es ein zweites Mal passieren könnte.

Er wandte seinen Blick wieder der Szene am Bootssteg zu. Es dauerte eine Zeit, die älteren Meyers die Leiter hinunter ins Watt zu bugsieren. Die jüngeren Männer halfen von oben und von unten, lotsten Füße auf Sprossen und boten sichere Hände zur Unterstützung an. Nachdem schließlich alle unten waren, holten die Frauen leuchtend bunte Schirme hervor, um sich vor der Sonne zu schützen, während sich die älteren Männer die Hüte tiefer ins Gesicht zogen. Schließlich nahmen die älteren Meyers jeder den Arm eines jüngeren, und dann begann die seltsamste Prozession, die Ruben je gesehen hatte: drei Generationen derselben Familie, die langsam und gewissenhaft durch das stinkende schwarze Watt stapften. Über ihren Köpfen schwankten die fröhlich gemusterten Sonnenschirme und um sie herum jagten Seevögel nach Leckerbissen.

Es war ein denkwürdiger Anblick, zugleich komisch und feierlich, und Ruben empfand ein sonderbares Gefühl der Ehrfurcht. Doch während die Minuten verstrichen und sich die Prozession der Insel näherte, verwandelte sich sein Gefühl in Furcht. Eine Konfrontation war unausweichlich, er konnte weder vor ihr davonlaufen noch sich verstecken, sondern musste sich ihr stellen, und bei dem Gedanken daran wurde ihm ziemlich mulmig. Mehr als das, bemerkte er unglücklich – ihm war tatsächlich schlecht, und in einem plötzlichen Anflug von Panik rückte er von Penny ab, um sie zu verschonen, steckte dann seinen Kopf durch das Geländer und übergab sich.

VERBORGENE KRÄFTE

Die beiden Kinder blieben noch eine Weile auf der Galerie, damit Ruben Zeit hatte, sich zu erholen. Penny hatte ihm ein sauberes Tuch und eine Flasche Wasser aus einer Kühlbox im Wachraum gebracht (»Wahrscheinlich zu viele Stufen und zu viel Cullen Skink«, sagte sie fröhlich), und nachdem er eine Weile mit dem Rücken an den Turm gelehnt dagesessen hatte, ging es ihm langsam besser. Er war kein boshafter Mensch wie Bartholomew, machte er sich klar. Er war bloß ein Kind, das etwas gefunden hatte und deswegen in Gefahr schwebte. Schlimmer noch, auch seine Mom schwebte deswegen in Gefahr, und er musste alles tun, was in seiner Macht stand, um sie aus dem Schlamassel herauszuholen.

Wenn Ruben die Dinge auf diese Weise betrachtete, erschien ihm der vor ihm liegende Weg recht einfach. Aber er wusste, dass es nicht so einfach werden würde.

Im Wachraum ertönte plötzlich ein krächzendes, knisterndes Geräusch. Penny ging hinein, lauschte aufmerksam mit einem Ohr an einem an der Wand montierten Lautsprecher, drückte dann auf einen Knopf und sagte: »Was?« Noch mehr Krächzen und Knistern. Penny schüttelte den Kopf und drückte erneut auf den Knopf: »Ich kann dich nicht verstehen! Wir kommen einfach runter. Ich wiederhole: Wir kommen runter!« Es gab ein letztes kurzes Krächzen, wie ein Schluckauf, dann verstummte der Lautsprecher. Penny wandte sich zu Ruben, der jetzt in der offenen Tür stand. »Ich bin mir sicher, dass sie genau das von uns wollen. Bist du bereit?«

Rubens Magen krampfte sich erneut zusammen, aber ihm war nicht mehr schlecht, nur noch ein bisschen flau. Er nickte.

In der Küche wurden sie von demselben freundlichen Mann begrüßt, der Ruben die Gummistiefel im Gemischtwarenladen verkauft hatte und der sich als Pennys Vater entpuppte. Er schien merklich ernster als hinter dem Verkaufstresen und Ruben sah, wie Penny den Blick senkte. Mr Meyer zog sie an sich und umarmte sie, dann warf er Ruben einen abwägenden Blick zu, während er seiner Tochter den Rücken tätschelte. Mit einer Geste gebot er den beiden, sich an den Küchentisch zu setzen. Im Esszimmer nebenan riefen aufgeregte Stimmen durcheinander, aber hier in der Küche hatte noch niemand ein Wort gesagt.

Mr Meyer betrachtete sie mit verschränkten Armen. Penny fixierte die Tischplatte, doch Ruben zwang sich, dem Blick von Mr Meyer standzuhalten. Es war extrem unangenehm, aber er hielt es für ungeheuer wichtig, von Anfang an Stärke zu zeigen.

»Du bekommst keinen Ärger, Penny«, sagte ihr Vater schließlich. »Du bist noch sehr jung. Was geschehen ist, ist geschehen, und selbstverständlich hat es uns alle vollkommen überraschend getroffen. Niemand von uns hätte einen Jungen wie Ruben hier erwartet. Niemand hätte vermutet, dass du diejenige bist, die angesprochen wird, und niemand hier macht dir einen Vorwurf. Trotzdem möchte ich dich daran erinnern, dass du zwar manchmal glaubst, du hättest etwas gründlich durchdacht – und vielleicht hast du das sogar –, dass deine Eltern jedoch über dreißig

Jahre länger auf der Welt sind als du und eine Situation eventuell ein wenig besser einschätzen können. Verstehst du das?«

»Tut mir leid, Dad«, flüsterte Penny. Ruben sah, dass ihre Lippen zitterten. Sie sah regelrecht gepeinigt aus.

»Schon gut«, sagte er sanft und legte eine Hand auf ihre Schulter. »Du bist ein liebes Mädchen, Penny. Ich kann mich nicht erinnern, wann wir dich das letzte Mal wegen irgendetwas ermahnen mussten –«

»Letzten März«, murmelte Penny und ihr Vater lachte.

»Siehst du? Über ein Jahr!« Mr Meyer hob ihr Kinn hoch und lächelte sie so lange an, bis sie nicht anders konnte, als zurückzulächeln. »Nun also zu dir, Ruben«, sagte er und streckte eine Hand aus. »Schön, dich wiederzusehen, und willkommen in unserem Haus.«

»Wiederzusehen?«, fragte Penny.

»Ruben hat heute Vormittag ein paar Stiefel bei mir gekauft«, erwiderte Mr Meyer. »Nur hatte ich keine Ahnung, dass er auf dem Weg hierher war. Was für ein Tag! Ich bin mir sicher, dass dir das ebenfalls alles sehr außergewöhnlich vorkommt, Ruben. Was hältst du davon, wenn wir reingehen und die ganze Sache klären?«

Ruben schluckte schwer und nickte.

Im Esszimmer hatte sich der Rest der Familie Meyer an dem großen Esstisch versammelt. Das Durcheinander von Stimmen verstummte und alle Augen richteten sich auf Ruben, der seine Hände in die Tasche seines Pullis steckte, damit niemand sah, dass sie zitterten. Am anderen Ende des Tisches hielt ein älterer Mann das Holzkästchen in Händen, das Ruben im Haus gelassen hatte. Zweifellos hatten sie es herumgereicht und es abwechselnd untersucht – mit einer Ausnahme vielleicht: ein junger Mann um die zwanzig mit kurz geschnittenen roten Haaren, der am kalten Kamin stand, abseits der anderen. Er wirkte mürrisch, aber sehr aufmerksam. Das musste Jack sein, dachte Ruben.

»Darf ich euch Ruben vorstellen?«, sagte Mr Meyer. »Entschuldige, Ruben, aber ich kenne deinen Nachnamen leider nicht.«

»Das ist schon okay«, erwiderte Ruben, der sich zwingen musste, die Stimme zu erheben. »Nur Ruben reicht völlig.« Um den Tisch herum schossen Augenbrauen in die Höhe. »Freut mich, Sie alle kennenzulernen«, fügte er schnell hinzu, in der Hoffnung, dadurch weniger unverschämt zu wirken.

Zusätzliche Stühle waren hereingetragen worden, doch obwohl Penny und Mr Meyer sich zu den anderen an den Tisch setzten, zog Ruben es vor, zu stehen. Er hatte instinktiv das Gefühl, dass er außerhalb der Gruppe bleiben sollte. Er wusste inzwischen so viel über sie, dass er nicht umhinkonnte, einen gewissen Respekt für die Familie zu empfinden. Aber als Junge in einem Raum voller Erwachsener fühlt man sich ziemlich machtlos, und Ruben tat alles Erdenkliche, um sich gegen sie zu behaupten.

»Tja«, sagte Pennys Mutter nach einer weiteren unangenehmen Pause, »wie du sehen kannst, Ruben, hat sich jeder hier dieses erstaunliche Holzkästchen angesehen. Wir sind alle sehr beeindruckt. Erzählst du uns, wo du es gefunden hast? Und wo du herkommst?«

Rubens Gesicht fühlte sich an, als würde es brennen. »Es tut mir leid, Mrs Meyer, aber um ehrlich zu sein, bin ich noch nicht bereit dazu.«

»Wie bitte?«, erwiderte Mrs Meyer verblüfft. Von überall am Tisch ertönte empörter Protest und Gemurmel.

»Beruhigt euch bitte alle«, sagte Mr Meyer und sah von einem Gesicht zum anderen. »Beruhigen wir uns erst einmal.«

»Der Junge hat recht!«, bellte der alte Mann am Ende des Tisches. Mit bebenden Händen stellte er das Kästchen auf den Tisch. »Warum sollte er uns etwas über sich erzählen? Er kennt uns doch noch gar nicht, oder? Sicher, er hat die Geschichte gehört – aber für ihn ist es eben nur eine Geschichte. Vielleicht hat er gute Gründe, so vorsichtig zu sein.«

»Onkel William hat recht«, sagte Mrs Meyer. »Ruben, es tut mir leid. Ich wollte dich nicht bloßstellen. Ich hatte angenommen, dass du uns erzählen *willst* – nun, was immer du weißt.«

»Ist schon okay«, erwiderte Ruben. »Das ... das mache ich vielleicht auch. Ich muss mir nur vorher über ein paar Dinge klar werden. Wie ich Penny schon gesagt habe, stecke ich gerade in einer ziemlich ernsten Situation.« Er sah zu Penny hinüber, die ihn eindringlich beobachtete. »Penny hat mir die Geschichte erzählt, aber sie hat einige Dinge ausgelassen – sie war vorsichtig, wie es von ihr erwartet wurde. Wenn Sie mir nun *alles* erzählen könnten, würde mir das vielleicht helfen herauszufinden, was ich tun soll.«

»Du verlangst ziemlich viel, junger Mann«, sagte eine der Großtanten. Ihre Haare, die zu einem straffen Knoten gebunden waren, mussten einmal rot gewesen sein, waren inzwischen aber zu einem mit roten Strähnen durchzogenen Weiß geworden. »Du hast uns ein leeres Kästchen mitgebracht. Und doch scheinst du der Ansicht zu sein, dass das ausreicht, um unser Vertrauen zu erlangen.«

Ruben musste all seine Konzentration aufbringen, damit seine Stimme nicht zitterte. Er hatte Mühe, richtig durchzuatmen. »Im Moment kann ich Ihnen nur sagen, dass ich weiß, was in dem Kästchen drin war. Und ich versichere Ihnen, dass es sehr wichtig ist. Ich verstehe, warum Penelope so vorsichtig war. Sie hatte allen Grund dazu. Und ich versuche ebenfalls, vorsichtig zu sein.«

Einige der Meyers schauten verärgert drein, die meisten jedoch waren beeindruckt, und es folgte ein Ausbruch halb geflüsterten, bestürzten Gemurmels. Ihnen war zwar bewusst, dass er auswich, folgerte Ruben, aber sie wussten auch, dass er die Wahrheit sagte.

Pennys Vater räusperte sich, und während er von einem Familienmitglied zum anderen sah, sagte er: »Ich denke, wir stimmen zumindest alle darin überein, dass der junge Ruben Mut bewiesen hat. Es muss ungeheuer schwer für ihn sein, vor so einer riesigen fremden Familie zu stehen.«

Es folgte allgemeines Nicken. Mr Meyer sah zurück zu Ruben. »Ich bin mir sicher, dass wir dir alle helfen wollen, Junge, nicht zuletzt, weil dieses Geheimnis unsere Familie seit Generationen in den Wahnsinn treibt« – diese Bemerkung erntete einiges Gemurmel und Gekicher –, »aber es ist eine ernste Angelegenheit, und wir müssen uns erst darüber beraten. Würdest du uns ein wenig Zeit geben, damit wir das unter uns besprechen können? Vielleicht kann Penny dir die Insel zeigen –«

»Aber ich will bei der Beratung dabei sein!«, rief Penny, die bei dem Gedanken, ausgeschlossen zu werden, entsetzt dreinblickte.

»Wenn es Ihnen nichts ausmacht«, warf Ruben schnell ein, »würde ich mich lieber eine Weile hinlegen.« Er wollte gerade hinzufügen, dass er Kopfschmerzen hatte, aber dann fiel ihm ein, wie leicht die Meyers Unwahrheiten auf die Spur kamen, und unterbrach sich gerade noch rechtzeitig. Je weniger Worte, desto besser.

»Natürlich«, sagte Mrs Meyer. »Du hattest eine lange Fahrt. Du bist bestimmt müde. Penny zeigt dir unser Gästezimmer. Wenn du irgendetwas brauchst, dann ist sie direkt gegenüber, in ihrem Zimmer. Penny, bitte mach die Tür hinter dir zu, wenn du gehst.«

Penny erhob sich mit gequälter Miene. »Komm, Ruben«, seufzte sie und klang dabei so genervt, dass Ruben es geradezu rührend fand, denn er hatte das Gefühl, als wären sie schon seit sehr langer Zeit befreundet. Er folgte ihr durch den Raum und studierte dabei ein letztes Mal sehr konzentriert seine Umgebung: den Esstisch, die Kommode, die Sitzgruppe beim Kamin mit den Lehnstühlen und dem dick gepolsterten Sofa.

Ja, dachte er, das konnte er schaffen. Eine bessere Chance würde er nicht bekommen.

An der Tür zum Flur wandte Ruben sich um und sah zurück zum Tisch. »Danke«, sagte er schlicht. Er spähte zur Küchentür und schätzte dabei Entfernungen und Winkel ab. Nur ein flüchtiger Blick, denn alle Augen waren auf ihn gerichtet – er fühlte sich besonders scharf von Jack ins Visier genommen, der ihn mit einem Seitenblick musterte –, dann folgte er Penny hinaus in den Flur.

»Ich fass es nicht, dass sie mich unter Deck schicken«, murmelte Penny, nachdem sie die Tür geschlossen hatte.

»Dich wohin schicken?«, fragte Ruben verwirrt.

»Was? Ach, das ist ein Ausdruck aus der Seefahrt«, erwiderte Penny. »Ich meine, ich fass es nicht, dass sie mich die wichtigen Sachen nicht mitdiskutieren lassen.« Tatsächlich sah sie ziemlich niedergeschlagen aus.

»Tut mir leid, Penny. Ich wünschte, sie hätten dich gelassen«, sagte Ruben, und er meinte es auch so, hauptsächlich, weil das die Sache für ihn deutlich einfacher gemacht hätte. Er war sich sicher, dass ihre Eltern sie rausgeschickt hatten, damit sie ihn im Auge behalten konnte, und dass sie ihr das später auch so sagen würden. Andererseits half ihm ihr Trübsinn ebenfalls weiter – sie war abgelenkt von dem Gedanken, was sie alles verpasste, und beschäftigte sich mehr damit als mit Ruben.

»Danke«, murmelte Penny und führte ihn den langen Flur entlang zum Gästezimmer. Es war einfach ausgestattet, mit einem Doppelbett, einem kleinen Schreibtisch, einem Stuhl und einem Kleiderschrank. Sonnenlicht schien sanft durch den Vorhang eines Fensters. »Also gut, dann sag mir einfach Bescheid, wenn du was brauchst«, sagte sie. »Oder wenn du, na ja, wenn du deine Meinung änderst und mir verraten willst, was in dem Kästchen war …« Sie sah ihn hoffnungsvoll an, aber Ruben lächelte nur entschuldigend. Sie zog frustriert die Nase kraus, drehte sich um und ging in ihr Zimmer.

Ruben schloss bedächtig die Tür, als hätte er es nicht sonderlich eilig. Doch dann holte er rasch die Uhr aus der Tasche, stellte sicher, dass sie aufgezogen und richtig eingestellt war, und steckte sie wieder zurück. Er inspizierte die Tür – sie war ziemlich alt und hatte einen Riegel, den man nur mit dem dazugehörigen Schlüssel verschließen konnte. Ruben riss einen Streifen Papier von einem Notizblock auf dem Schreibtisch, knüllte ihn zu einer kleinen Kugel zusammen und stopfte sie in das Schlüsselloch. Dann nahm er den hölzernen Schreibtischstuhl und klemmte die Rückenlehne unter den Türknauf. Er konnte nicht riskieren, dass Penny zwischendurch nach ihm sah.

Er sprang auf das Bett, griff hinter den Vorhang und öffnete das Fenster. Das Fliegengitter hinter der Scheibe hatte einen verzogenen Rahmen, der quietschte, als er ihn hochschob. Er erstarrte und lauschte nach Penny. Nichts geschah. Das Fliegengitter war erst halb oben, aber Ruben konnte sich durch den schmalen Spalt zwängen und sprang hinaus. Hinter den Büschen, die an der Hauswand entlangwuchsen, lief er geduckt um die Rückseite des Hauses herum, bis der Leuchtturm hoch über ihm aufragte und es keine Deckung mehr gab.

Ruben griff in die Tasche seines Pullis und verschwand.

Der Hintereingang war eine einfache Holztür ohne Fliegengitter, und Ruben erinnerte sich (denn er hatte gut aufgepasst), dass Penny sie am Türknauf ein wenig angehoben hatte, damit sie nicht klemmte. Er tat dasselbe, mit wild pochendem Herzen, und öffnete die Tür einen Spaltbreit. Er wartete, lauschte, dann schlüpfte er hinein. Die Hintertür führte in eine Art Garderobe hinter der Küche. Er konnte das Stimmengemurmel aus dem Esszimmer hören, aber noch keine Worte ausmachen. Er schlich durch den Raum, wobei seine Schultern an den Mänteln und Jacken vorbeistreiften, die an den Wandhaken hingen, und trat dann durch die offene Tür in die Küche.

Es roch noch immer nach Cullen Skink, woraufhin sein Magen erneut rebellierte. Vor seinem inneren Auge sah er den Herd zu seiner Linken, die Anrichte und den Kühlschrank zu seiner Rechten, den kleinen Tisch vor sich. Die Tür zum Esszimmer befand sich genau auf der anderen Seite des Tisches. Er ging los, achtete darauf, dass die Gummisohlen seiner Schuhe auf dem Linoleumboden nicht quietschten, und kauerte sich neben der offenen Tür zusammen. Er konnte beinahe verstehen, was am großen Tisch geredet wurde. Aber nur beinahe.

Es gibt keinen anderen Weg, sagte Ruben sich. Also tu es.

Er trat durch die Tür in das Esszimmer. Es gab keine Unterbrechung in der Unterhaltung, keinen überraschten Ausruf. Ruben schlich durch den Raum, fand das Sofa exakt an der Stelle, an der er es vermutet hatte, und duckte sich dahinter. Er griff durch den Stoffvorhang, der vom Gestell des Sofas bis auf den Boden hing, und tastete unter dem Sofa herum. Es befand sich nichts darunter und es war gerade eben genug Platz. Er legte sich auf den Rücken, den Kopf Richtung Zimmer gedreht, und quetschte sich in den engen Spalt. Es war eine ziemlich knappe Angelegenheit – die Sprungfedern des Sofas pressten sich durch den Bezug gegen ihn. Wenn irgendjemand beschloss, auf das Sofa zu wechseln, würden Ruben große Schmerzen bevorstehen.

Im Moment jedoch war es das perfekte Versteck. Mit geübtem Dreh des Schlüssels erlangte er sein Sehvermögen wieder. Ja, er war vollkommen außer Sicht, und sein linkes Auge lag genau vor der zentimeterbreiten Lücke zwischen Stoff und Boden. Am anderen Ende des Raumes konnte Ruben die Füße der Meyers am Tisch erkennen – eine kunterbunte Mischung aus Strümpfen und Socken und nackten Füßen, denn in der Aufregung hatte sich niemand damit aufgehalten, wieder normale Schuhe anzuziehen. Sein Blick wanderte in Richtung Kamin, wo er Jacks dreckige Turnschuhe entdeckte. Er hatte alle verortet – jetzt konnte er sich darauf konzentrieren, was gesagt wurde.

»– hierhin gekommen, ohne gesehen zu werden?«, fragte eine der älteren Frauen gerade. »War denn keiner im Wachraum?«

»Das war mein Fehler, Tante Caroline. Ich habe in der Kuppel gearbeitet. Ich dachte, dass ich trotzdem vernünftig Ausschau gehalten hätte, aber offenbar doch nicht.«

»Es ist doch egal, wie er hierhergekommen ist«, sagte einer der Männer. »Wichtig ist, ob ihm jemand gefolgt ist. Wissen wir überhaupt mit Sicherheit, ob er allein ist?«

Pennys Vater erwiderte: »Ich habe mit Carmichael vom Bahnhof gesprochen. Ruben war der Einzige, der ausgestiegen ist. Wir haben keine anderen Fremden im Ort gesehen, daher können wir uns ziemlich sicher sein, dass er allein ist.«

»Zumindest noch«, sagte eine Frauenstimme.

»Das stimmt, Tante Penelope. Halten wir also alle nach Fremden Ausschau, die in der Nähe des Bootsstegs auftauchen. Ich wüsste nicht, was wir noch tun könnten, solange wir nicht wissen, womit wir es zu tun haben.«

»Eine Sache wissen wir«, sagte Pennys Mutter. »Wir haben es mit einem Kind zu tun, das ganz auf sich allein gestellt ist. Wo ist seine Familie? Wo kommt er her? Warum ist er allein unterwegs? Ich musste mich unglaublich zusammenreißen, ihn nicht in den Arm zu nehmen und an mich zu drücken.«

»Der Junge kriegt das schon hin«, warf eine tiefe, träge Stimme aus nächster Nähe ein. »Er hat doch bisher ganz gut auf sich aufgepasst, oder nicht?«

»Was war das? Sprich lauter, Sohn! Wir haben nicht alle so junge Ohren.«

»Er meint, dass Ruben sehr selbstständig wirkt, Onkel William«, sagte Mr Meyer laut. »Und ich stimme Jack in der Hinsicht zu, dass wir ihn nicht unterschätzen sollten. Aber ich stimme auch Rebekah zu, dass wir nun verantwortlich für ihn sind. Er sagte, dass er in einer ernsten Situation steckt. Wir können ihn hier nicht alleine weglassen. Wir müssen auf ihn aufpassen.«

An dieser Stelle äußerten alle ihre Zustimmung. Ruben war gerührt. Noch nie hatten sich so viele Leute besorgt um ihn gezeigt (und wenn er jemals Besorgnis verdient hatte, dann jetzt). Aber es würde ihm nichts nützen. Er konnte nicht zulassen, dass die Meyers ihn hierbehielten. Er musste zu seiner Mom zurück.

Die Unterhaltung drehte sich eine Weile darum, wie man herausfinden konnte, was Ruben über den Inhalt des Kästchens wusste, und wie man ihm am besten helfen konnte, wenn er nur zögerlich Informationen preisgab. Schließlich, und mit ziemlichem Nachdruck, verkündete eine der Großtanten, dass die Antwort auf der Hand liege – sie mussten einfach das finden, was die ursprüngliche Penelope an dem geheimen Ort versteckt hatte.

Ruben konzentrierte sich nun noch mehr darauf, jedes einzelne Wort zu verstehen.

»Wie wahrscheinlich ist es denn, dass sich nach all den Jahren immer noch ein Typ wie Bartholomew herumtreibt? Ich würde alles dafür geben herauszufinden, worum es eigentlich geht, und jetzt haben wir endlich die Möglichkeit dazu. Ich glaube nicht, dass es noch gefährlich ist; ich glaube nicht, dass wir viel riskieren. Die Jacks sollen Brecheisen und Taschenlampen holen und dort hinuntergehen, und dann finden wir ein für alle Mal heraus, was es mit dieser Sache auf sich hat!«

Es gab vereinzelten Beifall und unterdrückten Jubel. Ruben spürte, wie sich die Stimmung am Tisch änderte. Aufregung und Erleichterung gewannen die Oberhand.

»Aber teilen wir das, was wir finden, mit dem Jungen?«, fragte jemand. »Ohne zuerst zu erfahren, was er weiß?«

»Vielleicht hilft uns das, was wir finden, eine Entscheidung zu treffen«, warf Mr Meyer ein.

»Tja, jetzt können wir jedenfalls nicht gehen«, sagte Pennys Bruder Luke. »Die Flut steigt bereits. Die nächste Ebbe ist erst gegen drei Uhr morgens. Sollen wir es dann machen?«

»Dann hätten wir zumindest den Schutz der Dunkelheit«, gab Mr Meyer zu bedenken. »Niemand würde uns vom Festland aus sehen. Oh, aber wartet –«

»Genau«, sagte eine andere Stimme. Plötzlich riefen auch alle anderen durcheinander: »Oh ja, das Unwetter!« und »Das wird ein schrecklicher Sturm« und »Könnte keine schlechtere Nacht geben« und ähnliche Dinge, und alle kamen überein, dass sie besser bis zum nächsten Tag warteten, wenn sich das Wetter beruhigt hätte.

Niemand war mehr auf das Wetter eingespielt als eine Familie von Leuchtturmwärtern, begriff Ruben. Vielleicht hätte ihr ungutes Gefühl ansteckender sein sollen, aber wo die Meyers einen Grund zur Vorsicht sahen, sah Ruben seine Chance. Sie hatten genug gesagt, um zu verraten, dass die Schmugglertunnel hier auf der Insel waren.

Schlechtes Wetter hin oder her, heute Nacht würde er zur Tat schreiten.

DAS RÄTSEL UM JACK

Als Mr Meyer an die Tür des Gästezimmers klopfte, öffnete Ruben sie gähnend und rieb sich die Augen. Offenbar wirkte er derart müde, dass Mr Meyer es für überflüssig hielt, ihn zu fragen, ob er sich etwas ausgeruhter fühlte. »Du siehst mitgenommen aus, Junge«, bemerkte er stattdessen. »Alles in Ordnung?«

Ruben versuchte verzweifelt, sich zusammenzureißen. »Mir geht es gut, danke. Ich bin nur müde.«

Tatsächlich war er in dem Versuch, ungesehen ins Gästezimmer zurückzukehren, gezwungen gewesen, die Uhr nicht nur einmal, sondern zwei Mal zu benutzen, und zwar über die komplette Laufzeit. Die Meyers hatten ihn vollkommen unvorbereitet erwischt, als sie die Besprechung abrupt vertagten und sich vom Tisch erhoben. Ruben hatte eine qualvolle halbe Stunde damit zugebracht, zurück zum Fenster des Gästezimmers zu gelangen und dabei den zahlreichen Meyers auszuweichen, die scheinbar aufs Geratewohl umherwanderten, drinnen wie draußen.

»Vielleicht schläfst du heute Nacht ja besser«, erwiderte Mr Meyer und trat einen Schritt zurück, um Penny, die gerade aus ihrem Zimmer trat, an ihrer Unterhaltung teilhaben zu lassen. »Leider konnte die Familie sich nicht darauf einigen, welche Informationen wir mit dir teilen sollen, und vermutlich wird es das ganze Wochenende dauern, um diese Entscheidung zu treffen. In der Zwischenzeit würden wir uns freuen, wenn du unser Gast bist. Wenn du uns besser kennenlernst, fällt es dir vielleicht auch leichter, Informationen an uns zu geben.«

»Danke, dass ich hierbleiben darf«, sagte Ruben, darauf bedacht, so neutral wie möglich zu antworten. »Ich denke, für ein oder zwei Nächte kann ich bleiben. Wäre es möglich, dass ich kurz ihr Telefon benutze? Allein?«

Auf die Frage folgte unangenehme Stille, und Ruben begriff, dass er nicht in die Nähe irgendeines Telefons kommen würde, wenn er nicht verriet, wen er anrufen wollte. Auch Mr Meyer hatte ganz offensichtlich das Bedürfnis, vorsichtig zu sein.

»Ich muss mich bei meiner Mutter melden«, gab Ruben daher zu. »Damit sie sich keine Sorgen macht.« Er sah Mr Meyer direkt in die Augen. Zumindest in dieser Hinsicht sagte er die Wahrheit.

»Das ist sehr vernünftig von dir«, erwiderte Mr Meyer, nachdem er ihn eine Weile gemustert hatte, »und ehrlich gesagt bin ich auch sehr froh darüber. Es ist gut zu wissen, dass du eine Familie hast. Außerdem werden einige unserer etwas nervöseren Zeitgenossen beruhigt sein, dass du das Bedürfnis hast, deine Mutter anzurufen. Das ist genau so, wie sich ein Meyer verhalten würde, weißt du.« Er zwinkerte Ruben fröhlich zu und fügte dann an Penny gewandt hinzu: »Wie wäre es, wenn du mir hilfst, die anderen aus der Küche fernzuhalten? Das wird ein hartes Stück Arbeit.«

Das Telefon in der Küche war offensichtlich das einzige im Haus, und Rubens Wunsch nach Privatsphäre verursachte einigen Aufruhr und benötigte bemerkenswert viel Zeit, um in die Tat umgesetzt zu werden. Während Ruben unbehaglich in der

Küche saß und an einem Cracker knabberte (seinem Magen ging es immer noch nicht gut, aber immerhin war sein Hunger zurückgekehrt), verfolgte er, wie Penny und ihr Vater alle Meyers aufspürten, die sich im und um das Haus herumtrieben, und jedes Mal aufs Neue erklärten, warum niemand die Küche betreten sollte. Endlich, nach einigem Gebrummel und Durcheinander – und einem feindseligen Blick von Jack, der einmal quer durch die Küche stapfte –, schafften es Penny und ihr Vater, alle Meyers nach draußen zu bugsieren.

»Tut mir leid«, sagte Ruben errötend, als Penny zu ihm kam, um ihm ihren Triumph zu verkünden. Es war ihm schrecklich unangenehm, dass er so einen Aufruhr verursacht hatte.

»Machst du Witze?«, entgegnete Penny und lachte. Ihre mit Sommersprossen übersäten Wangen waren gerötet und glänzten vor Schweiß. »Es kommt nicht jeden Tag vor, dass ich sie herumkommandieren darf. Das war cool!« Sie wünschte ihm alles Gute für seinen Anruf, warf ihrem neuen, rätselhaften Freund einen letzten Blick zu und hüpfte dann summend aus der Küche. Ihre gute Laune war offenbar zurückgekehrt.

Ruben sah ihr nach und wünschte sich, er würde sich nur halb so sorglos fühlen wie sie. Welch eine befreiende Vorstellung, keine Angst mehr haben zu müssen, keine Schuldgefühle, keine Erwartung drohender Gefahr! Er sah voller Furcht auf die Uhr über der Arbeitsplatte. Seine Mom würde gerade von der Arbeit auf dem Markt nach Hause gekommen sein. Er musste es schnell hinter sich bringen, ganz egal, wie sehr er es weiter vor sich herschieben wollte.

»Ruben?«, meldete sie sich am Telefon, und Ruben war sofort auf der Hut. Ihre Besorgnis schien durch das Telefon zu greifen und ihm die Kehle zuzudrücken. Was war passiert?

»Hi, Mom!«, zwang Ruben sich zu sagen. Sein munterer Tonfall klang selbst in seinen eigenen Ohren aufgesetzt, aber er musste das jetzt durchziehen.
»Ich wollte mich nur kurz melden, wie versprochen.«
Ihr erleichtertes Seufzen klang wie eine Störung in der Leitung.
»Oh Schatz, danke. Ist alles in Ordnung?«
»Alles bestens, Mom. Ich amüsiere mich blendend. Du kannst aufhören, dir Sorgen zu machen.«
»Das freut mich«, entgegnete seine Mutter. Dann fügte sie hinzu: »Bist du sicher?«
Ruben bemerkte einen ängstlichen Unterton in ihrer Stimme und stellte fest, dass sie sich nicht einfach so Sorgen um ihn machte. Sie machte sich über etwas ganz Bestimmtes Gedanken.
»Mom, was ist los?«
Einen Augenblick lang herrschte Stille. »Tut mir leid«, sagte sie dann. »Ich wollte das eigentlich nicht am Telefon besprechen, aber ich glaube, es ist zu wichtig, um zu warten. Ich habe gerade mit Mrs Peterson von gegenüber gesprochen. Sie sagte, dass diese Männer heute da waren – du weißt schon, wen ich meine.«
Rubens Magen schien plötzlich voller Eis zu sein. Die Späher. Seine Mom nannte sie immer »diese Männer«, wenn sie über sie sprechen musste. Die Späher waren so ziemlich das Einzige, worüber seine Mutter niemals Witze machte. Mit einiger Anstrengung gelang es ihm, seine Stimme ruhig zu halten.
»Ja, ich weiß. Was meinst du damit, sie waren heute da?«
»Mrs Peterson sagte, sie sind in der ganzen Gegend unterwegs – nicht nur die üblichen vier, sondern eine Unmenge von ihnen aus der ganzen Stadt. Sie sind zum ersten Mal um die Mittagszeit aufgetaucht und haben nach einem Jungen gefragt, der so *aussieht* wie du. Na ja, sie haben gesagt, er sei neun oder zehn,

aber da du ziemlich klein für dein Alter bist, dachte ich, dass sie vielleicht *tatsächlich* dich meinen.«

Rubens Herz pochte so laut, dass er seine Mutter kaum verstehen konnte. Also wusste der Schatten Bescheid. Irgendwie hatte er herausgefunden, dass Ruben aus den Lower Downs stammte. Warum sonst sollten die Späher plötzlich dort suchen? Ruben versuchte, ruhig zu bleiben, doch als er etwas sagte, klang seine Stimme weit entfernt, als spräche jemand anderes an seiner Stelle. »Warum sollten sie sich nach mir erkundigen?«

»Es geht um einen Jungen, der so aussieht wie du«, erwiderte seine Mom. »Ich hatte gehofft, dass du es nicht bist. Sie sagen, dass dieser Junge etwas gefunden hat, was ihm nicht gehört. Sie wollen, dass er es aushändigt, damit sie es seinem Besitzer zurückgeben können. Sie sagen, dass er keine Schwierigkeiten bekommt, sie wissen, dass Jungs manchmal Unsinn machen – so hat es zumindest Mrs Peterson gesagt. Aber dieses Ding ist wohl ziemlich wichtig und deswegen müssen sie es wiederhaben. Ein dünner Junge mit braunen Haaren, nach dem suchen sie.«

Rubens Schläfen pochten. Sein Gesicht brannte und war schweißnass. Und doch schaffte er es irgendwie, seine Stimme nicht zittern zu lassen.

»Ach Mom, es gibt Tausende braunhaarige Jungs in den Lower Downs. Und ich bin elf.«

»Ich weiß. Natürlich. Aber –«

»Mom. Was immer es auch ist, ich hab es nicht. Ich müsste verrückt sein, etwas zu behalten, von dem ich weiß, dass sie danach suchen, oder nicht?«, fragte Ruben. In diesem Moment fühlte er sich total verrückt. Vollkommen durchgeknallt.

»Ach Ruben, genau das habe ich auch gedacht!«, erwiderte seine Mutter mit einem erneuten Seufzer der Erleichterung. »Bist du dir auch sicher? Absolut sicher? Diese Sache klingt ziemlich ernst, mein Schatz.«

»Ich bin mir sicher, Mom«, beteuerte Ruben. »Wen auch immer sie suchen, ich bin es nicht.«

Lange nachdem sie aufgelegt hatten, saß Ruben noch immer am Küchentisch, den Kopf in den Händen vergraben. Das Ticken der ominösen Uhr in seinem Kopf war plötzlich schneller geworden. Er hatte gehofft, mehr Zeit zu haben, um aus der ganzen Sache schlau zu werden und zu entscheiden, was er seiner Mom erzählen würde. Aber jetzt gingen die Späher schon in den Lower Downs von Tür zu Tür. Was, wenn sie wiederkamen und seine Mom zu Hause war? Was, wenn sie nach einem Foto von ihm fragten? Sie mussten es nur einem der Juweliere auf der Brighton Street zeigen, um sicherzustellen, dass Ruben derjenige war, den sie suchten.

Sein Blick wanderte wieder Richtung Telefon. Er könnte sie zurückrufen, ihr die Wahrheit sagen, ihr verraten, wo er war. Mehr würde es nicht brauchen – sie säße im nächsten Zug nach Point William. Aber was, wenn die Späher bereits ahnten, dass er es war, den sie suchten? Was, wenn sie ihr heimlich folgten?

Ruben presste die Hände gegen seinen Kopf und es entkam ihm ein gequältes Geräusch, halb Knurren, halb Heulen. Er hatte Angst und er war wütend, und im Moment konnte er kaum zwischen den beiden Gefühlen unterscheiden.

»Ruben?« Penny steckte den Kopf zur Küche herein. »Entschuldige, aber Dad hat mich geschickt, um nach dir zu sehen, und es klang nicht so, als würdest du noch telefonieren, und dann habe ich gehört, wie du – na ja, wie du diesen Schrei losgelassen hast. Geht's dir gut?«

Er blickte zu ihr auf, als sähe er sie zum ersten Mal. Dann

schüttelte er den Kopf in dem Versuch, wieder klar denken zu können.

»Nein?« Penny trat in die Küche und sah besorgt aus. »Kann ich dir helfen? Was kann ich tun?«

»Nein, nein, alles in Ordnung.« Ruben stand mit zittrigen Beinen auf. »Es ist nur – die Dinge sind ziemlich kompliziert. Aber mir geht's gut. Danke, Penny.«

»Du musst mir nicht danken«, erwiderte sie, und zu Rubens Überraschung trat sie zu ihm und umarmte ihn. »Wir stecken da zusammen drin, oder? Und was immer es auch ist, alles wird gut.«

Sie ließ ihn wieder los und lächelte ihm beruhigend zu.

Ruben gelang ein schwaches Lächeln als Antwort. Er nickte.

»Ich sag den anderen, dass du fertig bist mit Telefonieren. Die Flut ist zurück, und Luke will einige Tanten und Onkel zum Festland rudern. Aber die meisten haben ihre Schuhe im Haus gelassen!« Sie kicherte und wandte sich zum Gehen.

»Die anderen wollen nach Hause?«, fragte Ruben verwirrt.

»Nur um ihre Schlafanzüge und Zahnbürsten zu holen«, erwiderte Penny schon an der Tür. »Zum Abendessen sind sie wieder da. Glaub mir, hiervon will keiner irgendwas verpassen!«

Ruben sah ihr niedergeschlagen hinterher. *Großartig*, dachte er. *Einfach fantastisch*.

Natürlich konnten es die Meyers kaum erwarten herauszufinden, was all die Jahre über in den Schmugglertunneln versteckt gewesen war. Einige von ihnen dachten mit Sicherheit genau wie er, dass eine Truhe voller Gold oder Juwelen dort unten auf sie wartete, einfach herumstand, unangetastet seit mehr als einem Jahrhundert. Zumindest in dieser Hinsicht würden sie nicht enttäuscht sein, da Ruben vorhatte, das meiste davon für die Meyers zurückzulassen. Aber natürlich konnten sie es auch kaum abwarten, den *Grund* für all das zu erfahren – zu verstehen, warum sie seit Generationen taten, was sie taten. In dieser Hinsicht würden sie eine herbe Enttäuschung erleben.

Ja, morgen früh würde es eine Menge enttäuschte Menschen hier auf der Insel geben. Enttäuscht und wütend. Vielleicht würde er eines Tages einen Brief schreiben, in dem er alles erklärte, dachte Ruben. Vielleicht würden sie es verstehen. Vielleicht könnten sie ihm sogar verzeihen.

Während die Welt draußen dunkel wurde und sich die verkrüppelten Bäume in den Böen des nahenden Unwetters hin und her wiegten, saß Ruben in der Tür zum Ölhaus. *Die Jacks sollen Brecheisen und Taschenlampen holen.* Dieser Satz war ihm besonders im Gedächtnis geblieben. Er hatte eine Taschenlampe in seinem Rucksack, und er hatte Brecheisen bei den Werkzeugen im Ölhaus gesehen. Jetzt musste er nur noch darauf warten, dass die Zeit verging. Doch die Zeit hatte offenbar keine Eile. Drei Uhr morgens schien noch eine Ewigkeit entfernt.

Da er aller Wahrscheinlichkeit nach beobachtet wurde, vermied Ruben es, in Richtung der Granitfelsen am Ufer zu sehen – *vom Meer aus muss man gehen* –, und blickte stattdessen hinauf in den aufgewühlten Himmel. Die Meyers durften auf keinen Fall merken, dass er eine Ahnung hatte, wo man den Eingang zu den Schmugglertunneln finden konnte. Er ging noch einmal ein paar der Worte durch, die er Penny im Ölhaus hatte singen hören:

Bei Ebbe kaum zu sehen,
Bei Flut vollends verschwunden.

Vom Meer aus muss man gehen,
Den Eingang zu erkunden.

Komm niemals ohne Eisen
Und halt' das Licht stets tief.

Ruben mochte gar nicht daran denken, wie Penny sich fühlen würde, wenn sie wüsste, dass sie das Geheimnis verraten hatte. Schockiert. Beschämt. Regelrecht krank. Wie hatte Jack sie genannt? *Die Meyer-hafteste von allen Meyers.* Zum Glück würde sie es nie herausfinden. Sie würde auch so schon unglücklich genug sein – bei dem Gedanken fühlte Ruben sich selbst ganz schlecht. Penny war wahrscheinlich der netteste Mensch, den er je getroffen hatte. Ihre ganze Familie war nett, mit Ausnahme von Jack.

Das Abendessen mit den Meyers war – milde ausgedrückt – ziemlich unbehaglich gewesen, auch wenn sich alle große Mühe gegeben hatten, Ruben willkommen zu heißen. Gut gelaunt hatten sie Anekdoten zum Besten gegeben, sich gegenseitig geneckt und Rubens Teller immer wieder aufgefüllt. Zweifellos hatten sie sich untereinander darauf geeinigt, ihm keine Fragen mehr zu stellen, sondern behandelten ihn stattdessen wie einen von Pennys Freunden. Doch je netter sie alle waren, desto schlechter fühlte sich Ruben, und Jacks bohrender Blick brachte ihn noch zusätzlich aus der Fassung. Als schließlich der Nachtisch auf den Tisch gestellt wurde, hielt er es nicht mehr aus. Er lehnte höflich ab und entschuldigte sich.

»Da kann man nichts machen«, murmelte er jetzt zu sich selbst. Er zupfte ein paar Grashalme neben seinen Füßen aus und ließ sie vom Wind davontragen. »Es ändert nichts, dass du sie magst, also hör auf, darüber nachzudenken.«

Penny erschien an der Fliegengittertür des Haupthauses. Sie schob sie mit einem Fuß auf, da sie in jeder Hand eine Schüssel hielt, und schloss sie mit demselben Fuß wieder lautlos hinter sich. Sie war ziemlich geschickt, fiel Ruben auf, und als sie über die Wiese auf ihn zukam, spielte ihm sein Verstand einen seltsamen Streich: Er beschwor das Bild von Penny herauf, die ein Abflussrohr hinaufkletterte. Ruben glaubte zu wissen, warum. In seinem früheren Leben hätte er Penny gerne als Freundin gehabt und wäre mit ihr durch die Straßen und Gassen der Lower Downs gestreift.

»Ich habe dir Nachtisch mitgebracht«, sagte Penny. »Es war ziemlich offensichtlich, dass du welchen haben wolltest.«

»Ach ja. Ganz vergessen. Die Meyers merken alles. Danke.« Er nahm die Schüssel entgegen, die Penny ihm hinhielt, und tauchte den Löffel in die Erdbeeren mit Schlagsahne. Es schmeckte so köstlich, dass er sich sofort wünschte, er hätte mehr als nur eine Schüssel voll.

Penny setzte sich neben ihn. »Lecker, oder? Eine Cousine von uns baut Beeren an. Sie gibt uns immer die besten. Und die Schlagsahne kommt von einer Molkerei ganz in der Nähe.«

»Also ist das kein Penelope-Gericht?«

Penny lachte und warf ihre Haare zurück über die Schulter. »Du musst aus der Stadt kommen, wenn du das für ein exotisches Gericht hältst. Nein, Penelope hat nie über Beeren mit Schlagsahne geschrieben, aber ich wette, sie hat in ihrer Kindheit eine Menge davon gegessen.«

»Das hat sie bestimmt, wenn sie einigermaßen vernünftig war«, erwiderte Ruben mit vollem Mund.

Penny führte den Löffel zum Mund, hielt dann inne und warf ihm einen verstohlenen Blick zu. »Du *bist* also aus New Umbra?«

Ruben sah auf die Wellen hinaus, die in die Bucht rollten. Anstatt einer Antwort nahm er einen weiteren Löffel Erdbeeren mit ordentlich Schlagsahne.

»Komm schon.« Penny stieß ihm den Ellbogen in die Seite. »Eine Sache. Du kannst mir doch wenigstens eine Sache verraten.«

Ruben verspürte das brennende Verlangen, ihr alles zu erzählen. Nicht nur eine Sache, sondern alles. Er hatte keine Lust mehr, aus allem ein Geheimnis zu machen. Aber es würde katastrophale Folgen haben, wenn er Penny in alles einweihte. Sie würde es ihrer Familie sagen müssen, und die würde mit Sicherheit eingreifen und ihm die Uhr wegnehmen. Und so biss er sich auf die Lippen und sah weiterhin stur aufs Meer hinaus.

»Du *willst* es mir erzählen«, bohrte Penny weiter. »Das seh' ich doch. Also, warum tust du es dann nicht?«

Aus Ruben wäre es beinahe herausgeplatzt: *Weil meine Mom in Gefahr ist, okay? Oder sie wird es bald sein, wegen etwas, das ich – etwas … ich hatte nicht vor, etwas Unrechtes zu tun. Aber jetzt muss ich das irgendwie zu Ende bringen. Ich muss sie da rausholen, nur weiß ich nicht, wie.*

Er seufzte. Nichts davon konnte er sagen. Eins würde zum anderen führen, und dann käme alles ans Licht, und das wäre das Ende.

Er warf Penny einen Blick zu. Sie musterte sein Gesicht mit besorgter Miene, und er sah schnell wieder weg. »Ich verspreche, dass ich alles irgendwann erklären werde«, sagte er und fühlte sich im gleichen Augenblick besser. Ja, wenn all das vorbei war, würde er definitiv diesen Brief schreiben. Er sah zu ihr zurück. »Ich verspreche es, okay?«

Penny verzog den Mund. »Na gut«, erwiderte sie. »Ich schätze, das muss ich wohl akzeptieren. Aber ich nagle dich darauf fest, klar?«

Als die Fliegengittertür knallte, zuckten sie beide zusammen. Jack war gerade aus dem Haupthaus gestürmt und marschierte hinunter zur Anlegestelle. Er ballte immer wieder die Hände zu Fäusten, und selbst aus der Entfernung konnte Ruben erkennen, wie sich die Muskeln in seinen Armen anspannten. Er sah aus, als wolle er irgendetwas in Stücke reißen und habe sowohl die Kraft als auch die Entschlossenheit dazu.

»Was ist los?«, rief Penny ihm zu und winkte mit ihrem Löffel in seine Richtung. Sie schien vollkommen unbeeindruckt von der offensichtlichen Wut ihres Bruders.

»Das Boot hat sich losgemacht«, blaffte Jack und warf Ruben einen feindseligen Blick zu. »Luke ist selbst zum Knotenbinden zu blöd.«

Die Kinder standen auf, gingen um das Ölhaus herum und schauten zu, wie Jack seine Schuhe auszog und in das wogende Wasser watete. Das Ruderboot war nicht weit weggetrieben und schleppte die Landleine hinter sich her. Jack griff danach und zog das Boot ans Ufer. Mit energischen, ruckartigen Bewegungen machte er sich daran, es am Pier zu befestigen.

»Ich glaube, Jack mag mich nicht«, sagte Ruben leise, während sie ihn beobachteten.

Penny lachte. »Mach dir darüber keine Gedanken«, erwiderte sie. »Jack mag niemanden.«

»Aber er scheint *dich* zu mögen«, warf Ruben vorsichtig ein, der sich daran erinnerte, wie Penny und Jack miteinander gesprochen hatten, als sie allein gewesen waren, auch wenn er es natürlich nicht wagte, etwas in der Art zu erwähnen.

Penny zuckte mit den Schultern. »Das ist was anderes. Die

kleine Schwester hat einen Sonderstatus. Das behauptet Jack zumindest immer.«

Jack befestigte gerade eine Abdeckplane über dem Boot und hielt kurz inne, um sich das Wasser aus dem Gesicht zu wischen. Seine roten Haare waren so kurz geschoren, dass sie aus der Entfernung wie ein hauchdünner Überzug aus Ziegelstaub wirkten. Es würde Ruben nicht überraschen, wenn sich herausstellte, dass Jack sich die Haare während eines Wutanfalls abrasiert hatte.

»Warum ist er so aufgebracht?«, murmelte er.

»Oh, er findet immer irgendeinen Grund«, begann Penny leichthin, verstummte dann jedoch. Jack hatte seine Aufgabe erledigt und sah hinauf zum Himmel, über den dunkle Wolken aufzogen wie eine einfallende Armee.

»Normalerweise lässt er es an seinem Sandsack aus«, fuhr sie um einiges ernster fort. »Er wurde früher viel gehänselt wegen unserer Familie. Und dann musste er mit ansehen, wie Luke ebenfalls gehänselt wurde. Als es auch bei mir anfing, ist es mit ihm durchgegangen. Das war sozusagen der Tropfen, der das Fass zum Überlaufen gebracht hat.«

Ruben dachte über diese neue Information nach. »Das leuchtet mir ein«, sagte er schließlich. »Ich glaube, ich wäre auch wütend, wenn ich gehänselt werden würde.«

»Es ist nicht nur die Hänselei«, entgegnete Penny. »Ich glaube, er ist wütend auf unsere Familie, weil wir auf andere so merkwürdig wirken, und er ist sauer auf andere, weil sie uns für merkwürdig halten – denn er weiß, dass wir nur versuchen, das Richtige zu tun.«

»Du kommst mir kein bisschen merkwürdig vor«, sagte Ruben.

Penny warf ihm einen dankbaren Blick zu. »Tja, irgendwie sind wir es schon ein bisschen. Verglichen mit den meisten anderen Familien zumindest. Wir Meyers haben zwar den Ruf, die aufrechtesten Bürger Point Williams zu sein, doch den meisten geht es eine Spur zu weit. Niemand in unserer Familie trinkt einen Tropfen Alkohol; niemand lügt oder betrügt; jeder isst vernünftig, treibt Sport, packt mit an, wo immer er gebraucht wird. Die Liste ist noch um einiges länger. Aber *du* verstehst es, Ruben, nicht wahr? Wir müssen so sein – wir müssen einen klaren Kopf bewahren, gute Menschenkenner sein, verlässlich und standhaft. Wegen dem Versprechen von einst, wegen dem Geheimnis! Das ist unsere Pflicht!«

Ruben schüttelte voller Verwunderung den Kopf. Ihm war das ganze Ausmaß bis jetzt nicht wirklich bewusst gewesen – die Belastung, die die Aufgabe für die Meyers bedeutet hatte, die Bürde, die sie all die Jahre über auf sich genommen hatten. Das war unfassbar, aber in gewisser Weise auch grauenvoll. »Wie hast du das gemeint«, fragte Ruben, »als du sagtest, mit Jack wäre es durchgegangen?«

Penny sah ihn ernst an. »Sagen wir mal so: Niemand würde es mehr wagen, ihn zu hänseln. Niemand will Jack zum Feind haben.« Sie seufzte. »Leider will ihn auch niemand zum Freund haben.«

»Du scheinst dir Sorgen um ihn zu machen«, bemerkte Ruben.

»Natürlich mache ich mir Sorgen um ihn.«

Jack hatte den Anlegeplatz verlassen und stapfte zurück zum Haupthaus. Als er an den beiden vorbeikam, warf er ihnen einen bösen Blick zu. »Danke für die Hilfe.«

Penny lachte ihr hellstes Lachen. »Gern geschehen! Wir haben so angestrengt zugeschaut, wie wir konnten!«

Jack verschwand im Haus und ließ die Fliegengittertür hinter sich zuknallen.

»Er zeigt seine Liebe auf die unterschiedlichsten Arten«, sagte Penny, und jetzt lachte auch Ruben – er konnte nicht anders. Er leckte seinen Löffel sauber und ließ ihn in die leere Schüssel fallen.

Sie schwiegen eine Weile. Der Wind blies nun unablässig und wurde zunehmend kräftiger. Wellen brachen sich an den Felsen vor der Insel.

Nach einiger Zeit fügte Penny schließlich mit sanfter Stimme einen letzten Punkt zum Thema ihres Bruders hinzu. »Jack ist uns allen ein Rätsel. Aber er liebt uns. Er ist verrückt, aber er liebt uns. Das weiß ich.« Sie sah mit solcher Wehmut auf das aufgewühlte Wasser hinaus, dass Ruben den Drang verspürte, sie in den Arm zu nehmen, ihr zu sagen, dass Jack sich schon berappeln würde – dass alles in Ordnung kommen würde. Er konnte spüren, wie besorgt sie war. Doch er nickte nur und sah wie sie hinaus aufs Meer. Die Wellen wurden stärker und krachten mit immer größerer Kraft gegen die Felsen. Ruben spürte selbst hier oben hin und wieder, wie die Gischt auf seiner Haut kitzelte.

Es war die perfekte Nacht für die Gefühle, die in ihm tobten: schuldig, hin und her gerissen, ängstlich. Im Laufe eines einzigen Tages war Penny zu seiner Freundin geworden – nicht irgendeine Freundin, sondern die Art von Freundin, mit der man all seine Geheimnisse teilen möchte. Ihm ging nicht aus dem Kopf, was sie in der Küche gesagt hatte: *Wir stecken da zusammen drin, oder?*

Ruben versuchte, nicht darüber nachzudenken, wie sie sich morgen früh fühlen würde, wenn sie herausfand, dass er verschwunden war. Bei dem Gedanken fühlte er sich so schlecht, dass es beinahe eine Erleichterung war, sie nach dem heutigen Abend nie wiederzusehen.

Aber nur beinahe. In Wahrheit fühlte es sich an wie der größte Verlust seines Lebens.

DIE KANINCHENFALLE

Um exakt drei Uhr morgens wachte Ruben keuchend auf und dachte: *Ebbe!* Eigentlich hatte er gar nicht einschlafen wollen. Draußen grollte der Donner. Wind und Regen rüttelten an den Fensterscheiben. Verwirrt sah er sich um. Er lag im Wohnzimmer auf dem Sofa. Die anderen Meyers waren über Nacht geblieben und schliefen in den Gästezimmern und in Pennys Zimmer, was bedeutete, dass Penny ebenfalls im Wohnzimmer schlafen musste. Jetzt fiel es ihm wieder ein. Sie lag auf einem Bett aus Laken in der Nähe des Kamins. Nicht weit entfernt konnte Ruben ihren Umriss in der Dunkelheit ausmachen.

Seine Erschöpfung war offenbar zu groß gewesen. Er hatte auf dem Sofa gelegen, frisch gebadet, und dem Gemurmel von Mr und Mrs Meyers Worten gelauscht, die sich in der Küche unterhielten. Penny war bereits eingeschlafen – ihre roten Haare standen in alle Richtungen ab und bedeckten ihr Kopfkissen. Sie schlief mit offenem Mund, wodurch ihre beiden Schneidezähne deutlich zu sehen waren. Das Licht hatte noch gebrannt. Ihre Eltern mussten es ausgeschaltet haben, bevor sie ins Bett gegangen waren.

Ruben sah auf das Leuchtzifferblatt der Uhr am Kaminsims. Sie bestätigte die Uhrzeit, die er bereits geahnt hatte. Vielleicht hatte er im Schlaf die Minuten gezählt. Er schlug seine Decke zurück und glitt vom Sofa. Dann nahm er seine Turnschuhe in die Hand und schlich in die Küche, wo ein Licht über dem Herd angelassen worden war. Er nahm den Zettel aus seiner Tasche, den er ein paar Stunden zuvor geschrieben hatte, und legte ihn auf den Tisch. *Bin bald zurück*, stand darauf. Er hatte es absichtlich so vage formuliert. Er hoffte, die Suche nach ihm dadurch so lange hinauszuzögern, bis er den Morgenzug nach New Umbra erwischt hatte.

In der Garderobe neben der Küche suchte er sich aus diversen Regenmänteln den dunkelsten aus, einen marineblauen, der nur wenige Nummern zu groß war. Er zog ihn an und siedelte die Uhr in eine der tiefen Manteltaschen um. Dann stopfte er seine Socken in die Turnschuhe, steckte die Schuhe unter den Mantel und schlüpfte zur Hintertür hinaus.

Regen prasselte auf ihn nieder und wurde ihm vom Wind ins Gesicht geweht. Hoch über ihm zuckte ein Lichtstrahl durch die Dunkelheit. Zwei schnelle Stöße hintereinander, Pause, dann noch einer, wieder Pause. Dann wiederholte sich das Signal. Das Licht war so hell, dass es meilenweit zu sehen sein musste. Und doch war es konstruiert, um die Dunkelheit über der stürmischen See zu durchdringen, nicht den Boden darunter, und Ruben sah aus beinahe vollständiger Dunkelheit zu ihm auf. Er ging trotzdem kein Risiko ein. Nachdem er die Hausecke umrundet hatte und die Tür zum Ölhaus in Sicht kam, verschmolz er vollends mit der Dunkelheit.

Barfuß und schnellen Schrittes überquerte er das nasse Gras. Natürlich hatte er sich die Entfernung eingeprägt, und als er sein Tempo verringerte und die Hand ausstreckte, fand er den Eingang genau an der Stelle, an der er ihn vermutet hatte. Nachdem er die Tür hinter sich geschlossen hatte, breitete sich Stille um ihn herum aus. Ruben zog den Schlüssel aus der Uhr, aber die Dunkelheit blieb praktisch gleich. Er tastete sich zum Ölfass vor, hinter dem immer noch sein Rucksack stand, zusammen mit den Gummistiefeln, die er nach dem Essen von der Anlegestelle heraufgeholt hatte. Mit suchenden Fingern öffnete er den Reißverschluss und befühlte den Inhalt, bis er die vertraute Form der Taschenlampe ertastet hatte. Ruben machte sie gerade lang genug an, um ein Brecheisen von der Wand zu holen, dann knipste er sie wieder aus. Er war inzwischen an die Dunkelheit gewöhnt.

Nachdem er die Turnschuhe im Rucksack verstaut hatte – später würde er sich über trockene Füße freuen –, schlüpfte Ruben in die Stiefel und zog den Regenmantel fest um sich. Dann machte er sich unsichtbar und trat wieder hinaus in den tobenden Sturm.

Er benötigte nur wenige Sekunden, um zum Fuß des Leuchtturms zu gelangen, aber mehrere Minuten, um von dort zum nördlichen Ufer der Insel zu kommen. Die dicht zusammenstehenden Granitfelsen zu überqueren wäre auch ohne heftigen Wind und peitschenden Regen schwer genug gewesen – die Blindheit aber machte es praktisch unmöglich. Am Ende war Ruben gezwungen, wieder zu erscheinen und darauf zu vertrauen, dass die Dunkelheit ihn verbarg. Er musste sogar auf die Taschenlampe zurückgreifen und sie immer für wenige Sekunden anknipsen, um sich einen Weg zu suchen. (Die regelmäßigen Gewitterblitze waren keine Hilfe, denn sie erschienen nur als orangefarbene oder gelbe Flecken am Himmel, die von der endlosen Schwärze der Sturmwolken verschluckt wurden.)

Mühsam suchte er sich den Weg über die rutschigen Felsen, verlor oft den Halt und wischte sich immer wieder das Wasser aus den Augen. Endlich erreichte er das Ende der Insel, wo die

Felsen dem flachen Meerwasser wichen, das über dem Schlamm wirbelte.

Bei Ebbe kaum zu sehen, bei Flut vollends verschwunden, dachte Ruben und wischte sich erneut über die Augen. Hier, genau wo die Felsen auf das zurückweichende Wasser trafen, war die Stelle, wo er suchen musste. Er schaltete die Taschenlampe ein – es ging leider nicht anders – und ließ den Strahl über die felsigen Umrisse wandern, die an das Wasser grenzten. *Das X muss unter dem Y stehen.* Sein Blick schoss wild hin und her. Er hatte gehofft, dass die Zeichen offensichtlich wären. Sie waren es nicht. Er zwang sich, methodischer vorzugehen. Er suchte sich einen nahen Felsbrocken mit einer charakteristisch gezackten Kante und begann, die untersten Felsplatten rechts davon nacheinander abzusuchen.

Jeder der nächstgelegenen drei Felsen erschien auf den ersten Blick viel versprechend – auf jedem befanden sich Formationen von Seetang und Seepocken, die in Rubens Augen sehr einem X ähnelten. Aber Seetang und Seepocken zählten nicht, und das wusste er natürlich. Er war so erpicht darauf, ein X zu finden, dass er in allem ein X sehen würde. *Beruhige dich,* ermahnte er sich. *Das wird eine Weile dauern.*

Und dann, direkt auf dem nächsten Felsen, entdeckte er plötzlich ein in den Stein gemeißeltes X.

Ruben hätte beinahe laut gejubelt vor Freude. Das X hatte in etwa die Größe seiner Hand. Es wäre schon aus ein paar Schritten Entfernung nicht mehr zu sehen gewesen. Aber es bestand kein Zweifel daran, dass es mit einem Meißel in den Stein geritzt worden war. Die Furchen waren tief und gesäumt von grünbraunem Schlamm.

Jetzt, dachte er aufgeregt. *Unter dem Y.*

Oberhalb des markierten Felsens befanden sich noch mindestens sechs oder sieben weitere, bevor die Inselböschung in flacheres Terrain überging. Ruben war sicher, dass er das Y in einen der unteren Felsen gemeißelt finden würde, da diese sich bei Flut am wahrscheinlichsten unter Wasser befanden. Doch seine Suche ergab nichts, und je weiter er die Felsen absuchte, desto frustrierter wurde er. Nichts. Er kehrte zu dem Felsen mit dem X zurück. Was übersah er? War das Y nicht eingeritzt, sondern aufgemalt und dann von jahrzehntelanger Brandung abgewaschen worden? Sollte er einfach versuchen, jeden Felsen oberhalb des X aufzubrechen? Aber das würde viel zu lange dauern. Zeit war kostbar.

Er musterte die Felsen im Strahl seiner Taschenlampe und versuchte herauszufinden, welchen er wohl am ehesten bewegen konnte. Sie erschienen alle beängstigend massiv. Einer von ihnen, zwei Felsbrocken über dem X, war nicht einmal rund genug, um ihn bergabzurollen, was wahrscheinlich Rubens einzige Chance war, überhaupt einen von ihnen zu bewegen. Er war viel eckiger und am oberen Ende verzweigt.

Wie ein Y.

Ruben war sauer, dass ihm das nicht schon früher aufgefallen war, aber nur für eine Sekunde – dann siegte die Aufregung. Innerlich jubelte er auf und kraxelte über den mittleren Felsen auf der Suche nach einer guten Stelle, um das Brecheisen anzusetzen.

Wie es der Zufall wollte, fand er nicht nur eine gute Stelle, sondern eine perfekte. In den Sockel des Felsens war ein Schlitz gemeißelt worden. Als Ruben das Brecheisen hineinsteckte, verschwand es beinahe bis zur Hälfte darin. Die Mitte des Eisens lag jetzt auf dem Stein auf, das obere Ende stach hervor wie bei einer Wippe.

Ruben wischte sich gedankenlos die feuchten Hände am Regenmantel ab, als könne er sie auf diese Weise trocken bekommen. Dann griff er nach dem Ende des Brecheisens und drückte es mit aller Kraft nach unten. Mit einem lauten, schmatzenden Geräusch hob sich der Felsbrocken nach oben und offenbarte eine etwa fußbreite Lücke. Matschklümpchen tropften von der Unterseite herab. Ruben konnte nicht fassen, wie leicht der Felsblock nachgegeben hatte. Dann sah er, dass sein Inneres fast vollständig weggemeißelt worden war – was wie massiver Stein ausgesehen hatte, war in Wahrheit eine grob gehauene Kuppel. Die Höhlung machte den Brocken wesentlich leichter.

Nichtsdestotrotz hatte der Felsen ein stattliches Gewicht; Rubens Griff lockerte sich allmählich. Als er sich nach etwas umsah, womit er den Brocken fixieren konnte, entdeckte er eine weitere Furche, die in den Felsen zu seinen Füßen gemeißelt worden war, nur wenige Zentimeter unter dem Ende der Brechstange. Er verlagerte sein ganzes Gewicht auf die Stange und presste das Ende in die Furche, wo es einrastete und stecken blieb. Die angehobene Felsenkuppel und die Brechstange ähnelten nun der gigantischen Version einer selbst gebauten Kaninchenfalle, so wie Kinder sie bauen würden, mit einer Kiste, die von einem Zweig nach oben gestemmt wurde.

Ruben leuchtete mit der Taschenlampe in den Spalt. Eine schmale Steinrinne führte etwa anderthalb Meter schräg nach unten, bevor sie wieder eben zu werden schien. Was dahinter war, konnte er nicht mehr erkennen. Er beschloss, nicht weiter darüber nachzudenken. Mit den Füßen voran stieg er in den Spalt, dann folgten die Beine, und schließlich ließ er sich vollständig hineingleiten, den Rücken gegen den nassen, flachen Stein gepresst.

Am Ende der Rinne fiel das Licht von Rubens Taschenlampe in einen langen steinernen Tunnel. Hier und da tropfte Wasser aus Ritzen in der Decke, die gerade hoch genug war, dass er aufrecht stehen konnte. Die Schmuggler von einst jedoch waren mit ziemlicher Sicherheit geduckt gegangen. Und sie kannten den Weg, denn am Ende des Tunnels erkannte er eine Abzweigung.

Linksrum gehen die Weisen, rechtsrum geht es schnell schief.

Mit platschenden, widerhallenden Schritten eilte Ruben durch den Tunnel und wandte sich an der Gabelung nach links. Der nächste Tunnel war kürzer und verzweigte sich am Ende ebenfalls in unterschiedliche Richtungen. Ruben ging erneut nach links. Und kurz darauf noch einmal. Er zählte seine Schritte und die Abzweigungen, doch eigentlich sollte der Rückweg kein Problem darstellen: Er musste einfach an jeder Gabelung nach rechts gehen anstatt nach links.

Wohin führte ihn der Weg? Und wie weit breiteten sich diese Tunnel aus? Verliefen sie unter der Insel und dem Watt hindurch bis zum Festland? Andererseits würden ihn die linken Abzweigungen eher Richtung Meer bringen, oder nicht? In Rubens Kopf drehte sich alles. Er blieb stehen. Um ihn herum hallte das Geräusch tropfenden Wassers von der Decke und den steinernen Wänden. Das Tosen des Unwetters drang nicht bis hier herunter und schien nur noch eine entfernte Erinnerung zu sein. Er riss sich zusammen, ermahnte sich, dass er den Rückweg kannte. Aus reiner Gewohnheit nahm er die Uhr aus der Tasche des Regenmantels und kontrollierte sie. Dann ging er weiter. Sicherlich mussten die Tunnel bald zu Ende sein.

Und tatsächlich stand er gleich nach der nächsten Abzweigung in einer Sackgasse. Eine Steinwand ragte vor ihm auf. Die Decke öffnete sich zu einem langen Schacht; als er nach oben leuchtete, sah es aus, als stünde er am Grunde eines Brunnens. Eiserne Sprossen waren in den Stein eingelassen worden, unregelmäßig und nicht sonderlich großzügig, denn zwischen einigen taten sich beängstigende Lücken auf. Ruben ließ den Strahl seiner Taschenlampe in die Finsternis über der obersten Sprosse wandern, etwa fünf oder sechs Meter über ihm, und erkannte eine Öffnung in der Wand, wie eine Art Nische.

Er war fast da. Er spürte es. Vor seinem inneren Auge konnte er es beinahe schon sehen – eine uralte Truhe am Ende der Nische, randvoll mit Goldstücken, die Antwort auf all seine Probleme. Ruben würde sich die Taschen vollstopfen, und in ein paar Minuten wäre er wieder weg.

Es geschieht wirklich, dachte er mit wild klopfendem Herzen. *Du hast es fast geschafft!*

Die erste Sprosse brach ab, sobald Ruben sich darauf stellte. Sein Stiefel platschte in knöcheltiefes Wasser. Er sah hinab auf die abgebrochene Sprosse, die in der Pfütze lag – das Eisen war vollkommen verrostet. Jetzt entdeckte er auch kleine Teile anderer Sprossen, die mit den Jahren herabgefallen waren. *Nein, nein, nein,* dachte er stirnrunzelnd. Er war zu nah dran. Er leuchtete mit der Taschenlampe wieder auf die Steinwand.

Die nächste Sprosse sah ein bisschen weniger verrostet aus. Oder vielleicht redete er sich das auch nur ein. Er musste seinen linken Fuß umständlich nach oben verbiegen, um sich daraufstellen zu können. Die Sprosse kippelte in der Wand, doch Ruben hatte keine andere Wahl – er musste es versuchen. Er drückte sich zuerst mit dem rechten Fuß ab, dann gleich wieder mit dem linken und griff nach der nächsten Sprosse, die vom Boden aus unmöglich zu erreichen gewesen war. Er hätte beinahe die Taschenlampe fallen gelassen, schaffte es aber in letzter Sekunde, sie festzuhalten. Die Sprossen hielten, wenn auch nur so gerade eben. Sie wackelten in der Wand wie lose Zähne.

Ruben steckte sich den schmalen Plastikgriff der Taschenlampe in den Mund und klemmte ihn sich zwischen die Zähne – und mit einem Mal übernahm die Erfahrung seiner Streifzüge durch die Lower Downs die Führung. Er war ein Spezialist im Klettern, ein alter Hase im Überwinden von kniffligen Stellen. Die Wände links und rechts von ihm waren so nah, dass er sie nutzen konnte, wann immer eine Sprosse fehlte: Hier fand er Halt mit dem Zeh, dort mit der Hand, dann wiederum stemmte er die Sohle seines Stiefels gegen eine Seitenwand und drückte sich nach oben. Und wenn – wie es zwei Mal der Fall war – eine der Sprossen abbrach und mit einem klirrenden Platschen zu Boden fiel, geriet Ruben nicht in Panik oder ließ seine Taschenlampe fallen oder hielt gar inne und sah nach unten, sondern verlagerte geschickt sein Gewicht und kletterte weiter. Mit der Konzentration durchströmte ihn eine vertraute Ruhe. Das einzig Unbequeme war die Taschenlampe in seinem Mund. Sein Kiefer schmerzte und ihm fiel es schwer zu schlucken; er sabberte sogar ein bisschen. Es fühlte sich fast so an, als säße er beim Zahnarzt.

Schon bald war er an der obersten Sprosse angelangt, ließ die Taschenlampe auf den Boden der Nische fallen (denn es war tatsächlich eine Nische, nur wenige Meter tief) und griff nach einem eisernen Stab, der in den Fels gehauen war, wahrscheinlich zu genau dem Zweck. Das war auch gut so, denn kaum hatte er die Hand um die Stange geschlossen, als die oberste Sprosse, die er immer noch fest umklammert hielt, aus der Wand brach. Ruben ließ sie neben die Taschenlampe fallen und zog sich an dem Stab nach oben. Dann schluckte er ein paar Mal, einfach, weil er es wieder konnte.

Er nahm die Taschenlampe in die Hand und leuchtete die hintere Wand der Nische ab. Keine Truhe. Dafür eine dunkle metallene Klappe, die in die Wand eingebaut war. Sie erinnerte Ruben an die Unterwasserluken, die er sich für die Fußböden seines Traumhauses ausgedacht hatte. Er hatte noch nie eine echte Luke gesehen, aber diese sah genauso aus, wie er sie sich vorgestellt hatte. Es gab nur ein winziges Problem: Die Luke war verschlossen. Schlimmer noch, sie war mit einer dicken rostigen Kette gesichert und einem Vorhängeschloss größer als Rubens Faust.

Trotzdem, er war so nah dran. Ruben krabbelte rasch zur hinteren Wand (die Decke der Nische war ziemlich niedrig) und inspizierte das Schloss. Es sah lächerlich alt aus und war größer als alle Schlösser, die er je gesehen hatte, grün und schwarz gesprenkelt und an einigen Stellen stark verrostet. Er zerrte daran. Die Kette rasselte, aber das Schloss hielt.

Er verzog den Mund und dachte nach.

Die Kette. Eine Kette war nur so stark wie ihr schwächstes Glied, oder nicht? Ruben begann, die schweren Glieder der Kette zu untersuchen. Einige erschienen noch so intakt wie an dem Tag, an dem sie geschmiedet worden waren, doch die meisten waren verrostet. Eines sogar sehr stark – im Grunde bestand es mehr aus Rost denn aus festem Metall.

Plötzlich klang der Satz *Komm niemals ohne Eisen* wie Hohn in seinen Ohren. Ein zweites Brecheisen wäre jetzt ziemlich nützlich gewesen. Sollte er es wagen, zum Ölhaus zurückzukehren? Wie schnell würde die Flut kommen? Er sah sich ungeduldig nach etwas anderem um, das er verwenden konnte. Sein Blick fiel auf die abgebrochene eiserne Sprosse.

Ruben krabbelte zum Rand der Nische, schnappte sich die Sprosse und kehrte zurück zur Kette. Dann begann er, mit der Sprosse auf das verrostete Kettenglied einzuhämmern. *Klong. Klong. Klong.* Einmal schlug er daneben und schürfte sich die Knöchel am Steinboden auf. Als er die Hand an den Mund hob, schmeckte er Blut. Doch er ignorierte den pochenden Schmerz und hämmerte weiter. *Klong. Klong. Klong.* Er war eine Figur aus der griechischen Mythologie. Ein Schmied in den Eingeweiden der Erde.

Klong. Klong. Klong.

Das Glied brach auf. Nicht weit, aber das Licht der Taschenlampe offenbarte einen deutlichen Riss, durch den er hindurchsehen konnte, eine schmale, aber unbestreitbare Lücke im Metall. Aufgeregt legte Ruben das Glied mit dem Riss an das Metall des angrenzenden Gliedes, nahm dann die Kette in die Hand und zog mit aller Kraft. Er verschnaufte kurz, dann versuchte er es erneut. Das Glied dehnte sich unmerklich. Er riss nun wie wild an der Kette, wieder und wieder, und positionierte den Spalt jedes Mal so, dass er die volle Wucht seines Gezerres abbekam. Nach einem Dutzend weiterer Versuche kippte Ruben plötzlich nach hinten um. Er hatte es geschafft. Das Glied war abgerissen. Schwer atmend und schweißgebadet rappelte er sich wieder auf.

»Ich fass es nicht«, flüsterte er.

Er konnte die gebrochene Kette nun problemlos abziehen; das riesige Schloss war kein Hindernis mehr. Er kontrollierte seine Uhr, steckte sie wieder weg. Dann umfasste er den einfachen Griff der Luke und zog daran. Die schwere runde Tür widersetzte sich kurz, gab schließlich mit einem schaudernden Ächzen nach und schwang weit auf.

JÄGER IN DER DUNKELHEIT

Ruben verschwand durch die Öffnung wie eine Maus in ihrem Loch. Die Luke führte in eine enge Steinkammer, nicht einmal halb so groß wie sein Zimmer zu Hause, und die Decke war so niedrig, dass sogar er sich bücken musste. Hier drinnen war es genauso feucht wie in den Tunneln und die Wände waren übersät mit Flechten und Schimmelpilzen. Im hinteren Teil der Kammer lag ein Steinbrocken, der aus der Decke ausgebrochen war. Ruben leuchtete mit der Taschenlampe umher. Außer dem Steinbrocken schien sich nichts weiter in der Kammer zu befinden.

Er wandte sich um und untersuchte die Wand um die Luke. Wieder nichts. Und doch gab er die Hoffnung nicht auf. Im Gegenteil, er war überzeugt, dass er etwas finden würde. Er war der Erste, der diese Kammer betreten hatte, seit Penelope vor einem Jahrhundert die Luke hinter sich verschlossen hatte. Ruben war sich sicher, dass sie einen Schatz hier deponiert hatte, und er würde ihn finden. Vielleicht gab es einen versteckten Hebel oder einen Stein, den man aufstemmen musste, irgendwas. Er suchte erneut die Wände ab, sorgfältiger diesmal. Dann leuchtete er in das Loch in der Decke. Er erkannte feuchte Erde und Stein, ein mit Wassertropfen besetztes Spinnennetz, sonst nichts.

Ruben lenkte den Strahl der Taschenlampe auf den Steinbrocken unter dem Loch. Er hatte in etwa die Größe eines Gullydeckels und war gute dreißig Zentimeter dick. Er trat mit dem Fuß gegen den Schutt darum herum und entdeckte dabei etwas Braunes, Matschiges – ein verrottetes Stück Holz. Was auch immer es war, es war nicht Teil der Decke gewesen; es hatte auf dem Boden gelegen.

Er schüttelte ungläubig den Kopf. Das durfte doch nicht wahr sein! Hatte die Decke ernsthaft genau über dem einzigen Gegenstand in der Kammer nachgegeben?

Falls es eine Truhe gewesen war, dann eine kleine, die nun vollkommen zertrümmert war. Ruben legte die Taschenlampe so auf den Boden, dass ihr Strahl den Steinbrocken anleuchtete. Dann fuhr er mit den Fingern unter die gezackte Kante des Brockens und richtete ihn auf. Ein leuchtend orangefarbener Tausendfüßler kam zum Vorschein, schoss über die Spitze von Rubens Stiefel und flüchtete in die Dunkelheit. Rubens erschrockener Aufschrei klang merkwürdig dumpf in dem kleinen Raum.

Er stellte den Brocken auf die Kante und wollte ihn gerade umwerfen, als er in viele kleine Steinklumpen zerbrach. Stück für Stück warf Ruben das Geröll beiseite, immer auf der Hut vor weiteren Krabbeltieren. Eine Menge verrottetes Holz kam zum Vorschein, das einmal eine bestimmte Form gehabt zu haben schien – ein flaches Stück und drei oder vier längliche. Keine Truhe. Ein Stuhl, entschied er, oder ein kleiner Tisch. Und was Penelope darauf hinterlassen hatte, lag nun zwischen den Überresten der Decke vergraben. Ruben räumte noch einige weitere Steintrümmer beiseite, bis er es endlich freigelegt hatte.

Es war ein flacher Metallkasten, etwa so groß wie ein Buch. Einst grau, war er inzwischen fast vollständig grün und schwarz, mit Flecken aus rotem Rost. Ruben betrachtete den Kasten zweifelnd. Konnten Juwelen darin sein? Es rappelte nicht, als er ihn schüttelte. Jetzt wurde ihm langsam doch schwer ums Herz. Allmählich begriff er, warum er sich so sicher gewesen war, dass er einen Schatz finden würde – weil er so verzweifelt einen Schatz finden *wollte*.

»Oh bitte«, flüsterte er. »Bitte lass wenigstens *irgendwas* drin sein.«

Der Kasten war unverschlossen, aber die Beschläge waren so verrostet, dass sie sich nicht öffnen ließen. Ruben nahm einen Stein in die Hand und brach sie auf. Der Deckel klemmte trotzdem noch, und als er ungeduldig daran zerrte, fiel er schließlich komplett ab.

Im Inneren des Kastens befand sich ein Lederbeutel, ganz ähnlich wie der, in dem Ruben die Uhr gefunden hatte. Das Leder war steif und unnachgiebig und verströmte einen merkwürdig fischigen Geruch. Die Schnalle des Beutels war zwar rostig, funktionierte aber noch, und schon bald zog Ruben ein dünnes Bündel zerknittertes, von Schimmelpunkten gesprenkeltes Papier hervor. Er tastete den Beutel noch einmal ab, um ganz sicherzugehen. Leer. Das Bündel Papier war alles.

Ruben presste die Augen zusammen und kämpfte gegen die Tränen an. *Das* war es, was all die Zeit hier unten versteckt gewesen war – ein paar lausige *Zettel*? Er wollte schreien, wollte die Seiten in Fetzen reißen. Er hatte all seine Hoffnungen auf einen Schatz gesetzt, und alles, was er gefunden hatte, waren ein paar lächerliche Zettel? Er atmete tief ein, dann noch mal, und noch mal.

Sie müssen wichtig sein, ermahnte er sich, nachdem er sich ein wenig beruhigt hatte. Sie müssen wertvoll sein. Ruben öffnete die Augen wieder und sah sich die Seiten genauer an. Jetzt erst bemerkte er, dass er einen Brief von Penelope in der Hand hielt. Ihren letzten.

Na schön, dachte er, und plötzlich kehrte seine Aufregung zurück. Vielleicht gibt sie eine Art Wegbeschreibung. Vielleicht sagt sie mir, wo ich nach dem Schatz suchen muss. Mit der Taschenlampe in der einen Hand und dem jahrhundertealten Brief in der anderen begann Ruben zu lesen. Der Brief war in einer kraftvollen, ausladenden Handschrift geschrieben, die sich nicht groß um Seitenränder geschert hatte – die Wörter waren oft bis an den Rand der Seite gequetscht worden.

Der Text lautete:

Geliebter Bruder, wenn du das liest, dann bin ich an der Aufgabe gescheitert, die ich mir selbst auferlegt hatte. Doch ist es immer noch möglich, dass du oder jemand anderes obsiegt, und in genau dieser Hoffnung wende ich mich nun an dich. Was ich hier niederschreibe, ist schwer zu glauben, aber du wirst schon bald den Beweis für meine Worte erhalten, wenn du es nicht schon mit eigenen Augen gesehen hast.

Jack, du weißt, dass ich etwas besitze, das der abscheuliche Bartholomew verzweifelt begehrt. Um an dieses Ding zu gelangen, hat er härter gearbeitet als der fleißigste Arbeiter, mehr studiert als jeder Priester, hat gelogen, betrogen, gestohlen und sogar getötet – oh ja, und zwar mehr als einmal – in seinem fiebrigen Bestreben, es sich zu eigen zu machen. Wenn du diese Worte liest, wunderst du dich vielleicht über diese Besessenheit von einer hübschen kleinen Uhr, die jetzt – in den Händen einer guten und anständigen Seele, so hoffe ich – den Weg zu dir zurückgefunden hat. Denn es ist durchaus möglich, dass keiner von euch das Geheimnis der Uhr herausgefunden hat.

Ruben hatte das Ende der ersten Seite erreicht. Als er sie vorsichtig von dem Papierstapel abschälte, blieb ein wenig Tinte von der folgenden Seite daran kleben. Die Worte waren aber immer noch einigermaßen lesbar, außerdem kannte er das Geheimnis ja bereits, das Penelope bis ins kleinste Detail enthüllte. Er blätterte schnell weiter zur dritten Seite, wo ihn gleich der erste Satz stutzen ließ.

Solch ein wundersames Ding, und doch so böse.

Ruben runzelte die Stirn. Das hatte er nicht erwartet.

Eine lange Geschichte voller Missetaten reicht bis zu den Ursprüngen dieser Uhr, dieses wunderschönen Objekts, das scheinbar so unschuldig in der Tasche meines Mantels ruht. Es ist wichtig, Jack, dass du zumindest einen Teil dieser Geschichte kennenlernst.
Bereits zu Beginn unserer Bekanntschaft erzählte Bartholomew mir (und zeigte es mir später auch in einem jahrhundertealten Buch auf Italienisch und einem anderen auf Englisch) die Legende von einem genialen Erfinder. Seine Auftraggeber waren zwei sagenhaft reiche Ad-

lige, Brüder, deren Reichtümer beinahe so unübertroffen waren wie das Genie des Erfinders. Jeder herrschte über ein kleines Königreich, und jeder war so selbstgefällig, wie es nur die reichsten Könige und Herrscher sind. Für diese Brüder erschuf der Erfinder viele extravagante Apparate, deren Funktion die Gäste an ihren Höfen jedes Mal vor ein Rätsel stellte, eine Tatsache, die den Brüdern eine außerordentliche Freude bereitete. Und doch wurden die Männer zunehmend eifersüchtig aufeinander, stritten immer öfter darum, wer die großartigste Erfindung besaß und drängten den Erfinder, etwas noch Besseres zu erschaffen als zuvor.

Da der Erfinder es nicht wagte, einen der beiden Brüder zu bevorzugen, lebte er jenseits der Grenzen der beiden Königreiche. Nichtsdestotrotz fanden die Spione der Brüder eines Tages heraus, dass der Erfinder ein ungewöhnliches Metall entdeckt hatte, das offenbar magische Eigenschaften besaß. Zusammen stellten die Adligen den Erfinder zur Rede und bestanden darauf – unter Androhung der Todesstrafe –, dass er ihnen sein Geheimnis offenbarte. Als er ihnen erzählte, was er zu konstruieren vermochte, sofern ihm genug Zeit gewährt und er von allen anderen Pflichten entbunden wurde, waren sich die Brüder einig, dass er ihnen dieses Objekt unbedingt bauen musste.

Viele Jahre lang verlangte der Erfinder nichts wei-

ter als seine Freiheit. Er lebte komfortabel, aber
immer unter Beobachtung und wohl wissend,
dass die großartigste Erfindung seines Lebens
dazu bestimmt war, gegen seinen Willen in die
Hände dieser Männer übergeben zu werden. Und
doch machte er weiter, sein Genie siegte über seinen
Unmut, und schließlich kam der Tag, an
dem jedem der Brüder – im Geheimen, wie sie
es gewünscht hatten – seine eigene erlesene Taschenuhr
überreicht wurde.

Ruben bemerkte, dass er den Strahl der Taschenlampe nicht mehr ruhig halten konnte.
Seine Hände zitterten. *Zwei* Uhren? Es gab *zwei*?

Die Legenden erzählen nichts von der Blindheit,
aber ich vermute, dass der Erfinder sie zu seinem
Vorteil genutzt hat. In der Geschichte heißt es,
als die Brüder verschwanden, verschwand auch
der Erfinder. Er wurde niemals wiedergesehen.
Einige behaupten, die Brüder hätten ihn umgebracht,
denn er war der Einzige, der ihr Geheimnis
kannte.

Ruben bekam eine Gänsehaut. Penelopes Worte beschrieben exakt seine größte Angst – selbst wenn er die Uhr an den Schatten aushändigte, würden seine Mom und er immer noch in Gefahr sein. Die Seiten in seiner Hand zitterten so sehr, dass er die Worte nicht mehr erkennen konnte. Er legte den Brief auf den Boden und beugte sich darüber, um weiterzulesen.

Ich hingegen glaube, dass ein Mann von solcher Intelligenz gewiss vorhersah, was die Brüder im Sinn hatten, und dass er seine Flucht daher von langer Hand geplant hatte. Ich stelle mir immer vor, dass er in ein weit entferntes Land geflohen ist und dort sein Leben in Frieden zu Ende gelebt hat.

Genau das versuche ich auch zu tun, dachte Ruben, dem es so vorkam, als würde Penelope ihn ansprechen anstatt Jack. Und als könne sie ihn hören, bat er sie, ihm zu sagen, wie er das bewerkstelligen sollte.

Und nun kommen wir zu dem Grund, warum ich dir die Legende erzähle, Bruder. Ja, es gibt noch eine zweite Uhr, aber das ist noch nicht alles. Aus Groll auf die beiden Brüder, die ihn gezwungen hatten, ihre Wünsche zu erfüllen, übte der Erfinder eine Art Rache im Voraus. Er ließ verlauten, dass etwas ganz Außergewöhnliches geschehen würde, wenn eine Person in den Besitz BEIDER Uhren gelangte. Bei seiner Flucht hinterließ er ein Manuskript (die verschiedenen Übersetzungen sind sich alle erstaunlich treu), in dem die folgenden Worte geschrieben standen:

Wer beide besitzt, kennt keine Angst vor dem Tod,
Er spürt nicht das Vergehen der Zeit,
Er atmet keinen Schmerz und keine Not,
Und kümmert sich nicht um irdisches Leid.

Bis, so Gott will, er sie wieder verliert.
Denn niemand sollte, ob gut oder gemein,
Länger in solch abnormem Zustand sein.

Du siehst selbst, Jack, was diese Worte vermuten lassen. Das Metall, aus dem die beiden Uhren gefertigt wurden, besitzt noch mehr verblüffende Eigenschaften, als den Brüdern bewusst war. Der Erfinder, wie alle großen Gelehrten jener Zeit, übte sich auch in der Kunst der Alchemie, was (wie du vielleicht weißt) der Versuch ist, gewöhnliches Metall in Gold zu verwandeln, oder in manchen Fällen in etwas noch viel Wertvolleres – eine Substanz, die die ewige Jugend verspricht. Mit diesem einzigartigen Metall war dem Erfinder das Wunder offenbar gelungen.
Er muss die Wirkung seiner letzten Worte vorhergesehen haben. Die Brüder wurden sofort argwöhnisch und trauten einander nicht mehr über den Weg. Obwohl beide schworen, niemals die Uhr des anderen zu stehlen, fürchtete doch jeder den Verrat des Bruders. Das Misstrauen zwischen ihnen wuchs, und die unvermeidliche Folge war Krieg zwischen den Königreichen. Am Ende des Krieges waren beide Königreiche verwüstet und beide Brüder tot.
Von dieser Zeit an verblieben die Uhren im Reich der Gerüchte und Legenden. Man glaubt, dass einige grausame Herrscher an die Macht kamen, nachdem sie eine der beiden Uhren in ihren

> Besitz gebracht hatten. Einige sagenumwobene Mörder und Diebe sollen die Uhren ebenfalls benutzt haben, um ihre schrecklichen Ziele zu erreichen. Und noch etwas erzählt man sich: Wer die eine Uhr besitzt, ist immer auf der Suche nach der anderen – zum Teil in der Hoffnung, ewige Jugend zu erlangen, aber mehr noch aus der schrecklichen Angst heraus, dass eine andere, schlauere Person aus den Schatten hervorkommt, um sich die zweite Uhr zu eigen zu machen, koste es, was es wolle.
> Mit anderen Worten, lieber Jack, seit die beiden Uhren erschaffen worden sind, gibt es auch zwei Jäger, die in der Dunkelheit aufeinander lauern. Und jetzt bin ich einer von ihnen, und Bartholomew ist der andere.

Ruben bekam eine Gänsehaut und sah sich um, obwohl er wusste, dass er allein war. Er versuchte, sich zu beruhigen und nicht mehr so heftig zu atmen, denn allein dieses Geräusch in der seltsamen Kammer ließ ihm einen Schauer über den Rücken laufen.

So musste sich Penelope gefühlt haben, dachte er, jede Minute, jede Stunde, jeden Tag, Jahr um Jahr.

Ruben blätterte um. Er war auf der letzten Seite angelangt.

> Und doch glaube ich, dass es eine Chance gibt, dem Ganzen ein Ende zu bereiten. Ich weiß nicht, ob ich die Erste bin, die versucht, beide Uhren zu zerstören. Aber ich weiß, dass ich die Letzte sein

werde! In diesem geheimen Wettstreit besitze ich einen entscheidenden Vorteil: Bartholomew will beide Uhren in seinen Besitz bringen (möge Gott uns beistehen, wenn ihm dies gelingt), ich hingegen hege nur den Wunsch, sie zu zerstören und muss daher nicht darauf achten, dass sie keinen Schaden nehmen.
Und hier kommst du ins Spiel, Jack. Du fragst dich sicher, warum ich nicht bereits die Uhr zerstört habe, die sich in meinem Besitz befindet. Ich glaube jedoch, dass sie uns eine große Hilfe sein wird, nicht nur, weil sie ihrem Besitzer Unsichtbarkeit verleiht, sondern auch, weil jemand, der darin geübt ist, sie zu benutzen, die Eigenheiten und Einschränkungen desjenigen besser versteht, der im Besitz der anderen Uhr ist.
Besser gesagt, ein geübter Jäger hat die größten Chancen, einen anderen zu überlisten.
Aber wer wird dieser Jäger sein, dessen Ziel es ist, nicht nur jemand anderen, sondern auch sich selbst einer solchen Macht zu berauben?
Es muss jemand mit einem großartigen Charakter sein. Obwohl ich deinen Charakter für besser als jeden anderen halte, Jack, glaube ich nicht, dass du die Veranlagung zu einem Jäger hast – noch würde ich mir jemals einen solchen Weg für dich wünschen. Nein, ich lege nur meine Lebensaufgabe in deine Hände und vertraue darauf, dass du die richtige Person findest, die sie zu Ende bringt. Ich bete, dass es dir gelingt und

dass du ein langes und glückliches Leben führen wirst.

Sobald Ruben den Brief beendet hatte, blätterte er zurück und begann von vorne.

Er wünschte sich, irgendetwas überlesen zu haben, aber er wusste, dass es nicht so war. Es gab keinen Schatz. Was Penelope über das Geheimnis der Uhr verraten hatte, wusste er bereits, und was sie über die zweite Uhr geschrieben hatte, erfüllte ihn nur mit Furcht.

Oder nicht *nur*, bemerkte er. Da war Angst, sicher, aber da war auch noch etwas anderes.

Ruben strich sich über die Stirn und starrte auf den Brief im Licht der Taschenlampe. Er hatte nicht das gehalten, was er sich von ihm versprochen hatte. Und trotzdem. Eine Erkenntnis formte sich in den Tiefen seines Verstandes. Er konnte sie schon beinahe in Worte fassen. Sie versprach nicht nur eine größere Klarheit, sondern auch eine Art Hilfe. Nicht die Antwort, nach der er gesucht hatte, aber immerhin eine Antwort. Wie lautete sie? Ruben presste die Augen zusammen und versuchte, seine Gedanken zu sortieren.

Da war etwas über Bartholomew, das ihm bekannt vorkam. Warum? Und der Satz über die grausamen Herrscher, die mithilfe der Uhr an die Macht gekommen waren – warum erschien ihm *das* so vertraut? Und warum …?

Die Antwort sprang ihn ohne Vorwarnung an wie ein wildes Tier, und mit einem Keuchen öffnete Ruben die Augen. Zwei Erkenntnisse hatten ihn in schneller Folge getroffen. Alle beide ließen ihn aufschrecken – erschütterten ihn geradezu. Aber er wusste, dass sie beide zutrafen.

Erstens: Der Schatten besaß die andere Uhr.

Zweitens (eine entsetzliche Vorstellung, obwohl sie aus seinem eigenen Kopf stammte): Ruben hatte vor, sie ihm zu stehlen.

So spannend geht es weiter in Band 2 der Secret Keepers:

LESEPROBE

Ruben saß auf dem Boden der kleinen Felskammer unter dem Meer und wurde sich langsam der Tragweite seiner soeben gefällten Entscheidung bewusst. Er wusste zwar noch nicht, wie er an die Uhr des Schattens gelangen sollte. Aber er war absolut sicher, dass er es versuchen musste.

Er würde seine Mutter niemals davon überzeugen können, aus New Umbra zu fliehen. Sie hatte zu hart daran gearbeitet, ihnen in der Stadt ein Leben aufzubauen. Sie würde nicht riskieren, alles aufzugeben – nicht ohne Geld –, und nicht, wenn sie dem Schatten die Uhr einfach aushändigen konnte und die Sache aus ihrer Sicht damit erledigt wäre. Für sie die sicherste und beste Variante, um Ruben zu beschützen. Aber damit lag sie falsch, dachte Ruben. *Er* musste *sie* beschützen.

Also würde er den Spieß umdrehen und versuchen, dem Schatten die Uhr abzunehmen. Ohne Penelopes Brief hätte er das nie begriffen, doch die Gerüchte, die sich um den Schatten als ein mysteriöses, allsehendes Phantom rankten – was sollte denn anderes dahinter stecken als eine Uhr wie die von Ruben? Wer auch immer der Schatten war, er war nichts weiter als ein Mann, der sich unsichtbar machen konnte und diese Fähigkeit zu seinem Vorteil nutzte. Wenn Ruben mithilfe seiner eigenen Uhr die Uhr des Schattens stahl, würde er ihm nicht nur diese Fähigkeit nehmen, sondern auch jegliche damit einhergehende Macht.

Genau, dachte Ruben immer aufgeregter, wenn er den Schatten als Betrüger entlarvte, würden der Botschafter und die Späher sich gegen ihn auflehnen und die Suche nach Ruben und der Uhr abblasen. Seine Mom und er wären in Sicherheit. Dann hätten sie zwar immer noch kein Geld, aber er hätte immer noch seine Uhr. Und mit der Uhr würde er nach und nach einen Weg finden, an Geld zu kommen. Mit der Uhr war er zu allem fähig.

Zum Beispiel den Herrscher von New Umbra zu stürzen, dachte Ruben, über seine Idee erstaunt. Warum auch nicht? Mit ein bisschen Abstand erschien der Plan recht einfach. Das Problem bestand einzig in den Details. Damit musste er sich später beschäftigen.

Ruben richtete seine Aufmerksamkeit wieder auf Penelopes Brief. Am liebsten hätte er ihn abgeschrieben. Er wollte ihn nicht mitnehmen, sondern für die Meyers zurücklassen – sie hatten eine Erklärung verdient. Penelope würde ihnen alles erklären. Ruben selbst wäre zu dem Zeitpunkt schon lange verschwunden, und die Meyers hätten keine Möglichkeit, ihn aufzuhalten.

Wenn er Pennys außerordentliche Begabung, sich Worte zu merken und wiederzugeben, doch auch hätte! Dann würde es ihm nicht so schwer fallen, den Brief auswendig zu lernen. Nachdem er einige frustrierende Minuten mit dem ersten Absatz verbracht hatte, änderte er seine Vorgehensweise und konzentrierte sich auf den wirklich wichtigen Teil des Briefes – die Worte, die dem genialen Erfinder zugeschrieben wurden und die sich auch Penelope selbst vor vielen Jahren eingeprägt hatte.

Ruben fiel es schwer, sich die Unsterblichkeit vorzustellen, und vielleicht übte sie auch aus genau dem Grund keine besondere Anziehungskraft auf ihn aus. Oder er war einfach zu jung dafür, denn er wusste, dass Erwachsene diesen Gedanken unglaublich verlockend fanden. Schließlich existierten unzählige Geschichten über Leute, die sich auf die Suche nach einem Jungbrunnen machten. Für jemanden wie den Schatten – jemanden, der seine Macht in vollen Zügen auskostete – musste die Vorstellung unwiderstehlich sein. Er könnte für immer über New Umbra herrschen. Ruben nahm sich vor, die Legende in- und auswendig zu lernen, denn der Schatten kannte sie mit Sicherheit ebenfalls.

Und so konzentrierte er sich mit aller Kraft auf die Worte, und erst, als er sicher war, dass er sich den Text vollkommen zu eigen gemacht hatte, erlaubte er seinen Augen, sich von dem Blatt abzuwenden. Im gleichen Moment schien eine Art Bann zu brechen und Ruben beschlich ein ungutes Gefühl.

Wie lange saß er hier eigentlich schon? Er versuchte, die Zeit abzuschätzen, die er für die Suche nach dem Tunneleingang benötigt hatte, die Zeit in den Tunneln, die Zeit, die er in den Brief und seine unglaublichen Enthüllungen versunken war – und stellte erschrocken fest, dass er es nicht zu sagen vermochte. Seine Gedanken waren von so vielen Dingen überwältigt worden, dass er jegliches Zeitgefühl verloren hatte.

Ruben schob eilig die Seiten des Briefes zusammen und legte sie zurück in den Metallkasten. Bestimmt war er noch auf der sicheren Seite. Aus reiner Gewohnheit überprüfte er die Uhr, nur um sicher zu gehen, dass sie einsatzbereit war. Die Ironie entging ihm trotzdem nicht: Er hielt die genialste jemals konstruierte Uhr in Händen und konnte nicht sagen, wie viel Uhr es war.

Geduckt verließ Ruben die Kammer durch die offene Luke. Sofort bemerkte er eine Veränderung in der Akustik des Tunnels. Auf den Knien krabbelte er bis an den Rand der Nische und leuchtete mit seiner Taschenlampe nach unten. Die Pfütze schien größer geworden zu sein; der Boden war bereits mit Wasser bedeckt. Offenbar kehrte die Flut zurück.

Er musste hier raus, und zwar *sofort*.

Das spektakuläre Finale

Trenton Lee Stewart

Secret Keepers 2: Zeit der Jäger

288 Seiten · Gebunden
ISBN 978-3-522-18497-7

Das Blatt wendet sich. Aus Gejagten werden Jäger. Ruben und Penny versuchen alles, um an die Uhr des Schattens zu kommen und damit das Schlimmste zu verhindern, das man sich nur vorstellen kann. Doch das düstere Anwesen des Schattens ist mit einem ausgeklügelten System aus im Boden versteckten Falltüren ausgestattet. Als wie aus dem Nichts der Schatten auftaucht, beginnt eine nervenaufreibende Verfolgungsjagd und das ganze Geheimnis der Uhren offenbart sich.

www.thienemann.de

Die Fortsetzung ist unter folgendem Titel erschienen:
Secret Keepers – Zeit der Jäger

Stewart, Trenton Lee
Secret Keepers – Zeit der Späher
ISBN 978 3 522 18496 0

Aus dem Amerikanischen von Nina Scheweling
Lektorat: Natalie Tornai
Umschlaggestaltung: Alexander Kopainski
Einbandtypografie: Alexander Kopainski
Innentypografie: Bettina Wahl
Reproduktion: Digitalprint GmbH, Stuttgart
Druck und Bindung: GGP Media GmbH, Pößneck

© 2016 by Trenton Lee Stewart
Die Originalausgabe erschien unter dem Titel *Secret Keepers* bei Little, Brown and Company, NY
Little, Brown and Company is a division of Hachette Book Group, Inc.
© 2019 Thienemann in der Thienemann-Esslinger Verlag GmbH, Stuttgart
Printed in Germany. Alle Rechte vorbehalten.